FOLIO POLICIER

Jo Nesbø

Chasseurs de têtes

Traduit du norvégien
par Alex Fouillet

Gallimard

Titre original :

HODEJEGERNE

Né en 1960, d'abord journaliste économique, musicien, auteur interprète et leader de l'un des groupes pop les plus célèbres de Norvège, Jo Nesbø a été propulsé sur la scène littéraire en 1997 avec la sortie de *L'homme chauve-souris*, récompensé en 1998 par le Glass Key Prize attribué au meilleur roman policier nordique de l'année. Il a depuis confirmé son talent en poursuivant les enquêtes de Harry Hole, personnage sensible, parfois cynique, profondément blessé, toujours entier et incapable de plier. On lui doit notamment *Rouge-Gorge*, *Rue Sans-Souci* ou *Les cafards* initialement publiés par Gaïa Éditions, mais aussi *Le sauveur*, *Le bonhomme de neige*, *Chasseurs de têtes* et *Le léopard* disponibles au catalogue de la Série Noire.

Prologue

Une collision entre deux véhicules, c'est de la physique simple. Les hasards régissent l'ensemble, mais on peut les expliquer en disant que l'équation *force × temps* revient à multiplier de la masse par une variation de vitesse. Introduisez les hasards sous forme de chiffres pour les variables, et vous obtenez un récit simple, vrai et impitoyable. Il raconte par exemple ce qui se passe quand un camion de vingt-cinq tonnes plein à craquer lancé à une vitesse de quatre-vingts kilomètres à l'heure heurte une voiture de tourisme d'une tonne huit roulant à la même vitesse. En se fondant sur les hasards en matière de point d'impact, de qualité des carrosseries et d'angle des corps entre eux, on obtient une infinité de variantes à ce récit, mais elles ont deux points communs. Ce sont des tragédies, et c'est la voiture de tourisme qui est en position délicate.

Le calme est étrange, j'entends le vent souffler doucement dans les arbres, et le murmure de la rivière. Mon bras est paralysé, je suis suspendu la tête en bas, bloqué entre chair et acier. Du sang et de l'essence gouttent depuis le plancher au-dessus de moi. Sous moi, sur le pavillon à damier de la voiture, je vois un coupe-ongles, un bras amputé, deux morts et un vanity-case. Le monde n'a aucune beauté, juste de la vanité. La reine blanche est fichue, je suis un meurtrier, et personne ici ne respire. Moi non plus. Voilà pourquoi je vais bientôt mourir. Fermer les yeux et abandonner. C'est exquis d'abandonner. Je ne veux plus attendre. Et c'est pourquoi il devient urgent de raconter ce récit, cette variante, cette histoire d'angles formés par des corps entre eux.

PREMIÈRE PARTIE

PREMIER ENTRETIEN

CHAPITRE 1
Candidat

Le candidat était terrorisé.

Il portait une armure Gunnar Øye : un costume gris Ermenegildo Zegna, une chemise sur mesure de chez Borelli et une cravate bordeaux ornée de petits motifs semblables à des virgules ; Cerruti 1881, je parie. Mais sur les chaussures je n'avais aucun doute : des Ferragamo cousues main. J'en avais une paire.

Les papiers devant moi m'apprirent que le candidat était armé d'un diplôme de l'École de commerce norvégienne de Bergen avec une moyenne de presque vingt sur vingt, d'une période au Parlement pour la droite et de quatre années fastes à la tête d'une entreprise industrielle norvégienne d'assez gros calibre.

Et pourtant, Jeremias Lander était terrorisé. Sa lèvre supérieure était trempée de sueur.

Il leva le verre d'eau que ma secrétaire avait posé sur la table basse entre nous.

« J'aimerais… », commençai-je avec un sourire. Pas le sourire ouvert et inconditionnel qui invite un parfait inconnu à entrer dans la chaleur, pas le *facétieux*, mais le sourire poli, pas trop chaleureux, qui, à en croire la littérature spécialisée, dénote le professionnalisme du recruteur, l'objectivité et les méthodes analytiques de rapprochement. C'est tout bonnement l'absence d'engagement émotionnel chez le recruteur qui pousse le candidat à croire en son intégrité. Et toujours d'après les écrits spécialisés, ce dernier donnera des informations plus objectives s'il a la sensation que ses mises en scène seront percées à jour, les exagérations révélées, les manœuvres tactiques punies. Mais je ne souris pas ainsi à cause de la littérature spécialisée. Parce que je me contrefous de ces écrits, ce ne sont que des conneries qui valent ce qu'elles valent ; tout ce dont j'ai besoin, c'est du modèle d'interrogatoire en neuf étapes d'Inbau, Reid et Buckley. Non, je souris ainsi parce que je *suis* comme cela : professionnel, analytique et sans engagement émotionnel. Je suis un chasseur de têtes. Ce n'est pas particulièrement compliqué. Mais je suis le meilleur.

« J'aimerais, répétai-je, que vous me donniez maintenant un peu plus de renseignements sur votre vie en dehors du cadre professionnel.

— Ça existe ? »

Son rire sonna un ton et demi plus haut qu'il aurait dû. Quand on sert une plaisanterie prétendument à froid au cours d'un entretien d'embauche, il est en outre malheureux d'en rire soi-même et de ne pas quitter le destinataire des yeux pour voir si elle fait mouche.

« J'espère bien », répondis-je, et son rire se changea en raclement de gorge. « Je crois que la direction de cette entreprise insiste pour que le nouveau directeur ait une vie bien équilibrée. Ils cherchent une personne susceptible de rester plusieurs années, un coureur de fond capable d'organiser sa course. Pas une personne consumée en quatre ans. »

Jeremias Lander hocha la tête en avalant une autre gorgée d'eau.

Il devait faire quatorze centimètres de plus que moi, et avoir trois ans de plus. Trente-huit, autrement dit. Un peu jeune pour le poste. Et il le savait, c'était pour cela qu'il avait presque imperceptiblement teint les cheveux de ses tempes en gris. J'avais déjà vu ça. J'avais déjà tout vu. Entre autres, un candidat dont les mains transpiraient facilement arriver avec du talc dans la poche droite, pour la poignée de main la plus sèche et blanche jamais vue. La gorge de Lander produisit un gloussement involontaire. Je notai sur le guide d'entretiens : MOTIVÉ. AU FAIT DES SOLUTIONS.

« Vous habitez à Oslo, alors ? » demandai-je.

Il acquiesça. « Skøyen.

— Et marié avec… » Je feuilletai ses papiers, affichant l'expression d'agacement censée faire comprendre aux candidats que l'initiative doit venir d'eux.

« Camilla. Nous sommes mariés depuis dix ans. Deux enfants. Ils vont à l'école.

— Et comment décririez-vous votre couple ? » m'enquis-je sans lever les yeux. Je lui laissai deux longues secondes avant de poursuivre, alors qu'il ne s'était pas encore assez ressaisi pour répondre : « À votre avis, êtes-vous encore mariés après avoir passé au boulot les deux tiers de votre temps sur les six dernières années ? »

Je le regardai. Le trouble dans ses yeux était celui que j'attendais. J'avais été incohérent. Vie équilibrée. Besoin de s'investir. Ça n'allait pas ensemble. Quatre secondes s'écoulèrent avant sa réponse. Au moins une de trop, donc. « J'espère bien. »

Un sourire sûr, entraîné. Mais pas assez. Pas pour moi. Il avait retourné mes propres mots contre moi, et avec une intention ironique, je l'aurais noté comme un plus. Dans le cas présent, ce n'était malheureusement que l'imitation inconsciente de paroles prononcées par une personne prétendument supérieure. MAUVAISE IMAGE DE SOI, notai-je. Et il « espérait », il ne savait pas, n'exprimait pas de visions, ne lisait pas dans une boule de cristal, ne savait pas qu'il savait que le minimum pour un directeur, c'est de pouvoir donner l'impression d'être clairvoyant.

MAUVAIS IMPROVISATEUR. TOUT SAUF UN PILOTE D'AVION EN PERDITION.

« Elle travaille ?

— Oui. Dans un cabinet d'avocats, en centre-ville.

— De neuf à seize heures chaque jour ?

— Oui.

— Et qui reste à la maison si l'un de vos enfants est malade ?

— Elle. Mais heureusement, c'est très rare que Niclas ou Anders soient…

— Vous n'avez pas de femme de ménage ou quelqu'un d'autre chez vous, dans la journée ? »

Il hésita comme le font les candidats quand ils ne savent pas quelle réponse sera la plus propice. Malgré tout, ils mentent si rarement que c'en est décevant. Jeremias Lander secoua la tête.

« On dirait que vous entretenez votre forme, Lander ?

— Oui, je fais régulièrement du sport. »

Aucune hésitation cette fois. Tout le monde sait que les entreprises veulent des directeurs qui ne succomberont pas à un infarctus au premier talus.

« Course à pied et ski de fond, peut-être ?

— Bien sûr. Toute la famille aime le grand air. Et nous avons un chalet à Norefjell.

— Je vois. Un chien aussi, alors. »

Il secoua la tête.

« Non ? Allergique ? »

Son mouvement de tête s'accentua. Je notai : MANQUE PEUT-ÊTRE D'HUMOUR.

Je me renversai alors dans mon fauteuil et joignis les mains par le bout des doigts. Un geste exagérément arrogant, bien entendu. Que dire ? Je suis comme ça.

« D'après vous, jusqu'où votre renommée est-elle justifiée, Lander ? Et comment l'avez-vous assurée ? »

Son front déjà en nage se plissa tandis qu'il s'efforçait de comprendre. Deux secondes, et la réponse vint, résignée :

« Que voulez-vous dire ? »

Je soupirai comme si ce devait être évident. Fis mine de chercher autour de moi une allégorie pédagogique que je n'avais encore jamais employée. Et la trouvai, comme toujours par le passé, au mur.

« Vous vous intéressez à l'art, Lander ?

— Un peu. Ma femme, oui, en tout cas.

— La mienne aussi. Vous voyez le tableau que j'ai là ? » Je tendis un doigt vers *Sara gets undressed*, un tableau sur latex de plus de deux mètres de haut, représentant une femme en jupe verte occupée à faire passer un pull-over rouge par-dessus sa tête, bras croisés. « Un cadeau de ma femme. L'artiste s'appelle Julian Opie, et le tableau est estimé à deux cent cinquante mille couronnes. Possédez-vous des œuvres dans cette gamme de prix ?

— Il se trouve que oui.

— Félicitations. Sa valeur est bien visible ?

— Allez savoir…

— Oui, allez savoir. Le tableau, ici, est fait de quelques traits, la tête de la femme est un cercle, un zéro sans visage, et la couleur a été appliquée de façon monotone, sans texture. Il est aussi sauvegardé sur un ordinateur et peut être tiré à des millions d'exemplaires rien qu'en appuyant sur une touche.

— Fichtre…

— La seule raison — et je dis bien : la seule raison — pour laquelle ce tableau vaut son quart de million, c'est la renommée de l'artiste. La rumeur qu'il est bon, la confiance qu'a le marché dans son génie. Car c'est difficile de mettre le doigt sur ce qui est génial, impossible de le savoir à coup sûr. Il en va de même pour les dirigeants, Lander.

— Je comprends. La réputation. On parle de la confiance diffusée par le dirigeant. »

Je notai : PAS IDIOT.

« Tout juste, poursuivis-je. Tout repose sur la renommée. Pas seulement la rémunération du dirigeant, mais aussi la valeur boursière de la société. Quel genre d'œuvre d'art possédez-vous, et à combien est-elle estimée ?

— C'est une lithographie d'Edvard Munch. *La broche*. Je ne connais pas le prix, mais… »

J'agitai une main avec impatience.

« La dernière fois qu'elle est passée aux enchères, le prix avoisinait les trois cent cinquante mille, acheva-t-il.

— Et comment avez-vous assuré cet objet de valeur contre le vol ?

— La maison a un bon système d'alarme. Tripolis. Tout le monde a ça, dans le quartier.

— Tripolis, c'est bien, mais c'est cher. C'est aussi ce que j'ai. Environ quatre-vingt mille couronnes par an. Combien avez-vous investi pour votre propre renommée ?

— Que voulez-vous dire ?

— Vingt mille ? Dix mille ? Moins ? »

Il haussa les épaules.

« Pas le moindre sou, répondis-je. Vous avez un CV et une carrière qui valent dix fois le tableau dont vous parlez. Par an. Et pourtant, vous n'avez personne pour les surveiller, aucun gardien. Parce que vous pensez que ce n'est pas nécessaire. Vous pensez que les résultats de la société que vous dirigez parleront d'eux-mêmes. Pas vrai ? »

Lander ne répondit pas.

« Bien, poursuivis-je plus bas en me penchant en avant comme si j'étais sur le point de lui révéler un secret. Il n'en est pas ainsi. Les résultats, ce sont des tableaux d'Opie : quelques traits tout simples plus quelques zéros sans visage. Les tableaux ne sont rien, la renommée est tout. Et c'est ce que nous avons à proposer.

— La renommée ?

— Vous êtes ici car vous êtes l'un des six bons candidats à un poste de dirigeant. Je ne crois pas que vous le décrocherez. Parce qu'il vous manque la renommée pour un travail de ce genre. »

Sa bouche s'ouvrit comme pour émettre une protestation. Qui ne vint jamais. Je me rejetai en arrière contre le haut dossier du fauteuil, qui grinça.

« Bon sang, mon vieux, vous avez *postulé* pour ce boulot ! Ce que vous auriez dû faire, c'est demander à un homme de paille de vous recommander à nous, et faire mine de l'ignorer quand on vous aurait appelé. Un dirigeant de premier ordre, on chasse sa tête, ça ne tombe pas tout chaud, tout rôti, à vos pieds. »

Je vis que l'effet escompté était atteint. Il était bouleversé. Ce n'était pas un schéma d'entretien classique, comme Cuté ou Disc, ni aucune de ces méthodes stupides et inutilisables pondues par des psychologues plus ou moins obtus et autres spécialistes des ressources humaines qui n'en avaient aucune. Je baissai de nouveau le ton.

« J'espère que votre femme ne sera pas trop déçue quand vous lui raconterez ça cet après-midi. Que le boulot de vos rêves vous a échappé. Que le stand-by professionnel va se poursuivre cette année aussi. Comme l'année dernière… »

Il fit un bond dans son fauteuil. Carton plein. Car ça, c'était Roger Brown en action, l'étoile numéro un dans le firmament du recrutement.

« L'a… l'année dernière ?

— Oui, ce n'est pas vrai ? Vous avez postulé pour un job à la tête de Denja. Mayonnaise et pâté de foie. C'était vous ?

— Je croyais que c'était confidentiel, ce genre de choses, répondit Jeremias Lander d'une voix sans timbre.

— Ça l'est. Mais mon travail, c'est de dresser des cartes. Alors c'est ce que je fais. Avec les méthodes que j'ai à ma disposition. C'est idiot de postuler pour des emplois qu'on ne décroche pas, surtout dans votre position, Lander.

— Ma position ?

— Vos papiers, des résultats professionnels, les tests et mon impression personnelle sur vous m'informent que vous avez ce qu'il faut. Tout ce qui vous manque, c'est la renommée. Et le pilier de base quand on se construit une renommée, c'est l'exclusivité. Chercher des jobs au petit bonheur sabote l'exclusivité. Vous êtes un dirigeant qui ne cherche pas *les* défis, mais *le* défi. Le seul et unique boulot. On va vous l'offrir. Sur un plateau.

— Ah oui ? » répondit-il avec une nouvelle tentative pour afficher son petit sourire en coin. L'effet fut nul.

« J'aimerais vous avoir dans notre écurie. Vous ne chercherez pas d'autre boulot. Vous refuserez quand d'autres cabinets de recrutement vous appelleront avec des propositions apparemment alléchantes. Vous vous en tiendrez à nous. Vous serez exclusif. On va vous construire une renommée. Et la surveiller. On va devenir pour votre renommée ce que Tripolis est pour votre maison. D'ici deux ans, vous annoncerez à votre femme un boulot d'un autre calibre que celui dont nous parlons en ce moment. C'est une promesse. »

Jeremias Lander se passa le pouce et l'index de part et d'autre de ses mâchoires soigneusement rasées.

« Mmm. Ça a pris une autre tournure que prévu. »

L'échec l'avait rendu plus calme. Je me penchai vers lui. Écartai les bras. Tentai de capter son regard. La recherche a démontré que soixante-dix-huit pour cent de la première impression au cours d'un entretien se fonde sur le langage corporel, et huit pour cent seulement sur ce qui se dit en réalité. Le reste concerne les vêtements, l'odeur des aisselles et de la bouche, ce que vous avez aux murs. Mon langage corporel était fantastique. Et pour l'heure, il exprimait ouverture et confiance. Je l'invitais enfin dans la chaleur.

« Écoutez, Lander. Le responsable du service clients et celui de la comptabilité viennent pour rencontrer un candidat demain. Je veux qu'ils vous voient aussi. Midi, ça vous convient ?

— Parfait. » Il avait répondu sans avoir besoin de consulter le moindre emploi du temps. Je l'appréciai tout de suite un peu plus.

« Je veux que vous écoutiez ce qu'ils ont à dire et, après ça, vous expliquerez poliment pourquoi vous n'êtes plus intéressé, que ce n'est pas le défi que vous recherchez, avant de leur souhaiter bonne chance pour la suite. »

Jeremias Lander pencha la tête sur le côté.

« Se retirer de la sorte, ça ne va pas paraître un peu léger ?

— Ça sera perçu comme une marque d'ambition. Vous serez perçu comme quelqu'un qui a conscience de sa propre valeur. Une personne dont les services sont exclusifs. Et c'est le début de l'histoire que nous appelons… » Je fis un vague mouvement de la main.

« La renommée ? sourit-il.

— La renommée. C'est convenu ?

— D'ici deux ans.

— Je vous le garantis.

— Et comment pouvez-vous le garantir ? »

Je notai : CONTRE-ATTAQUE RAPIDEMENT.

« Parce que je vais vous recommander pour l'un des postes dont je parle.

— Et puis ? Ce n'est pas vous qui prenez la décision. »

Je fermai les yeux à demi. C'était une expression qui rappelait à ma femme Diana un lion somnolent, un seigneur repu. J'aimais bien.

« Ma recommandation, c'est la décision du client, Lander.

— C'est-à-dire ?

— Tout comme vous ne postulerez plus jamais pour un job que vous n'êtes pas certain de décrocher, je n'ai jamais donné aucune recommandation que le client n'ait pas suivie.

— Vraiment ? Jamais ?

— Pas qu'on se souvienne. Si je ne suis pas sûr à cent pour cent que le client suivra mes recommandations, je ne conseille personne et je laisse l'affaire filer chez un concurrent. Mêmc si j'ai trois candidats hors pair et quatre-vingt-dix pour cent de certitude.

— Pourquoi ça ? »

Je souris.

« La réponse commence par un *r*. Toute ma carrière est bâtie dessus. »

Lander secoua la tête en riant.

« On dit que vous êtes bizarre, Brown. À présent, je vois ce que les gens veulent dire. »

Je souris et me levai.

« Et maintenant, je propose que vous rentriez chez vous raconter à votre charmante épouse que vous allez refuser ce boulot, parce que vous avez décidé de taper plus haut. Je parie que vous pouvez vous attendre à une bonne soirée.

— Pourquoi faites-vous cela pour moi, Brown ?

— Parce que la provision que votre employeur nous versera représente un tiers de votre premier salaire annuel brut. Vous saviez que Rembrandt allait souvent aux ventes aux enchères pour faire monter les prix de ses propres tableaux ? Pourquoi vous revendrais-je pour deux millions annuels quand on sait qu'avec un petit travail sur votre renommée on peut vous vendre pour cinq ? Tout ce que nous exigeons, c'est que vous vous en teniez à nous. Marché conclu ? » Je tendis la main.

Il la saisit avidement.

« J'ai l'impression que ç'a été une discussion fructueuse, Brown.

— Enfin », répondis-je en notant dans un coin de mon crâne qu'il me fallait lui donner quelques conseils sur la façon de serrer la main avant qu'il rencontre le client.

Ferdinand se glissa dans mon bureau juste après le départ de Jeremias Lander.

« Argh, fit-il avec une grimace en agitant une main. Eau de camouflage[1]. »

Je hochai la tête tout en ouvrant la fenêtre pour aérer. Ce que voulait dire Ferdinand, c'était que le candidat s'était parfumé plus que généreusement pour masquer la transpiration nerveuse qui emplit les salles de réunion dans cette branche.

« Mais en tout cas, c'était Clive Christian, répondis-je. Acheté par sa femme. Tout comme le costume, les chaussures et la cravate. Et c'était son idée à elle de lui teindre les tempes en gris.

— Comment le sais-tu ? » Ferdinand se laissa tomber dans le fauteuil que Lander avait occupé, mais se releva sur-le-champ, une expression de dégoût sur le visage, en sentant la chaleur corporelle moite conservée par le siège.

« Il est devenu blanc comme un linge quand j'ai appuyé sur le bouton "femme", répondis-je. Je lui ai dit quelle serait sa déception quand il lui apprendrait que le boulot ne lui reviendrait pas.

— Le bouton "femme" ! Où vas-tu chercher ça, Roger ? » Ferdinand s'était installé dans un autre fauteuil, les pieds sur la table, une copie assez modeste de la table basse de Noguchi, et avait pris une orange qu'il épluchait derrière des giclées de jus presque imperceptibles s'élevant du fruit et qui se déposaient sur sa chemise bien repassée. Pour un homosexuel, Ferdinand était incroyablement brouillon. Et incroyablement homosexuel pour un chasseur de têtes.

1. En français dans le texte.

« Inbau, Reid et Buckley, répondis-je.

— Tu l'as déjà dit. Mais qu'est-ce que c'est exactement ? C'est mieux que Cuté ?

— C'est le schéma d'interrogatoire en neuf étapes du FBI, Ferdinand, répondis-je en riant. C'est une arme automatique dans un monde de pois sauteurs, un outil qui active les choses, qui ne fait pas de prisonniers, mais donne des résultats aussi rapides que concrets.

— Et de quels résultats parle-t-on exactement, Roger ? »

Je savais ce que Ferdinand voulait, et ça ne me posait pas de problème. Il voulait savoir quelle *edge* j'avais et qui faisait de moi le meilleur et pas lui — provisoirement. Et je lui donnai ce dont il avait besoin pour y arriver. Car les règles sont ainsi, on partage les connaissances. Et parce qu'il ne serait jamais meilleur que moi, parce qu'il se pointerait éternellement dans des chemises empestant le citron en se demandant si quelqu'un avait un modèle, une méthode, un secret qui battent les siens.

« Soumission, répondis-je. Confession. Vérité. Ça repose sur des principes très simples.

— Comme quoi ?

— Les premières questions que tu poses à un suspect portent sur sa famille.

— Peuh ! cracha Ferdinand. C'est ce que je fais aussi. Ça les fait se sentir en sécurité de pouvoir parler de choses qu'ils connaissent, proches. Et ça les ouvre.

— Exact. Mais ça te permet aussi de repérer leurs points faibles. Leur talon d'Achille. Que tu pourras utiliser à une phase ultérieure de l'interrogatoire.

— Bouh ! Tu parles d'un vocabulaire !

— À une phase ultérieure de l'interrogatoire, quand vous parlerez de ce qui fait mal, de ce qui s'est passé, du meurtre qu'il est soupçonné d'avoir commis, de ce qui le fait se sentir seul et abandonné de tous et qui lui donne envie de se cacher, tu veilleras à avoir mis un rouleau d'essuie-tout sur la table, tout juste hors de portée du suspect.

— Pourquoi ?

— Parce que l'interrogatoire est arrivé à son crescendo naturel, et le moment est venu pour toi d'appuyer sur le bouton sensible. Tu lui demandes ce que penseront ses enfants quand ils apprendront que leur père est un meurtrier. Puis, quand les larmes apparaissent dans ses yeux, tu lui tends le rouleau. Tu dois être celui qui comprend, celui qui veut aider, à qui il peut se confier sur tout ce qui fait mal. Sur ce meurtre idiot, stupide, qui a eu lieu, tout simplement, presque de lui-même.

— Un meurtre ? Je ne pige rien à ce que tu veux dire, moi non plus. On recrute des gens, non ? On n'essaie pas de les faire condamner pour meurtre.

— Moi, si, répondis-je en attrapant ma veste suspendue au fauteuil. Et voilà pourquoi je suis le meilleur chasseur de têtes de la ville. Par ailleurs, je te charge de l'entretien avec Lander et le client, demain à midi.

— Moi ? »

Je quittai la pièce et partis dans le couloir, suivi par Ferdinand, et nous passâmes devant les vingt-cinq autres bureaux qui composent Alfa, un cabinet de recrutement de taille moyenne survivant depuis quinze ans avec un résultat annuel entre quinze et vingt millions qui, en conséquence de bonus trop modestes pour les meilleurs d'entre nous, allaient dans la poche du propriétaire, à Stockholm.

« C'est du gâteau. Les informations sont dans le fichier. OK ?

— OK, acquiesça Ferdinand. À une condition.

— Une condition ? C'est moi qui te rends un service.

— Le vernissage que ta femme organise ce soir, à la galerie…

— Oui ?

— Je peux venir ?

— On t'a invité ?

— C'est justement ça. C'est le cas ?

— Peu de chances. »

Ferdinand pila et disparut de mon champ de vision. Je continuai, en sachant qu'il me regardait partir, bras ballants, en se disant que ce ne serait pas aujourd'hui non plus qu'il pourrait trinquer au mousseux avec la jet-set d'Oslo, les reines de la nuit, les célébrités et les nantis, qu'il ne participerait pas à la miette de glamour autour des vernissages de Diana, ne pourrait pas établir de lien avec des candidats potentiels à un job, un lit ou autres relations pécheresses. Le pauvre.

« Roger ? » C'était la fille derrière l'accueil. « Deux appels. Le premier…

— Pas maintenant, Oda, l'interrompis-je sans ralentir. Je sors pour trois quarts d'heure. Ne prenez pas de message.

— Mais…

— Ils rappelleront si c'est important. »

Jolie fille, mais elle avait encore besoin d'apprendre un peu, Oda. Ou était-ce Ida ?

CHAPITRE 2

Secteur tertiaire

Le goût frais et salé des gaz d'échappement dans l'air automnal me fit penser à l'océan, à l'exploitation pétrolière et au produit national brut. La lumière tombait de biais sur les vitres des immeubles de bureaux et renvoyait des ombres rectangulaires bien nettes sur ce qui avait naguère été une zone industrielle. C'était à présent une espèce de quartier peuplé de magasins, d'appartements et de bureaux hors de prix pour des consultants hors de prix. D'où j'étais, je voyais trois clubs omnisports, tous bondés du matin au soir. Un jeune type en costume Corneliani et petites lunettes rondes ridicules me salua avec déférence quand nous nous croisâmes, et je lui retournai un hochement de tête miséricordieux. Je ne savais pas du tout qui il était, mais il devait fatalement faire partie d'un autre cabinet de recrutement. Edward W. Kelley, peut-être ? Seuls les chasseurs de têtes saluent respectueusement un chasseur de têtes. Ou pour faire court : personne d'autre ne me salue, on ne sait pas qui je suis. Pour commencer, mes relations sociales sont limitées en dehors de ma femme Diana. En second lieu, je travaille pour une société qui, à l'instar de Kelley, est dans la catégorie raffinée de celles qui fuient les projecteurs des médias, celles dont vous pensez n'avoir jamais entendu parler jusqu'à ce que vous soyez qualifié pour un emploi prestigieux dans ce pays ; un jour, nous vous appelons et un écho sonne dans le lointain : Alfa, où avez-vous déjà entendu ce nom ? Était-ce lors de la réunion du conseil d'administration du konzern, pour la nomination d'un nouveau directeur de département ? Vous avez entendu parler de nous, malgré tout. Mais vous ne savez rien. Car la discrétion est notre vertu principale. Notre seule vertu. Pour l'essentiel, ce sont évidemment des bobards de la plus basse espèce, comme par exemple quand vous m'entendez terminer mon second entretien sur mon immuable mantra : « Vous êtes l'homme que je cherchais pour ce boulot. Un boulot pour lequel vous êtes parfait. Je ne fais pas que le croire, je le sais. Et ça veut dire que le boulot est parfait pour vous. Croyez-moi. »

Bon. Ne me croyez pas.

Oui, je pariai sur Kelley. Ou Amrop. Avec ce costume, il ne faisait en tout cas pas partie d'une des grandes, nulles, sans élégance, comme Manpower ou Adecco. Ni d'une des minuscules, cool, comme Hopeland. J'aurais su qui c'était. Il pouvait bien sûr travailler pour l'une des grandes, plutôt cool, comme Mercuri Urval ou Delphi. Ou bien pour l'une des petites nulles sans nom qui recrutent pour la classe dirigeante moyenne et n'ont que de temps en temps le droit de rivaliser avec nous autres, les grands garçons. Dans ces moments-là, ils perdent et s'en retournent à leur recherche de gérants de magasins et responsables de la comptabilité. Et saluent avec déférence les gens comme moi, en espérant qu'un jour nous nous souviendrons d'eux et leur proposerons un job chez nous.

Il n'existe aucun classement officiel des chasseurs

de têtes, aucune étude de réputation comme dans le domaine des courtiers, ou des cérémonies de secteur pour décerner des prix aux gourous de l'année, comme dans les médias et la pub. Mais on sait. On sait qui est le meilleur, qui sont les challengers, qui va se casser la figure. Les exploits se font dans le calme, les enterrements dans un silence absolu. Mais le type qui venait de me saluer savait que j'étais Roger Brown, le chasseur de têtes qui n'a jamais présenté un candidat à un poste qu'il n'a pas eu ; qui au besoin manipule, force, casse et défonce pour faire passer le candidat. Ses clients comptent aveuglément sur ses capacités d'appréciation, mettent sans hésiter le destin de leur compagnie entre ses mains — et rien que les siennes. Autrement dit : ce n'est pas la compagnie autonome du port d'Oslo qui a embauché le nouveau responsable de circulation l'an passé, ce n'est pas Avis qui a engagé le directeur pour la Scandinavie, et ce n'est clairement pas la commune qui a choisi les responsables de la centrale électrique dans le Sirdal. C'est moi.

Je décidai de prendre note du gars. BON COSTUME. SAIT ENVERS QUI IL DOIT MONTRER DU RESPECT.

J'appelai Ove depuis une cabine téléphonique à côté de la boutique Narvesen après avoir consulté ma messagerie. Huit messages. Je les effaçai.

« Nous avons un candidat, confiai-je quand Ove finit par répondre. Jeremias Lander, Monolitveien.

— Je vérifie si on l'a ?

— Non, je sais que vous l'avez. Il est convoqué demain pour un second entretien. De midi à deux. Midi tapant. Donne-moi une heure. C'est noté ?

— Ouais. Autre chose ?

— Les clés. Sushi & Coffee dans vingt minutes ?

— Une demi-heure. »

Je descendis calmement la rue pavée en direction du Sushi & Coffee. Le choix d'un revêtement plus bruyant, qui pollue davantage et plus cher que l'asphalte classique a vraisemblablement été motivé par la recherche d'un idéal originel constant et authentique. Plus authentique que ça, en tout cas : les coulisses d'un quartier où l'on créait jadis, à la sueur du front, des produits nés dans un feu vif au son de lourds coups de masse. Comme écho, on avait le bourdonnement de machines à expresso et le fracas des masses métalliques du club omnisports. C'était le triomphe du secteur tertiaire sur l'ouvrier industriel, le triomphe du design sur le besoin de logements, le triomphe de la fiction sur la réalité. Et j'aime ça.

Je jetai un coup d'œil aux boucles d'oreilles en diamant aperçues dans la vitrine du bijoutier en face du Sushi & Coffee. Elles seraient parfaites pour les oreilles de Diana. Et catastrophiques pour mes finances. Je rejetai l'idée, traversai la rue et passai la porte du restaurant qui, d'après son nom, prépare des sushis, mais qui en réalité sert du poisson mort. Rien à dire sur leur café, en revanche. C'était à moitié plein. De femmes blond platine minces, au corps bien sculpté, toujours en tenue de sport parce qu'il ne leur vient pas à l'idée de se doucher dans un club omnisports devant d'autres personnes. Curieux, dans le fond, puisqu'elles dépensent des fortunes pour ces corps qui célèbrent à leur tour le triomphe de la fiction. Elles aussi appartenaient au secteur tertiaire : les domestiques d'époux fortunés. Si encore ces femmes avaient été idiotes… mais elles avaient étudié le droit, l'informatique et l'histoire de l'art comme autant d'éléments de leur beauté, des années d'université aux frais de la société pour finir en jouets surqualifiés destinés à rester à la maison ; elles échangeaient pour l'heure des confidences sur la façon de maintenir un certain degré de contentement, de jalousie et d'excitation chez leurs généreux époux vieillissants. Jusqu'à ce qu'elles les enchaînent avec des enfants. Et après les enfants, tout change, bien sûr ; l'équilibre des pouvoirs est retourné, l'homme castré et tenu en échec et mat. Les enfants…

« Double cortado », lançai-je en m'asseyant sur l'un des sièges contre le comptoir.

Je contemplai avec satisfaction les femmes dans le miroir. J'étais un homme heureux. Diana était tout le contraire de ces parasites futés et vides d'idées. Elle avait tout ce qui me faisait défaut. Sollicitude. Empathie. Loyauté. Grandeur. En bref : c'était une belle âme dans un beau corps. Mais sa beauté n'était pas du genre parfait, ses proportions étaient trop particulières pour ça. Diana était esquissée dans le style manga, comme ces personnages de bandes dessinées japonaises aux allures de poupées. Elle avait un petit visage percé d'une bouche minuscule, sous un petit nez et de grands yeux un peu étonnés qui avaient tendance à saillir quand elle était fatiguée. Mais pour moi, c'étaient justement les écarts à la norme qui faisaient ressortir sa beauté, la rendaient frappante. Alors qu'est-ce qui l'avait poussée à me choisir moi ? Un fils de chauffeur, un étudiant en économie légèrement plus doué que la moyenne avec des perspectives un peu en dessous de la moyenne et une taille bien en dessous de la norme. Cinquante ans en arrière, un mètre soixante-huit ne m'aurait pas gratifié du qualificatif « petit », en tout cas pas dans toute l'Europe. Et, en lisant un peu l'histoire de l'anthropométrie, on découvre qu'il y a cent ans seulement la taille moyenne en Norvège était d'un mètre soixante-huit, justement. Mais l'évolution avait joué contre moi.

Qu'elle m'ait choisi, moi, dans un instant d'égarement, c'était une chose. L'incompréhensible, c'était qu'une femme comme Diana — qui pouvait avoir absolument tous ceux qu'elle voulait — se réveillait tous les matins en voulant m'avoir une journée de plus. Quelle mystérieuse cécité l'empêchait totalement de voir ma médiocrité, ma nature déloyale, ma faiblesse quand je rencontrais une résistance, ma méchanceté stupide quand je rencontrais de la méchanceté stupide ? Ne voulait-elle pas voir ? Ou était-ce juste une compétence finaude chez moi qui avait envoyé mon véritable moi dans cet angle mort béni de l'amour ? En outre, il y avait l'enfant que je lui avais toujours refusé. Quel pouvoir avais-je en réalité sur cet ange dans une enveloppe humaine ? À en croire Diana, je l'avais ensorcelée dès notre première rencontre grâce à mon mélange contradictoire d'arrogance et d'autodérision. C'était au cours d'une soirée étudiante nordique à Londres. Ma première impression de Diana avait été qu'elle ressemblait comme deux gouttes d'eau à celles qui étaient là : une beauté blonde, scandinave, originaire des quartiers chics d'Oslo, qui étudiait l'histoire de l'art dans une métropole du monde, qui prenait quelques boulots de modèle de temps en temps, était contre la guerre et la pauvreté, et appréciait les soirées et toutes les occasions de s'amuser. Il m'avait fallu trois heures et une demi-douzaine de Guinness avant de comprendre que je m'étais trompé. En premier lieu, Diana était sincèrement intéressée par l'art, presque jusqu'au parodique. En second lieu, elle parvenait à mettre des mots sur sa frustration de faire partie d'un système qui déclenchait des guerres contre les opposants au capitalisme occidental. C'était elle qui m'avait expliqué la chose suivante : le profit réalisé par les pays industrialisés en exploitant les pays en voie de développement serait toujours supérieur à l'aide déboursée par les premiers au bénéfice des seconds. Troisièmement, elle avait le sens de l'humour, mon humour, une condition pour que des gars comme moi se trouvent des nanas de plus d'un mètre soixante-dix. Et quatrièmement, c'était sans nul doute ce qui m'avait décidé — elle était mauvaise en langues et bonne en raisonnement. Elle parlait un anglais pour le moins maladroit et m'avait expliqué en riant qu'il ne lui était jamais venu à l'idée de s'essayer au français ou à l'espagnol. Je lui avais demandé s'il était possible qu'elle ait un cerveau masculin et apprécie les maths. Elle s'était contentée de hausser les épaules, mais je n'avais pas renoncé et lui avais parlé des tests de recrutement de Microsoft, où les candidats doivent résoudre un problème de logique donné.

« L'important, c'est tout autant de voir comment le candidat accepte le défi que la façon dont il y trouve une solution.

— Vas-y.

— Les nombres premiers…

— Attends ! Qu'est-ce que c'est, déjà, un nombre premier ?

— Un nombre qui n'est divisible que par lui-même et un.

— Ah oui. » Elle n'avait toujours pas ce regard lointain que prennent souvent les femmes quand les chiffres apparaissent dans la conversation, et je poursuivis :

« Les nombres premiers sont souvent deux nombres

impairs qui se suivent. Comme onze et treize. Dix-sept et dix-neuf. Vingt-neuf et trente et un. Tu vois ?

— Je vois.

— Y a-t-il des exemples de trois nombres impairs consécutifs qui soient tous des nombres premiers ?

— Bien sûr que non, répondit-elle en levant son verre de bière à sa bouche.

— Ah ? Pourquoi pas ?

— Tu me prends pour une idiote ? Dans une suite de cinq nombres consécutifs, il y en a obligatoirement un qui est divisible par trois. Continue.

— Continue ?

— Oui, où est-il, le problème de logique ? »

Elle avait bu une grosse gorgée de bière et me regardait avec une curiosité aussi authentique qu'avide. Chez Microsoft, on donnait aux candidats trois minutes pour fournir une preuve qu'elle m'avait servie en trois secondes. En moyenne, cinq pour cent y parvenaient. Je crois que c'est à cet instant précis que je suis tombé amoureux d'elle. Je me rappelle en tout cas que j'avais noté sur ma serviette : EMBAUCHÉE.

Et j'avais su que je devais la rendre amoureuse de moi dans cet endroit et à cet instant, avant de me lever et de rompre le charme. Alors j'avais parlé. Et parlé. J'avais atteint à force de paroles un mètre quatre-vingt-quinze. Je sais parler. Mais elle m'avait interrompu à mon point culminant :

« Tu aimes le football ?

— Et… et toi ?

— Les QPR jouent demain contre Arsenal, en coupe de la ligue. Intéressé ?

— Bien sûr », répondis-je. En pensant à elle, naturellement ; le football m'indiffère à un degré à peine concevable.

Dans son écharpe rayée bleue, elle avait hurlé à en perdre la voix à travers le brouillard d'automne londonien sur Loftus Road tandis que sa misérable petite équipe, les Queens Park Rangers, ramassait une déculottée magistrale face aux grands frères d'Arsenal. Fasciné, j'avais observé son visage passionné, et n'avais rien retenu d'autre du match qu'Arsenal avait de chouettes tenues blanc et rouge, alors que les QPR portaient des rayures obliques bleues sur fond blanc, qui faisaient ressembler les joueurs à des sucres d'orge sur pattes.

À la mi-temps, je lui avais demandé pourquoi elle ne s'était pas choisi une grande équipe de gagnants comme Arsenal, au lieu d'amateurs dérisoires comme les QPR.

« Parce qu'ils ont besoin de moi », avait-elle répondu. Gravement. *Ils ont besoin de moi*. Je soupçonnais une sagesse totalement inaudible dans les mots. Elle avait alors éclaté de son rire légèrement gargouillant avant de vider son gobelet de bière.

« Ils sont comme un bébé sans défense. Regarde-les. Ils sont tellement *mignons*…

— En layette. Regarde. Laissez les petits venir à moi, c'est ta devise ?

— Mmm. » Elle avait penché la tête de côté pour me toiser avec un grand sourire. « Oui, ça peut le devenir. »

Nous avions ri. D'un rire puissant, libérateur.

Je ne me rappelle pas le résultat du match. Enfin, si : un baiser devant un bâtiment de brique sévère, un pensionnat pour jeunes filles à Shepherd's Bush. Plus une nuit solitaire sans sommeil, peuplée de rêves sauvages et éveillés.

Dix jours plus tard, je regardais son visage à la lueur

vacillante d'une bougie plantée dans le goulot d'une bouteille de vin sur sa table de chevet. Nous faisions l'amour pour la première fois, ses yeux étaient fermés, une veine saillait sur son front et son expression allait de la colère à la douleur tandis que ses hanches frappaient rageusement les miennes. La même passion que quand elle avait vu ses QPR éjectés de la coupe de la ligue. Par la suite, elle déclara qu'elle aimait mes cheveux. C'était un refrain dans ma vie, et, malgré tout, c'était comme si je l'entendais pour la première fois.

Il s'était écoulé six mois avant que je lui raconte que mon père travaillait dans la diplomatie, mais pas nécessairement en tant que diplomate.

« Chauffeur, avait-elle répété en attirant ma tête pour l'embrasser. Ça veut dire qu'il pourra emprunter la limousine de l'ambassadeur pour notre sortie de l'église ? »

Je n'avais pas répondu, mais nous nous mariâmes au printemps suivant en pompe modérément grande à l'église St. Patrick. La modestie de l'événement tenait à ce que j'avais persuadé Diana d'opter pour un mariage sans famille ni amis. Sans papa. Rien que nous, purs et innocents. Mais Diana était splendide, elle étincelait comme deux soleils et une lune. Le hasard voulut que cet après-midi-là les QPR se réveillent, et le taxi se fraya un chemin jusqu'à l'appartement de Diana à Shepherd's Bush à travers une foule en liesse de bannières et de drapeaux à motifs de sucre d'orge. Tout n'était que bonheur sans tache. Diana ne parla pas d'enfant avant notre retour à Oslo.

Je regardai l'heure. Ove aurait dû être là. Je levai les yeux sur le miroir au-dessus du bar et rencontrai ceux de l'une des deux blondes. Nos regards demeurèrent l'un dans l'autre assez longtemps pour que nous puissions nous méprendre, si nous le voulions. Beauté de porno, bon travail de chirurgie. Je ne voulais pas. Mon regard poursuivit donc sa course. C'était justement comme cela que mon unique aventure honteuse avait commencé : par un regard un peu appuyé. Le premier acte s'était déroulé à la galerie. Le deuxième au Sushi & Coffee. Le troisième dans un petit appartement d'Eilert Sundts gate. Mais Lotte représentait maintenant un chapitre clos, et cela ne se reproduirait jamais. Jamais. Mon regard continua dans la pièce et s'arrêta.

Ove était installé à la table juste à côté de la porte.

Apparemment, il lisait *Dagens Næringsliv*. Une idée bien drôle. Non seulement Ove Kjikerud se moquait éperdument des cours de la Bourse et de ce qui se passait par ailleurs dans notre prétendue société, mais en plus il savait à peine lire. Ou écrire. Je me rappelle encore sa candidature pour un poste de gardien d'immeuble ; elle avait été émaillée de tant de fautes d'orthographe que j'en avais ri aux larmes.

Je descendis de mon tabouret et le rejoignis à sa table. Il avait replié *Dagens Næringsliv*, et je fis un signe de tête vers le journal. Il sourit rapidement pour me faire savoir qu'il était libre. Je ramassai le quotidien sans un mot et retournai à ma place près du comptoir. Une minute plus tard, j'entendis la porte s'ouvrir et se refermer, et, quand je regardai de nouveau dans le miroir, Ove Kjikerud avait disparu. Je tournai les pages jusqu'à celles des cours du second marché, refermai discrètement la main sur la clé qui se trouvait là et la laissai tomber dans ma poche de veste.

À mon retour au bureau, six SMS attendaient sur mon

mobile. J'en effaçai cinq sans les lire et ouvris celui de Diana :

N'oublie pas le vernissage ce soir, chéri, tu es mon porte-bonheur.

Elle avait inséré un smiley affublé de lunettes de soleil, l'un des raffinements du téléphone Prada que je lui avais offert cet été pour ses trente-deux ans. « Rien ne pouvait me faire plus plaisir ! » s'était-elle écriée en ouvrant son paquet. Mais nous savions tous les deux ce qui lui aurait fait le plus plaisir. Et que je ne voulais pas lui offrir, donc. Pourtant, elle avait menti et m'avait embrassé. Que peut-on exiger de plus d'une femme ?

CHAPITRE 3
Vernissage

Un mètre soixante-huit. Je n'ai besoin d'aucun psychologue décérébré pour m'expliquer que ça doit être compensé, que la petitesse physique est un carburant pour accomplir des choses. Une part étonnamment importante des grandes œuvres d'art dans le monde ont été réalisées par des hommes de petite taille. Nous avons soumis des empires, eu les idées les plus géniales, couché avec les plus belles femmes sur les écrans de cinéma… en bref, nous avons toujours été à la recherche des plus hautes chaussures à semelles compensées. Pas mal d'idiots ont découvert que certains aveugles sont bons musiciens et que des autistes vous calculent des racines carrées de tête, ce qui les a conduits à penser que tout handicap est une bénédiction cachée. Pour commencer, c'est du pipeau. En second lieu, je ne suis quand même pas un nain, seulement un peu moins grand que la moyenne. Troisièmement, soixante-dix pour cent des plus hauts dirigeants sont plus grands que la moyenne dans leur pays. La taille est aussi mise en relation positive avec l'intelligence, les revenus et les études préférentielles. Quand je place quelqu'un à un poste important dans le secteur économique, la taille est l'un de mes principaux critères. Elle confère le respect, la confiance et l'autorité. Les grands sont visibles, ils ne peuvent pas se cacher, ils sont les maîtres, libres de toute saleté, ils doivent être ce qu'ils représentent. Les petits se meuvent dans la fange, ils ont un plan secret, un agenda trahissant leur médiocrité.

Bien sûr, ce sont des fadaises, mais quand je place un candidat à un boulot, je ne le fais pas parce que la personne en question est la meilleure pour ce travail, mais parce qu'elle est celle que le client va embaucher. Je leur apporte une tête suffisamment bonne juchée sur le corps qu'ils veulent. Ils n'ont pas les compétences pour se faire un avis sur le premier point, ils peuvent voir de leurs propres yeux le second. Comme les soi-disant vedettes de l'art, riches à millions, aux vernissages de Diana : ils n'ont pas les compétences pour se faire une opinion du portrait, mais ils sont capables de lire la signature. Le monde est plein de gens qui paient très cher pour de mauvais tableaux de bons artistes. Et de têtes moyennes sur de grands corps.

Je dirigeai ma nouvelle Volvo S80 dans les virages de la rue qui grimpe vers notre belle et onéreuse demeure de Voksenkollen. Je l'ai achetée parce que Diana a eu cette expression de souffrance quand nous l'avons visitée. La veine de son front qui se dilatait quand nous faisions l'amour vibrait bien nettement au-dessus de ses yeux en amande. Elle avait levé la main droite et repoussé derrière son oreille droite les cheveux courts et fins couleur paille, comme pour mieux entendre, pour garantir par l'écoute que ses yeux avaient eu raison : c'était la maison qu'elle avait cherchée. Et sans qu'elle ait besoin de prononcer le moindre mot, je sus que ça l'était. Même quand la lueur s'éteignit dans ses yeux, quand l'agent nous apprit qu'il avait déjà reçu une offre d'un million et demi au-dessus du prix, je sus que je devais la lui acheter. Parce que c'était le seul sacrifice qui pouvait remettre les choses en place après l'avoir dissuadée d'avoir cet enfant. Je ne me souviens plus exactement des arguments utilisés en faveur de l'avortement, mais aucun n'avait été vrai. La vérité, c'était que, même si nous étions deux personnes dans trois cent vingt mètres carrés ruineux, il n'y avait pas la place pour un enfant. C'est-à-dire : pas la place pour un enfant et moi. Car je connaissais Diana. Contrairement à moi, elle était monogame jusqu'à la perversion. J'aurais haï cet enfant dès le tout premier jour. Alors, au lieu de cela, je lui avais offert un nouveau départ. Une demeure. Et une galerie.

Je tournai dans l'allée. La porte du garage avait reconnu le véhicule depuis longtemps et s'était ouverte automatiquement. La Volvo pénétra dans l'obscurité fraîche, et le moteur s'éteignit pendant que la porte se refermait doucement derrière moi. Je sortis par la porte latérale du garage pour remonter le chemin dallé vers la maison. C'était un splendide édifice de 1937, dessiné par Ove Bang, le fonctionnaliste selon qui les coûts ne primaient pas sur l'esthétique, et qui était en cela une âme sœur de Diana.

J'avais souvent pensé que nous pourrions vendre, emménager dans plus petit, plus banal, plus pratique même. Mais chaque fois que je rentrais à la maison, que, comme maintenant, le soleil bas de l'après-midi faisait ressortir si nettement les contours, les jeux d'ombre et de lumière, la forêt automnale derrière qui flamboyait comme de l'or rouge, je savais que c'était impossible. Que je ne pouvais pas m'arrêter. Tout simplement parce que je l'aimais et ne pouvais donc rien faire d'autre. Et avec cela allait tout le reste : la maison, ce gouffre financier de galerie, les preuves d'amour hors de prix dont elle n'avait pas l'usage et le style de vie dont nous n'avions pas les moyens. Tout cela pour apaiser son désir.

J'entrai, me défis de mes chaussures et désactivai l'alarme dans le délai de vingt secondes avant que ça se mette à sonner chez Tripolis. Diana et moi avions longuement discuté du code avant de tomber d'accord. Elle aurait voulu que ce soit « DAMIEN », d'après son artiste préféré Damien Hirst, mais je savais que c'était le nom qu'elle avait donné à notre enfant avorté ; j'insistai donc pour une série aléatoire de lettres et de chiffres que l'on ne pourrait pas deviner. Et elle avait cédé. Comme toujours quand j'opposais la force à la force. Ou la force à la douceur. Car Diana était douce. Pas faible, mais douce et flexible. Comme de la glaise dans laquelle la moindre pression laisse une trace. Ce qui était étrange, c'était que plus elle cédait, plus elle gagnait en force et en grandeur. Et moi en faiblesse. Jusqu'à ce qu'elle me domine comme un ange gigantesque, un ciel de culpabilité, de dettes et de mauvaise conscience. Et quels que soient mes efforts, le nombre de têtes que je rapportais à la maison, la part du bonus que je ratissais au bureau central de Stockholm, ça ne suffisait pas pour l'indulgence.

Je grimpai l'escalier vers le salon et la cuisine, ôtai ma cravate, ouvris le réfrigérateur Sub-Zero et en sortis une bouteille de San Miguel. Pas la classique Especial, mais une 1516, la bière superdouce que Diana préférait parce qu'elle est brassée avec de l'orge pure. Par la fenêtre du salon, je regardai le jardin, le garage et les voisins. Oslo, le fjord, le Skagerrak, l'Allemagne, le monde. Avant de découvrir que j'avais déjà vidé la canette.

J'allai en chercher une autre et descendis au rez-de-chaussée pour me changer pour le vernissage.

Au moment où je passai devant la Pièce Interdite, je remarquai que la porte était entrebâillée. Je l'ouvris en grand et vis immédiatement qu'elle avait déposé des fleurs fraîches près de la petite statue de pierre sur la table basse, sous la fenêtre. La table, qui rappelait un petit autel, constituait l'unique mobilier dans la pièce et la statue ressemblait à un enfant moine au visage fendu d'un sourire de Bouddha. À côté des fleurs, il y avait une paire de minuscules chaussures d'enfant et un hochet jaune.

J'entrai, bus une gorgée de bière, m'accroupis et passai les doigts sur le crâne nu et lisse de la statuette. C'était un mizuko jizo, un personnage de la tradition japonaise qui protégeait les enfants avortés, ou mizuko — enfant d'eau. C'était moi qui avais rapporté cette statuette après une chasse ratée. C'était dans les premiers mois après l'avortement, alors que Diana était toujours au plus bas, et j'avais pensé que ça pourrait être réconfortant. L'anglais du vendeur avait été trop mauvais pour que j'attrape tous les détails, mais l'idée japonaise doit être celle-ci : quand le fœtus meurt, l'âme de l'enfant retourne à son état primitif liquide — ils deviennent des enfants d'eau. Qui — quand on mélange un peu de bouddhisme à la japonaise — attendent d'être enfantés de nouveau. Dans l'intervalle, on accomplit ces fameuses mizuko kuyo, des cérémonies et sacrifices simples qui protègent l'âme de l'enfant non né, ainsi que les parents contre la vengeance de l'enfant d'eau. Je n'ai jamais mentionné ce dernier point pour Diana. Au début, j'avais été heureux, elle paraissait trouver du réconfort dans cette statuette de pierre. Mais lorsque son jizo avait fini par devenir une obsession et qu'elle avait voulu le prendre dans notre chambre, j'avais été contraint de remettre les choses à leur place. En décrétant que, dorénavant, le petit personnage ne ferait plus l'objet de prières ou de sacrifices. Encore que, dans cette affaire, je n'aie jamais opposé la force à la douceur. Car je savais bien que je risquais de perdre Diana. Ce que je ne pouvais pas me permettre.

J'entrai dans mon bureau, allumai le PC, cherchai sur le Net jusqu'à ce que je trouve une illustration haute définition de *La broche*, d'Edvard Munch, également appelée *Eva Mudocci*. Trois cent cinquante mille sur le marché légal. Certainement pas plus que deux cent mille sur le mien. Cinquante pour cent au receleur, vingt à Kjikerud. Quatre-vingt mille pour moi. C'était classique : ça justifiait à peine le dérangement, et en tout cas pas le risque. Le tableau était en noir et blanc. 58 × 45 cm. Juste assez pour le faire tenir dans une page A2. Quatre-vingt mille. Très légèrement insuffisant pour payer le prochain remboursement trimestriel du prêt immobilier. Et très loin de pouvoir couvrir les pertes de l'an passé à la galerie, que j'avais promis au comptable de payer dans le courant du mois de novembre. En outre, pour une raison ou une autre, les occasions où un tableau correct se présentait s'étaient espacées. Le dernier, *Modèle en talons hauts*, de Søren Onsager, remontait à plus de trois mois, et même celui-là n'avait rapporté que soixante mille. Il devait se passer des choses, rapidement. Les QPR devaient marquer grâce à la chance, une bavure dans la lucarne qui les enverrait à Wembley.

Ça arrivait, avais-je entendu dire. Je poussai un soupir et envoyai Eva Mudocci à l'imprimante.

Il y aurait du champagne, et je fis donc venir un taxi. En m'installant, je donnai comme d'habitude le nom de la galerie, c'était une espèce de test pour l'étude de marché que nous faisions. Mais — comme d'habitude également — le chauffeur me retourna un regard intrigué à travers le rétroviseur.

« Erling Skjalgssons gate », soupirai-je.

Diana et moi avions discuté longuement de l'emplacement avant qu'elle ne se décide. Je m'intéressais plus à la situation sur l'axe Skillebekk-Frogner, puisque c'est là que l'on trouve aussi bien les clients solvables que les autres galeries d'un certain niveau. Se placer hors du groupe peut être synonyme de mort rapide pour qui vient d'ouvrir. Le modèle de Diana avait été la Serpentine Gallery, près de Hyde Park à Londres, et elle avait décidé que la galerie ne serait pas tournée vers l'une des grosses rues animées telles que Bygdøy Allé ou Gamle Drammensvei ; elle devrait au contraire se trouver dans une rue calme permettant la contemplation. Un emplacement un peu à l'écart soulignait par ailleurs l'élégance, indiquait que c'était pour les initiés, les connaisseurs.

J'avais donné mon accord, en songeant que le loyer ne serait peut-être pas nécessairement hors de prix, malgré tout.

Jusqu'à ce qu'elle ajoute qu'elle pouvait payer de sa poche des mètres carrés supplémentaires pour aménager un salon où afters et vernissages pourraient avoir lieu. Elle venait en effet de repérer des locaux vides dans Erling Skjalgssons gate qui seraient parfaits, hormis leur catégorie des plus élevées. C'est moi qui avais trouvé le nom : *Galleri E*. E pour Erling Skjalgssons gate. C'était par ailleurs le même genre de nom que la galerie la mieux gérée de la ville, *Galleri K*, et il était censé montrer que nous nous adressions aux fortunés, sûrs d'eux en matière de qualité et assez branchés.

Je n'avais pas mentionné que la prononciation du nom indiquait que c'était *la* galerie[1]. Diana n'aimait pas ce genre d'effet facile.

Le contrat de location avait été signé, le vaste travail de rénovation entrepris, et la ruine s'était amorcée.

Quand le taxi s'arrêta devant, je remarquai plus de Jaguar et de Lexus garées le long du trottoir que d'habitude. Un bon signe, même si ça pouvait bien sûr être dû à une réception dans l'une des ambassades alentour, ou à une fête organisée par Celina Midelfart dans sa forteresse de l'ex-RDA.

Quand j'entrai, une musique d'ambiance des années quatre-vingt, où dominaient les basses, déferlait des haut-parleurs à un niveau agréablement feutré. Lui succéderaient les *Variations Goldberg*. C'est moi qui avais gravé le CD à Diana.

L'endroit était déjà à moitié plein, bien qu'il ne soit que huit heures et demie. Un bon signe ; d'habitude, la clientèle de *Galleri E* ne se montre pas avant neuf heures et demie. Diana m'avait expliqué que les vernissages qui font salle comble passent pour vulgaires, qu'une salle à demi pleine souligne le raffinement. Mon expérience me disait cependant que plus il y a de monde, plus il y a de tableaux vendus. J'adressai des signes de tête à droite et à gauche sans en recevoir aucun en réponse, avant de filer vers le bar mobile.

1. Galleri*et* dans le texte original, littéralement « *la* galerie ».

Nick, le barman habituel de Diana, me tendit une flûte de champagne.

« Cher ? demandai-je en goûtant les bulles amères.

— Six cents, répondit Nick.

— Ça devrait faire vendre pas mal de tableaux. Qui est l'artiste ?

— Atle Nørum.

— Je connais son nom, Nick ; je ne sais juste pas à quoi il ressemble.

— Là-bas. » Nick inclina sur la droite sa grosse tête noir d'ébène. « À côté de votre femme. »

J'eus à peine le temps de remarquer que l'artiste était un type trapu et barbu. Car elle était là.

Un pantalon de cuir blanc collé à ses longues jambes fines et qui la faisait paraître encore plus grande qu'elle n'était en réalité. Ses cheveux pendaient verticalement de chaque côté de sa frange, coupée bien droit, et l'encadrement à quatre-vingt-dix degrés accentuait l'impression de bande dessinée japonaise. Son léger chemisier de soie luisait presque en blanc bleuté sous les spots, sur ses épaules fines et musclées et ses seins qui, de profil, formaient deux vagues parfaitement dessinées. Seigneur, ces boucles d'oreilles lui seraient allées à merveille !

Mon regard l'abandonna à contrecœur pour balayer le reste de la salle. Le public conversait poliment devant les tableaux. C'étaient des habitués. Des financiers riches et accomplis (costume et cravate) et des célébrités (costume et T-shirt branché) de la bonne catégorie, celle qui a réellement quelque chose à montrer. Les femmes (fringues hypertendance) étaient comédiennes, écrivaines ou politiques. Et il y avait naturellement le groupe de jeunes artistes soi-disant talentueux et prétendument sans le sou (jeans troués, T-shirts à message), ceux que j'appelle les QPR. Au début, quand j'avais fait la grimace en voyant ces éléments sur les listes d'invités, Diana m'avait expliqué que nous avions besoin d'« épices », de vie, quelque chose d'un peu plus dangereux que les mécènes de l'art, les investisseurs calculateurs et ceux qui n'étaient là que pour cultiver leur image culturelle. D'accord, mais je savais que ce jeune homme négligé était là parce qu'on avait gentiment demandé une invitation à Diana. Et même si Diana aussi comprenait qu'ils étaient venus se chercher des acheteurs, tout le monde savait qu'elle ne parvenait jamais à refuser si quelqu'un lui demandait un service. Je remarquai que plusieurs personnes — principalement des hommes — lançaient régulièrement des regards furtifs à Diana. C'était la moindre des choses. Elle était plus jolie que toutes celles qu'ils pourraient jamais avoir. Ce n'était pas une supposition, mais un fait inébranlable, voire logique : c'était la plus jolie. Et elle était à moi. À quel point ce fait était inébranlable, c'était une question avec laquelle j'essayais de ne pas me torturer. Jusqu'à nouvel ordre, je me tranquillisais de son apparente cécité permanente.

Je comptai les hommes cravatés. En général, c'étaient eux qui achetaient. Le prix du mètre carré des œuvres de Nørum avoisinait les cinquante mille. Avec cinquante-cinq pour cent pour la galerie, il ne faudrait pas vendre beaucoup de tableaux pour que cela devienne une soirée lucrative. Autrement dit : ç'aurait dû l'être, car il n'y avait pas tant de Nørum que ça.

Les gens affluaient, et je dus me déplacer pour les laisser accéder au plateau de champagne.

Je rejoignis ma femme et Nørum pour leur dire l'admirateur sans bornes que j'étais. Une exagération, évidemment, mais pas un mensonge caractérisé ; ce type avait un talent incontestable. Mais quand je m'apprêtai à tendre la main, l'artiste fut assailli par un homme postillonnant qu'il connaissait manifestement, et attiré vers une femme gloussante qui souffrait à l'évidence d'une vessie trop pleine.

« Ça n'a pas mauvaise mine, constatai-je en me plaçant à côté de Diana.

— Salut, chéri. » Elle me sourit avant de faire comprendre aux jumelles qu'elles devaient faire une tournée d'amuse-gueules. Il n'y avait plus de sushis, et j'avais proposé le nouveau service de restauration d'Algérie, nord-africain d'inspiration française, très hot. Dans tous les sens du terme. Mais je vis qu'elle avait de nouveau commandé chez Bagatelle. Bon, ça aussi, attention. Et trois fois plus cher.

« Bonnes nouvelles, chéri, déclara-t-elle en glissant une main dans la mienne. Tu te rappelles le boulot dont tu m'as parlé, pour cette boîte à Horten ?

— Pathfinder. Eh bien ?

— J'ai trouvé le candidat parfait. »

Je la regardai avec une légère surprise. En tant que chasseur de têtes, je me servais occasionnellement du portefeuille de clients de Diana et de son cercle de relations, qui comptait bon nombre de dirigeants d'entreprise. Et sans aucune mauvaise conscience, c'était moi qui finançais ce gouffre, après tout. Ce qui était inhabituel de la part de Diana, c'était la proposition d'un candidat concret à un poste concret.

Diana me saisit sous le bras et se pencha un peu plus.

« Il s'appelle Clas Greve, chuchota-t-elle. Père néerlandais, mère norvégienne. Ou l'inverse. Mais bon, il a arrêté de bosser il y a trois mois, et il vient de s'installer en Norvège pour retaper une maison dont il a hérité. Il était à la tête de l'une des plus importantes sociétés de technologie GPS à Rotterdam. Il en était copropriétaire avant son rachat par les Américains, au printemps.

— Rotterdam, répétai-je en buvant une gorgée de champagne. Comment s'appelle cette société ?

— Hote. »

Il s'en fallut de peu pour que je recrache le champagne dans une quinte de toux.

« Hote ? Tu es sûre ?

— À peu près.

— Et ce comte[1] était grand chef ? Comme "grand" plus "chef" ?

— Il s'appelle Greve, en fait, je ne crois pas qu'il soit...

— Oui, bon, oui, bon. Tu as le numéro du gusse ?

— Non. »

Je gémis. Hote. Pathfinder avait évoqué cette société comme son modèle en Europe. À l'instar de Pathfinder pour le moment, Hote avait été une petite entreprise dont la spécialité était de fournir la technologie GPS à l'industrie de la défense en Europe. Un ancien grand patron issu de ce milieu serait tout simplement parfait. Et les choses pressaient. Toutes les boîtes de recrutement disent qu'elles prennent uniquement les missions sur lesquelles elles ont l'exclusivité, parce que c'est une condition pour pouvoir travailler sérieusement, systématiquement. Mais si la carotte est assez grosse et orange, quand le salaire annuel brut commence à avoisiner les sept chiffres, tout le monde se fout des principes. Le poste de chef chez Pathfinder était très gros, très orange et soumis à une concur-

1. *Comte* se dit *greve* en norvégien.

rence acharnée. La mission avait été confiée à trois boîtes de recrutement : Alfa, Isco et Korn/Ferry International. Trois des meilleures. Voilà pourquoi il ne s'agissait pas que d'argent. Quand on travaille sur une base *no cure, no pay*, on touche d'abord une somme forfaitaire pour couvrir les frais, puis une certaine somme si le candidat que l'on présente satisfait aux exigences convenues avec le client. Pour toucher la véritable rémunération, il faut malgré tout que le client embauche celui que l'on a recommandé. Juteux, mais ce dont il s'agit *réellement* est assez simple : gagner. Le meilleur. Les chaussures à semelles compensées.

Je me penchai vers Diana.

« Écoute, ma belle, c'est important. As-tu la moindre idée de l'endroit où je peux le trouver ?

— Tu es vraiment mignon quand tu t'emballes, mon amour, rit-elle.

— Sais-tu…

— Bien sûr.

— Où, où ?

— Il est là-bas. » Elle tendit un doigt.

Devant l'un des tableaux expressifs de Nørum — un type en sang portant une cagoule SM —, je vis une personne mince et bien droite, en costume. La lumière des spots se reflétait sur son crâne luisant et bronzé. Les veines étaient dures et sinueuses sur ses tempes. Son costume avait été confectionné chez un tailleur ; Savile Row, supposai-je. Chemise sans cravate.

« Je vais le chercher, mon amour ? »

Je hochai la tête et la regardai partir. En me préparant. Je le vis s'incliner légèrement quand Diana l'aborda pour lui montrer où j'étais. Ils vinrent vers moi. Je souris, mais pas trop largement ; je tendis la main un peu avant qu'il m'ait rejoint, mais pas trop tôt. Tout le corps tourné vers lui, les yeux dans les siens. Soixante-dix-huit pour cent.

« Roger Brown, enchanté. » Je prononçai les deux noms à l'anglaise.

« Clas Greve, tout le plaisir est pour moi. »

Hormis ce que cette formule de politesse avait de non local, il parlait un norvégien quasi parfait. Sa main était chaude, sèche, la poignée ferme sans exagération, longue des trois secondes conseillées. Son regard était calme, curieux, éveillé, le sourire aimable sans être forcé. Ma seule réserve tenait à ce qu'il n'était pas aussi grand que je l'avais espéré. Un peu moins d'un mètre quatre-vingts, un peu décevant quand on pense que les Néerlandais sont les maîtres mondiaux sur le plan anthropométrique, avec une taille moyenne de 183,4 centimètres.

Un accord de guitare résonna. Plus précisément un G11sus4, l'accord d'ouverture de *A Hard Day's Night*, sur l'album du même nom des Beatles, 1964. Je le savais parce que c'était moi qui l'avais ajouté comme sonnerie dans le téléphone Prada avant de l'offrir à Diana. Elle leva le joli petit objet à son oreille, s'excusa d'un signe de tête et s'écarta.

« J'ai cru comprendre que vous venez de vous installer ici, monsieur Greve ? » J'entendis ma voix pareille à celles de ces pièces radiophoniques, avec ce « vous » et ce « monsieur », mais dans la phrase introductive il importe de s'adapter et de faire profil bas. Les changements viendraient bien assez vite.

« J'ai hérité de l'appartement de ma grand-mère dans Oscars gate. Il est resté inoccupé quelques années, et a besoin d'être rénové.

— Ah oui ? »

Je haussai les deux sourcils en souriant, curieux,

mais pas importun. Assez pour le laisser répondre de façon plus détaillée, s'il connaissait et suivait les codes sociaux.

« Oui, poursuivit Greve. Ça fait une coupure agréable après des années de dur labeur. »

Je ne vis aucune raison de ne pas aller droit au but.

« Chez Hote, ai-je compris. »

Il me regarda avec une légère surprise.

« Vous connaissez cette société ?

— La maison de recrutement pour laquelle je travaille a son concurrent, Pathfinder, pour client. Déjà entendu parler d'eux ?

— Si on veut. Ils étaient à Horten, si ma mémoire est bonne. Petite, mais compétente, non ?

— Ils ont pas mal grandi ne serait-ce que durant vos mois d'absence du secteur.

— Ça va vite dans la branche des GPS, répondit Greve en faisant tourner sa coupe de champagne dans sa main. Tout le monde pense expansion, la devise est *grandis ou meurs*.

— Je suis au courant. C'est peut-être pour ça que Hote a été racheté ? »

Le sourire de Greve fit apparaître un fin réseau de rides dans la peau brune autour des yeux.

« Le moyen le plus rapide pour grandir, c'est, comme chacun le sait, de se faire racheter. Les experts disent que ceux qui ne font pas partie des cinq plus grosses firmes de GPS seront morts dans deux ans.

— On dirait que vous êtes d'accord ?

— Je veux dire que l'innovation et la flexibilité sont les critères de survie les plus importants. Tant qu'il y aura assez de funding, une petite unité qui peut se retourner rapidement est plus importante que la taille qu'elle fait. Alors je dois reconnaître que, même si je me suis enrichi à travers le rachat de Hote, j'étais contre la vente et j'ai démissionné tout de suite après. Je ne cadre probablement pas avec le mode de pensée ambiant… » De nouveau ce rapide sourire qui adoucissait son visage dur mais bien soigné. « Mais ce n'est peut-être que le guérillero en moi. Qu'en penses-tu ? »

Passage à « tu ». Un bon signe.

« Je sais seulement que Pathfinder cherche un nouveau directeur, répondis-je en faisant comprendre à Nick qu'il devait nous rapporter du champagne. Quelqu'un qui peut refuser les offres d'achat de l'étranger.

— Ah oui ?

— Et j'ai bien l'impression que tu pourrais être un candidat de valeur pour eux. Intéressé ? »

Greve rit. C'était un rire agréable.

« Désolé, Roger, mais j'ai un appartement à rénover. »

Prénom.

« Je ne voulais pas dire "intéressé par le boulot", Clas. Juste pour en discuter.

— Tu n'as pas vu cet appartement, Roger. Il est ancien. Et énorme. Hier, j'ai découvert une nouvelle pièce derrière la cuisine. »

Je le regardai. Que le costume lui aille si bien ne tenait qu'à lui, il était bien entraîné. Non, pas bien entraîné, surentraîné convenait mieux. Parce qu'ici il n'y avait pas de muscles saillants, seulement la force noueuse qui apparaissait discrètement dans les vaisseaux de la gorge et de la nuque, dans le maintien, dans la respiration lente, dans les tubes à oxygène bleus que faisaient quelques veines sur le dos de ses mains. Mais, malgré tout, on devinait la dureté des muscles à travers le tissu du costume. Tenace, pensai-je. Impitoyablement tenace. J'avais déjà pris ma décision : je voulais cette tête.

« Tu aimes l'art, Clas ? demandai-je en lui tendant l'une des coupes que Nick avait apportées.

— Oui. Et non. J'aime l'art qui montre. Mais presque tout ce que je vois postule une beauté ou une vérité qui n'est pas présente. C'est peut-être voulu, mais le talent communicatif est absent. Si je ne vois pas de beauté ou de vérité, elle n'est pas là, c'est aussi simple que ça. Un artiste qui prétend être mal compris est presque toujours un mauvais artiste bien compris.

— Alors on est sur la même longueur d'onde, répondis-je en levant mon verre.

— Je pardonne le manque de talent chez beaucoup de gens, probablement parce que j'en ai moi-même reçu fort peu, reprit Greve en humectant à peine ses lèvres fines dans le champagne. Mais pas chez les artistes. Nous autres qui n'avons pas de talent travaillons à la sueur de notre front et payons pour qu'ils puissent s'amuser en notre nom. Pas de problème, il en est ainsi, point. Mais alors ils vont s'amuser comme jamais. »

Je l'avais vu depuis longtemps, et je savais que les résultats des tests et l'interrogatoire en profondeur ne feraient que le confirmer : c'était notre homme. Même si Isco ou Mercuri Urval avaient deux ans devant eux, ils ne parviendraient pas à dénicher un candidat aussi parfait.

« Tu sais quoi, Clas ? Nous sommes obligés de discuter un peu. Diana l'a exigé, en fait. »

Je lui tendis ma carte de visite. Elle ne comportait pas d'adresse, de numéro de fax ou de page Web ; seulement mon nom, mon numéro de portable et Alfa en lettres minuscules dans un coin.

« Encore une fois…, commença Greve en regardant ma carte.

— Écoute, l'interrompis-je. Personne qui sache où est son intérêt ne contredit Diana. Je ne sais pas de quoi nous allons parler, d'art, pourquoi pas. Ou de l'avenir. Ou de la rénovation d'intérieur : il se trouve que je connais quelques-uns des meilleurs et moins chers ouvriers d'Oslo. Mais on va discuter. Demain, trois heures ? »

Greve me regarda un moment en souriant. Avant de passer une main fine sur son menton.

« Je crois que l'idée première avec une carte de visite, c'est qu'elle fournisse à celui qui la reçoit assez d'informations pour pouvoir rencontrer la personne. »

Je sortis mon stylo Conklin, notai l'adresse du bureau au dos de la carte et la vis disparaître dans la poche de veste de Greve.

« Je me réjouis de discuter avec toi, Roger, mais à présent je vais rentrer recharger les batteries pour engueuler les menuisiers en polonais. Tu salueras ta charmante épouse. »

Greve effectua une petite révérence rigide, presque militaire, tourna les talons et se dirigea vers la porte.

Diana me rejoignit tandis que je le regardais partir.

« Comment ça s'est passé, chéri ?

— Un exemplaire fantastique. Tu n'as qu'à voir sa démarche. Comme un félin. Parfait.

— Ça veut dire…

— Il a même réussi à faire comme si le boulot ne l'intéressait pas. Seigneur, j'aurai cette tête au mur, empaillée et toutes dents dehors. »

Elle se mit à battre joyeusement des mains, comme une petite fille.

« Alors je t'ai aidé ? Je t'ai vraiment aidé ? »

Je me dressai sur la pointe des pieds pour passer les bras autour de ses épaules. L'endroit était plein ; vulgairement, délicieusement.

« Je te certifie ici et maintenant chasseuse de têtes, ma petite fleur. Comment se passe la vente ?

— Nous ne vendons pas ce soir. Je ne te l'ai pas dit ? »

Un instant, j'espérai avoir mal compris.

« C'est seulement… une exposition ?

— Atle ne voulait pas se séparer de ses tableaux, répondit-elle avec un semblant de sourire d'excuse. Je le comprends. Toi non plus, tu n'aimerais pas perdre quelque chose d'aussi beau ? »

Je fermai les yeux et déglutis. Songeai doux contre doux.

« Tu trouves que c'était bête, Roger ? demanda la voix inquiète de Diana.

— Oh non », répondit la mienne.

Je sentis alors ses lèvres contre ma joue.

« Tu es si gentil, mon amour. Et on pourra toujours vendre plus tard. Ça construit notre image et nous donne de la classe. C'est toi qui m'as dit l'importance que ça avait. »

Je me forçai à sourire.

« Bien sûr, mon amour. La classe, c'est bien.

— Et tu sais quoi ? s'illumina-t-elle. J'ai fait venir un DJ pour l'after ! Celui du Blå, qui passe de la soul des seventies, qui selon toi est le meilleur de la ville… » Elle battit des mains, et j'eus l'impression que mon sourire se détachait de mon visage, tombait et éclatait en morceaux sur le sol. Mais, dans le reflet renvoyé par sa coupe de champagne levée, il était toujours à sa place. L'accord G11sus4 de John Lennon résonna de nouveau, et elle plongea une main dans sa poche de pantalon pour y chercher le téléphone. Je l'observai tandis qu'elle s'éloignait en gazouillant avec quelqu'un qui se demandait s'il pouvait venir.

« Évidemment, vous pouvez, Mia ! Oh non, prenez la gosse. Tu pourras la changer dans mon bureau. Bien sûr que nous voulons des cris de bébé, ça met de la vie ! Mais il faudra que je puisse la porter, c'est promis ? »

Bon sang, ce que j'aimais cette femme.

Mon regard reprit sa course sur l'assistance. Et s'arrêta soudain sur un petit visage blafard. Ç'aurait pu être elle. Lotte. Ces yeux tristes que j'avais vus pour la première fois ici. Ce n'était pas elle. Un chapitre clos. Mais l'image de Lotte me poursuivit comme un chien sans maître jusqu'à la fin de la soirée.

CHAPITRE 4
Annexion

« Tu es en retard, me fit remarquer Ferdinand quand j'entrai dans le bureau. Et tu as la gueule de bois.

— Pas les pieds sur la table », répondis-je en faisant le tour du bureau pour allumer le PC et tirer sur le cordon du store. La lumière se fit moins oppressante, et j'ôtai mes lunettes de soleil.

« Ça veut dire que le vernissage était une réussite ? geignit Ferdinand sur ce ton qui vous file droit au centre de la douleur dans le cerveau.

— On a dansé sur les tables. » Je regardai ma montre. Neuf heures et demie.

« Pourquoi les meilleures fêtes sont toujours celles auxquelles je n'étais pas ? soupira Ferdinand. Il y avait des gens connus ?

— Quelqu'un que tu connais, tu veux dire ?

— Des célébrités, crétin. » Claque en l'air, poignet cassé. J'avais cessé de m'agacer devant son acharnement à se comporter comme un numéro de revue.

« Quelques-unes.

— Ari Behn ?

— Non. Tu dois toujours rencontrer Lander et le client à midi, non ?

— Oh oui. Est-ce que Hank von Helvete était là ? Vandela Kirsebom ?

— Fiche-moi le camp, il faut que je bosse. »

Ferdinand afficha une expression blessée, mais fit ce que je demandais. Lorsque la porte claqua derrière lui, j'étais déjà en train de chercher Clas Greve sur Google. Quelques minutes plus tard, je savais qu'il avait été directeur et copropriétaire de Hote pendant six ans avant le rachat, qu'il avait derrière lui un mariage avec un top-modèle belge, et qu'il avait été champion militaire de pentathlon en 1985. En fait, je fus surpris de ne pas trouver davantage de choses. Pas de problème, à cinq heures, nous serions au milieu d'une version soft d'Inbau, Reid et Buckley, et je saurais tout ce dont j'avais besoin.

Avant ça, j'avais un boulot à faire. Une petite annexion. Je me renversai sur mon siège et fermai les yeux. J'adorais la tension quand ça arrivait, mais je détestais l'attente. Mon cœur battait déjà plus vite que la normale. L'idée s'immisça : j'aurais souhaité que ce fût pour quelque chose qui le fasse battre encore plus vite. Quatre-vingt mille. C'est moins que ça en a l'air. Moins dans mes poches que la part d'Ove Kjikerud dans les siennes. Il pouvait m'arriver de lui envier sa vie simple, une vie de solitaire. C'était la première chose dont je m'étais assuré pendant l'entretien pour un poste dans une société de gardiennage : qu'il n'avait pas trop d'oreilles autour de lui. Comment avais-je compris que c'était mon homme ? Pour commencer, il y avait son étonnante attitude défensive-agressive. Puis il avait paré mes questions comme s'il connaissait la technique d'interrogatoire. J'avais ensuite été presque étonné de ne pas lui trouver de casier judiciaire. J'avais alors appelé un contact féminin au registre officieux des salaires. Elle occupe une place qui lui permet d'accéder à Sansak, les archives où ont été répertoriés — et le sont toujours — tous ceux contre qui une plainte a été déposée mais qui s'en sont tirés à bon compte. Elle m'apprit que je ne m'étais pas trompé : Ove Kjikerud avait subi tant d'interrogatoires avec la police qu'il connaissait le modèle à neuf étapes sur le bout des doigts. Pourtant, Kjikerud n'avait jamais été condamné pour quoi que ce soit, ce qui m'apprit que le type était loin d'être idiot ; seulement très dyslexique.

Kjikerud était assez trapu, et ses cheveux étaient comme les miens, sombres et denses. Je lui avais demandé de passer chez le coiffeur avant de commencer à son poste de gardien, en lui expliquant que personne n'accorde sa confiance à un mec qui ressemble au roadie d'un groupe de heavy metal sur le retour. Mais je ne pus rien pour ses dents brunies par le tabac à priser suédois. Ou pour son visage, une pale allongée à la mâchoire inférieure prognathe qui me donnait de temps en temps l'impression que sa dentition tachée pouvait jaillir à l'improviste et attraper des choses en l'air, un peu comme cette merveilleuse créature d'*Alien*. Mais ce serait bien sûr trop demander d'une personne ayant les ambitions limitées de Kjikerud. Il était paresseux, mais avide de s'enrichir. Et ainsi se poursuivaient les clashes entre les désirs et les caractéristiques personnelles d'Ove Kjikerud. C'était un collectionneur d'armes criminel et violent, mais en réalité il voulait une vie paisible et tolérante. Il désirait avoir des amis, oui, il suppliait presque pour, mais les gens paraissaient flairer les ennuis et se tenaient à distance. Et c'était un romantique véritable, incurable et déçu qui cherchait maintenant l'amour auprès des prostituées. Il était désespérément amoureux d'une putain russe répondant au nom de Natacha qu'il refusait de tromper bien qu'elle n'en ait strictement rien à carrer de lui — d'après ce que j'avais pu découvrir. Ove Kjikerud était une mine flottante à la dérive, une personne sans ancre, sans volonté propre ni énergie motrice, quelqu'un qui laissait le courant le guider vers une catastrophe inéluctable. Et ne pourrait être sauvé que lorsque quelqu'un d'autre jetterait une ligne autour de lui pour donner une direction et une signification à sa vie. Une personne comme moi. Susceptible de placer un jeune homme sociable, travailleur et sans casier judiciaire à un poste de gardien. Le reste n'avait pas présenté de difficulté.

J'éteignis le PC et sortis.

« Je reviens dans une heure, Ida. »

Je sentis dans l'escalier que ça sonnait vraiment mal. C'était Oda, sans plus de doute.

À midi, je me garai sur une place de parking devant un magasin Rimi, qui, à en croire mon GPS, se trouvait à trois cents mètres pile de la demeure de Lander. Le GPS était un cadeau de Pathfinder, une espèce de lot de consolation au cas où nous ne remporterions pas la compétition pour leur trouver un directeur, j'imagine. Ils m'avaient également offert une brève initiation à ce qu'est réellement le GPS — ou Global Positioning System — en m'expliquant comment, à l'aide de signaux radio et d'horloges atomiques, un réseau de vingt-quatre satellites autour de la Terre peut vous situer, vous et votre émetteur GPS, n'importe où sur la planète avec une précision de trois mètres. Si le signal est capté par au moins quatre satellites, il peut même renseigner sur l'altitude, donc si vous êtes par terre ou dans un arbre. À l'instar d'Internet, tout le dispositif avait été développé par la Défense américaine, entre autres pour diriger des roquettes Tomahawk, des bombes Pawelow et tout autre fruit bien mûr droit sur la fiole de la bonne personne. Par ailleurs, Pathfinder avait clairement fait comprendre qu'ils avaient développé des émetteurs ayant accès à des stations GPS au sol dont personne n'avait connaissance, un réseau opérationnel par tout type de temps, des émetteurs qui pouvaient forcer des murs épais. Le directeur exécutif de Pathfinder m'avait également appris que pour faire fonctionner un GPS il fallait intégrer dans les calculs qu'une seconde sur terre n'équivaut pas à une seconde pour un satellite lancé à toute vitesse dans l'espace, que le temps est tordu, que l'on vieillit moins vite là-haut. Les satellites prouvaient tout bonnement la théorie de la relativité d'Einstein.

Ma Volvo se glissa dans la rangée de voitures de la même gamme de prix, et je coupai le contact. Personne ne se souviendrait de ce véhicule. J'emportai le dossier noir et remontai vers la maison de Lander. J'avais laissé ma veste de costume dans la voiture et passé un bleu de travail sans insigne ni logo. La casquette me cachait les cheveux, et personne ne tiquerait sur les lunettes de soleil puisque nous avions encore l'une de ces journées radieuses d'automne, si fréquentes à Oslo. Je baissai toutefois les yeux en croisant une Philippine poussant le Caddie pour la classe dominante de ce quartier. Mais le bout de rue où habitait Lander était désert. Le soleil brillait dans les fenêtres panoramiques. Je regardai la montre Breitling Airwolf que Diana m'avait offerte pour mon trente-cinquième anniversaire. Midi six. Il y avait six minutes que l'alarme du domicile de Jeremias Lander avait été désactivée. Ça s'était passé dans le plus grand calme sur un PC de la salle d'exploitation chez Tripolis, par le truchement d'une bidouille informatique qui empêcherait l'interruption d'être répertoriée sur le relevé des interruptions et des coupures d'électricité. Le jour où j'avais embauché le gardien en chef de chez Tripolis avait été un jour béni.

Je montai jusqu'à la porte et écoutai les pépiements et les chiens d'arrêt qui aboyaient dans le lointain. Dans son entrevue, Lander avait dit qu'il n'avait pas de femme de ménage, pas de femme au foyer, pas d'enfant adulte ou de chien. Mais on ne peut jamais être certain à cent pour cent. Je tablais souvent sur quatre-vingt-dix-neuf virgule cinq, et me disais que le demi pour cent d'incertitude était compensé par un supplément d'adrénaline : je voyais, j'entendais et je flairais mieux.

Je sortis la clé qu'Ove m'avait donnée au Sushi & Coffee, le double dont tous les clients disposaient chez Tripolis en cas d'effraction, incendie ou défaillance sur l'installation pendant leur absence. Elle glissa dans la serrure et tourna avec un bruit gras.

Je fus à l'intérieur. L'alarme discrète dormait au mur, ses yeux de plastique éteints. J'enfilai des gants que je scotchai aux manches de mon bleu de travail, pour qu'aucun poil mort ne tombe sur le sol. Descendis sur mes oreilles le bonnet de bain que j'avais sous ma casquette. Il s'agissait de ne laisser aucune empreinte ADN. Un jour, Ove m'avait demandé si je ne devrais pas plutôt me raser le crâne.

J'avais renoncé à essayer de lui expliquer que, tout de suite après Diana, mes cheveux étaient la dernière chose dont je veuille me séparer.

J'avais du temps, mais passai malgré tout rapidement l'entrée. Au-dessus de l'escalier montant au salon, je vis des portraits d'enfants qui devaient être ceux de

Lander. Je ne comprends pas ce qui pousse des adultes à dépenser tant d'argent pour ces pénibles versions pleurnichardes que des artistes putassiers réalisent de leurs bambins. Est-ce qu'ils *aiment* voir rougir leurs visiteurs ? Le salon valait son prix, mais était meublé de façon ennuyeuse. Hormis le fauteuil rouge pompiers de Pesce et ses allures de femme à la poitrine opulente, jambes écartées, qui vient de mettre au monde un enfant : la grosse balle sur laquelle poser les pieds. Sûrement pas l'idée de Jeremias Lander.

Le tableau était suspendu au-dessus du fauteuil. *Eva Mudocci*, la violoniste anglaise que Munch avait rencontrée juste après le précédent changement de siècle, et dessinée directement sur la pierre quand il avait fait son portrait. J'avais vu un autre exemplaire de la lithographie, mais je compris pour la première fois, dans cette lumière, à qui Eva Mudocci ressemblait. Lotte. Lotte Madsen. Le visage sur le tableau avait la même pâleur et la même mélancolie dans le regard que la femme que j'avais si méticuleusement effacée de ma mémoire.

Je décrochai le tableau et le posai sur la table, face vers le bas. Me servis d'un cutter pour découper. La lithographie était imprimée sur du papier beige et le cadre était moderne, donc sans punaises ou vieux clous de tapissier qu'il faudrait retirer. En bref : un travail d'une simplicité extrême.

Le silence fut brisé sans préavis. Une alarme. Une pulsation insistante dont la fréquence variait entre moins de mille hertz et huit mille, un son qui perce si efficacement l'air et le vacarme de fond qu'on peut l'entendre à plusieurs centaines de mètres. Je me figeai. Ça ne dura que quelques secondes, et l'alarme fut coupée dans la rue. L'automobiliste n'avait pas dû être assez prudent.

Je poursuivis mon travail. Ouvris la serviette, y déposai la lithographie et sortis la feuille A2 représentant Mlle Mudocci, imprimée à la maison. En quatre minutes, elle était en place dans le cadre et raccrochée au mur. Je penchai la tête sur le côté pour y jeter un coup d'œil. Il pouvait s'écouler des semaines avant que nos victimes ne découvrent même les plus simples et comiques falsifications. Au printemps, j'avais remplacé une peinture à l'huile, *Cheval et petit cavalier*, de Knut Rose, par une image scannée dans un livre d'art et agrandie. Quatre semaines avaient passé avant la déclaration de vol. Mlle Mudocci serait probablement trahie par la blancheur du papier, mais ça pouvait prendre un peu de temps. D'ici là, le vol serait impossible à dater de façon précise et la maison aurait été nettoyée suffisamment pour qu'aucune trace ADN ne soit décelable. Car je savais qu'ils cherchaient des empreintes ADN. L'année dernière, quand Kjikerud et moi avions réalisé quatre coups en moins de quatre mois, l'inspecteur principal Brede Sperre, cette grande girafe à frange blonde frimeuse et médiaphile, était apparu dans *Aftenposten* pour affirmer qu'un groupe de voleurs d'art professionnels était à l'œuvre. Et même s'il ne s'agissait pas d'objets d'une grande valeur, l'OCRB — pour interrompre le processus à son démarrage — voulait mettre en place des méthodes d'investigation réservées en principe aux meurtres et aux grosses affaires de stupéfiants. Toute la population d'Oslo pouvait compter dessus, avait assuré Sperre en laissant sa frange de petit garçon battre dans le vent et en braquant sur l'objectif un regard gris acier pendant que le photographe mitraillait. Naturellement, il n'avait pas dit toute la vérité : la priorité allait aux gens qui habitaient dans ces quartiers de villas, des personnes nanties avec une influence politique et la volonté de se mettre en sécurité avec leurs biens. Je dus reconnaître que j'avais sursauté, plus tôt cet automne, quand Diana m'avait raconté que l'élégant policier des journaux était passé à la galerie, qu'il voulait savoir si on l'avait interrogée sur ses clients, sur qui possédait quelle œuvre chez lui. Il semblait que les voleurs avaient une idée précise de ce qui était accroché ici ou là. Quand Diana m'avait demandé à quoi était due la ride soucieuse sur mon front, je lui avais renvoyé un sourire en coin avant de répondre que je n'aimais pas beaucoup avoir un rival d'environ deux mètres. À ma grande surprise, Diana avait rougi, et ri.

Je retournai rapidement à la porte d'entrée, quittai prudemment mon bonnet de bain, mes gants, et essuyai la poignée de porte des deux côtés avant de ressortir et de refermer. La rue était toujours aussi calme et sèche sous le soleil imperturbable.

En allant à ma voiture, je regardai l'heure. Midi quatorze. Record battu. Mon rythme cardiaque était élevé, mais sous contrôle. Dans quarante-six minutes, Ove réactiverait l'alarme depuis la salle d'exploitation. Et à peu près au même moment, je pariai que Jeremias Lander se lèverait dans l'une de nos salles d'entretien, serrerait la main du directeur exécutif avec un dernier mot d'excuse et quitterait nos locaux, échappant ainsi à mon contrôle. Tout en restant dans mon écurie de candidats. Comme je l'en avais chargé, Ferdinand devrait expliquer au client que c'était dommage que celui-là s'en aille, mais que s'ils voulaient ferrer d'aussi bons candidats que Lander, ils devaient envisager de revoir leur offre de salaire en la majorant de vingt pour cent. Un tiers de plus, comme chacun le sait, ça fait plus.

Et ce n'était que le début. Dans deux heures et quarante-six minutes, je partais à la chasse au gros. La chasse au comte. J'étais sous-payé, et alors ? Fuck Stockholm et fuck Brede Sperre : j'étais le meilleur.

Je sifflai. Les feuilles craquaient sous mes chaussures.

CHAPITRE 5

Aveux

On a dit qu'en 1962, quand les enquêteurs de la police américaine Inbau, Reid et Buckley ont publié *Criminal Interrogation and Confession*, ils ont jeté les bases de ce qui est devenu depuis la technique dominante en matière d'interrogatoire dans le monde occidental. La vérité, c'est évidemment que la technique était déjà dominante depuis longtemps ; le modèle d'interrogatoire à neuf étapes d'Inbau, Reid et Buckley ne faisait que résumer l'expérience centenaire du FBI pour extorquer des aveux au suspect. La méthode s'est révélée horriblement efficace, aussi bien sur les coupables que sur les innocents. Quand la technologie ADN permit de vérifier des affaires, on découvrit en un laps de temps très court des centaines de personnes condamnées injustement, rien qu'aux États-Unis. Environ un quart de ces jugements fautifs reposaient sur des aveux résultant du modèle à neuf étapes. Ce qui en dit long sur l'outil fantastique qu'il représente.

Mon objectif est de faire avouer au candidat qu'il bluffe, qu'il n'est pas qualifié pour le boulot. S'il passe à travers les neuf étapes sans avoir avoué, il y a des raisons de croire que lui-même pense vraiment être qualifié. Et ce sont ces candidats que je recherche.

Je dis carrément « il » puisque c'est sur les hommes que le modèle à neuf étapes est le plus significatif. Mon expérience non négligeable me dit que les femmes postulent rarement à des emplois pour lesquels elles ne sont pas qualifiées — et de préférence surqualifiées. Et même à ce moment-là, c'est l'enfance de l'art que de les faire craquer et de leur faire avouer qu'elles n'ont pas ce qu'il faut. Les fausses confessions surviennent bien sûr chez les hommes aussi, mais c'est égal. Ils ne finissent pas en prison, quand même ; ils perdent seulement l'opportunité d'un poste de dirigeant, où la capacité à faire face à la pression est l'une des choses que nous cherchons.

Je n'ai absolument aucun scrupule à me servir d'Inbau, Reid et Buckley. C'est un scalpel dans un monde de guérisseurs, d'herbes et de propos psychologiques nébuleux.

L'étape numéro un est une confrontation directe, et beaucoup avouent dès ce stade. On fait bien comprendre au candidat que l'on sait tout, que l'on a les preuves qu'il n'est pas assez qualifié.

« J'ai peut-être été un peu rapide à montrer de l'intérêt pour ta candidature, Greve, commençai-je en me renversant dans mon fauteuil. J'ai fait quelques vérifications : les actionnaires de Hote estiment que tu as failli en tant que directeur. Que tu as été faible, que tu as manqué de *killer instinct*, et que c'est ta faute si la société a été rachetée. C'est justement le rachat que craint Pathfinder, alors tu comprendras sans doute qu'il devient difficile de te considérer comme un candidat sérieux. Mais… » Je levai ma tasse de café en souriant. « … savourons le café et parlons plutôt d'autre chose. Comment se passe la rénovation ? »

Clas Greve était installé derrière la fausse table

Noguchi, le dos droit et le regard planté dans le mien. Il rit.

« Trois millions et demi, lâcha-t-il. Plus les stock-options, naturellement.

— Plaît-il ?

— Si la direction de Pathfinder a peur que les options puissent me pousser à embellir la société pour des candidats au rachat, tu peux les tranquilliser en leur disant que nous ajoutons une clause en vertu de laquelle les options tombent en cas de rachat. Pas de parachute. Moi et la direction avons donc le même *incitament*. Construire une société forte, qui mange au lieu d'être mangée. La valeur de l'option se calcule d'après Black et Scole, et s'ajoute à ton fixe quand on calcule le tiers. »

Je souris de mon mieux.

« J'ai peur que tu ne considères un peu trop les choses comme acquises, Greve. Il n'y a pas que ça. N'oublie pas que tu es étranger, et les entreprises norvégiennes préfèrent leurs compatriotes qui…

— Tu me bavais littéralement dessus, hier, à la galerie de ta femme, Roger. Et tu n'avais pas tort. Après ta proposition, je me suis un peu mis à votre place, à toi et à Pathfinder. J'ai compris rapidement que, même si je suis citoyen néerlandais, vous aurez des difficultés à trouver un candidat plus approprié que moi. Le problème, c'est que ça ne m'intéressait pas. Mais on peut pas mal réfléchir en douze heures. Et pendant ce temps, on peut par exemple conclure que sur la longueur la rénovation d'un logement ne présente pas un intérêt illimité. »

Clas Greve joignit devant lui ses mains basanées.

« Il est tout simplement temps pour moi de me remettre en selle. Pathfinder n'est peut-être pas la boîte la plus sexy que j'aurais pu trouver, mais elle a un potentiel, et une personne douée de visions et qui a le conseil d'administration de son côté peut en faire quelque chose de véritablement intéressant. En revanche, il n'est absolument pas certain que la direction et moi ayons une vision commune, alors ton boulot, ce doit être de nous faire nous rencontrer dans les meilleurs délais pour voir si ça vaut le coup de continuer.

— Écoute, Greve…

— Je ne doute pas que tes méthodes fonctionnent sur pas mal de monde, Roger, mais en ce qui me concerne, ne te fatigue pas à jouer la comédie. Et recommence à m'appeler Clas. Ça ne devait être qu'un agréable bout de conversation, n'est-ce pas ? »

Il leva sa tasse de café, comme pour trinquer. Je saisis l'occasion d'un entracte et l'imitai.

« Tu as l'air un peu stressé, Roger. Vous avez des concurrents sur cette mission ? »

Ma pomme d'Adam a tendance à sauter quand je suis pris au dépourvu. Je dus me dépêcher de déglutir avant de tousser mon café sur *Sara gets undressed*.

« Je comprends que tu doives y aller carrément, Roger », sourit Greve en se penchant vers moi.

Je sentis sa chaleur corporelle ainsi qu'un parfum léger qui me fit penser à du cèdre, du cuir russe et du citron. *Déclaration* de Cartier ? Ou autre chose dans la même gamme de prix.

« Je suis tout sauf offensé, Roger. Tu es un pro, moi aussi. Tu veux juste faire du bon boulot pour ton client, c'est ce pour quoi ils te paient, en fin de compte. Et plus le candidat est intéressant, plus il est important de le tester correctement. Ton postulat selon lequel les actionnaires de Hote n'étaient pas satisfaits n'est pas bête, j'aurais aussi essayé un truc comme ça à ta place. »

Je n'en croyais pas mes yeux. Il m'avait d'abord renvoyé l'étape numéro un dans les gencives en affirmant que j'étais démasqué, que nous pouvions éviter de jouer la comédie. Et il appliquait à présent la deuxième étape, ce qu'Inbau, Reid et Buckley nomment « sympathiser avec le suspect en normalisant l'événement ». Le plus incroyable, c'était que, même si je savais précisément ce que faisait Greve, cette sensation sur laquelle j'avais tant lu grandissait en moi : le besoin qu'a le suspect de jeter ses cartes. Il s'en fallut de peu que je ne sois pris d'une envie d'éclater de rire.

« Je ne vois pas très bien ce que tu veux dire, Clas. » Même si j'essayais de paraître détendu, j'entendis que ma voix avait un éclat métallique et je sentis mes idées pédaler dans la semoule. Je ne parvins pas à me ressaisir pour contre-attaquer avant l'arrivée de la question suivante :

« En fait, l'argent, ce n'est pas ma motivation, Roger. Mais, si tu le souhaites, on peut essayer de faire monter les prix. Un tiers de plus… »

… c'est plus. Il avait complètement pris la direction de l'entretien, et venait de passer directement de l'étape deux à sept : présenter une alternative. Dans le cas présent : donner au suspect une motivation alternative pour avouer. C'était parfaitement exécuté. Bien sûr, il aurait pu mettre ma famille sur le tapis, dire quelques mots sur la fierté ressentie par mes parents défunts ou ma femme en entendant que j'avais pu faire grimper le salaire, notre provision, ma propre base de bonus. Mais Clas Greve savait que ce serait aller trop loin, évidemment qu'il le savait. Parce que j'avais tout simplement trouvé mon maître.

« OK, Clas, m'entendis-je dire. Je me rends. C'est exactement ce que tu dis. »

Greve se renversa de nouveau dans son fauteuil. Il avait gagné, et il soufflait maintenant en souriant. Pas triomphant, juste content que ce soit fini. GAGNEUR, notai-je sur la feuille que j'allais bazarder tout de suite après, je le savais déjà.

Le plus étrange, c'est que ça ne faisait pas l'effet d'un échec, plutôt d'un soulagement. Oui, je me sentais tout bonnement ragaillardi.

« Le client a quand même besoin des informations classiques, repris-je. Tu vois un inconvénient à ce que nous continuions ? »

Clas Greve ferma les yeux, joignit le bout des doigts et secoua la tête.

« Bien. Alors je veux que tu me parles de ta vie. »

Je notai pendant que Clas Greve racontait. Il avait été le cadet d'une fratrie de trois. À Rotterdam. C'était une cité portuaire difficile, mais sa famille faisait partie des privilégiés, son père occupait un poste haut placé chez Philips. Clas et ses deux sœurs avaient appris le norvégien pendant les longs étés passés dans le chalet du grand-père à Son. Il avait connu une relation difficile avec son père, qui pensait que son cadet était gâté et manquait de discipline.

« Il avait raison, sourit Greve. J'avais l'habitude d'obtenir de bons résultats sans travailler, que ce soit à l'école ou sur un terrain de sport. Mais quand j'ai eu environ seize ans, tout m'ennuyait et je me suis mis à fréquenter des milieux prétendument douteux. Ce n'est pas difficile à trouver à Rotterdam. Je n'avais aucun ami, je ne m'en suis pas fait de nouveaux. Mais j'avais de l'argent. Alors j'ai commencé un test systématique de tout ce qui était interdit : alcool, hasch, prostitution, petits casses et, au fur et à mesure, des choses plus dures. À la maison, papa me croyait quand je lui disais que j'allais à la boxe, que c'était pour cela que je rentrais avec le visage gonflé, le nez en sang et les yeux rouges. J'ai passé de plus en plus de temps dans ces endroits, où les gens me laissaient faire ce que je voulais, mais me fichaient la paix, avant tout. Je ne sais pas si j'aimais ma nouvelle vie, les gens me regardaient comme un original, un jeune de seize ans qu'ils connaissaient sans savoir d'où ni comment. Et c'est ça que j'appréciais. Petit à petit, mes résultats scolaires ont trahi mon mode de vie, mais je m'en foutais. Papa a fini par se réveiller. Et j'ai peut-être pensé que j'avais enfin ce que j'avais toujours voulu : l'attention de mon père. Il me parlait calmement, gravement, je lui répondais en hurlant. À quelques reprises, j'ai pu voir qu'il était sur le point de perdre la maîtrise de soi. J'adorais ça. Il m'a envoyé chez mes grands-parents à Oslo, où j'ai fait mes deux dernières années de lycée. Comment ça se passait entre toi et ton père, Roger ? »

Je notai trois verbes réfléchis : SE FAIT CONFIANCE. SE LIVRE. SE CONNAÎT.

« Nous nous parlions très peu, répondis-je. Nous étions assez différents.

— Étiez ? Il est mort, alors ?

— Lui et maman sont morts dans un accident de voiture.

— Que faisait-il ?

— Il était dans la diplomatie. Ambassade de Grande-Bretagne. Il a rencontré maman à Oslo. »

Greve pencha la tête sur le côté et m'observa.

« Il te manque ?

— Non. Ton père est vivant ?

— Sûrement pas.

— Sûrement pas ? »

Clas Greve inspira et serra une paume contre l'autre.

« Il a disparu quand j'avais dix-huit ans. Il n'est pas rentré pour le dîner. Au boulot, ils nous ont dit qu'il était parti à l'heure habituelle, à six heures. Maman a appelé la police après seulement quelques heures. Ils ont pris tout de suite la chose au sérieux puisque c'était à une époque où les groupes terroristes de gauche enlevaient de riches hommes d'affaires en Europe. Il n'y avait pas eu d'accident sur les autoroutes, personne n'avait été hospitalisé sous le nom de Bernhard Greve. Il ne figurait sur aucune liste de passagers, et la voiture n'avait été vue nulle part. On ne l'a jamais retrouvé.

— Que s'est-il passé, à ton avis ?

— Je n'ai pas d'avis. Il a pu aller jusqu'en Allemagne, prendre une chambre d'hôtel sous un faux nom, sans réussir à se suicider. Il est reparti au volant en pleine nuit, il a trouvé un lac noir au milieu d'une forêt et il s'est fichu dedans avec la voiture. Ou il a été kidnappé sur le parking devant les locaux de Philips, deux hommes armés sur la banquette arrière. Il a rué dans les brancards et ramassé une balle dans la nuque. La voiture et papa ont été conduits la nuit même dans une casse, pressés en une crêpe métallique et découpés en morceaux de taille convenable. Ou alors il est installé quelque part avec un cocktail dans une main et une poule dans l'autre. »

J'essayai de déceler quelque chose sur le visage ou dans la voix de Greve. Rien. Ou bien il avait déjà réfléchi à ça, ou bien c'était un enfoiré dur comme de la pierre. Je ne savais pas ce que je préférais.

« Tu as dix-huit ans et tu habites à Oslo, repris-je. Ton père est porté disparu. Tu es un jeune homme à problèmes. Que fait-on, dans ce cas ?

— J'ai fini le lycée avec des notes béton, et j'ai fait une demande pour entrer dans les commandos de la marine royale néerlandaise.

— Commandos. On dirait une espèce de truc macho pour l'élite ?

— Aucun doute.

— Le genre qu'obtient un type sur cent.

— Quelque chose comme ça. On m'a convoqué pour des concours d'admission, où ils passent un mois à te démolir systématiquement. Ensuite — si tu as survécu — quatre ans à te reconstruire.

— Ça me fait penser à des choses que j'ai vues au cinéma.

— Crois-moi, Roger, ça, tu ne l'as pas vu au ciné. »

Je le regardai. Je le croyais.

« Par la suite, je suis arrivé au groupe antiterroriste BBE de Doorn. J'y ai passé huit ans. J'ai vu le monde entier. Surinam, Antilles néerlandaises, Indonésie, Afghanistan. Entraînement hivernal à Harstad et à Voss. J'ai été fait prisonnier et torturé pendant une campagne antistupéfiants au Surinam.

— Exotique. Mais tu as tenu bon ?

— Tenu bon ? répéta Clas Greve avec un sourire. J'ai été aussi loquace qu'une vieille commère. Les barons de la cocaïne ne jouent pas à faire passer des interrogatoires. »

Je me penchai en avant.

« Ah non ? Que faisaient-ils ? »

Greve me regarda longuement et pensivement, un sourcil haussé, avant de répondre.

« Je crois que tu n'as absolument pas envie de le savoir, Roger. »

J'étais un peu déçu, mais hochai la tête et me renversai dans mon fauteuil.

« Alors tes copains ont été dézingués, ou un truc dans le genre ?

— Non. Quand ils ont frappé contre les positions que j'avais trahies, ils avaient déjà fichu le camp, bien sûr. J'ai passé deux mois dans une cave où je vivais de fruits pourris et d'eau pleine d'œufs de moustique. Quand le BBE m'en a sorti, je pesais quarante-cinq kilos. »

Je le regardai. Essayai de m'imaginer comment ils l'avaient torturé. Et à quoi la version « quarante-cinq kilos » de Clas Greve ressemblait. Différente, évidemment. Mais pas tant que cela. Pas réellement.

« Pas étonnant que tu aies arrêté.

— Ce n'est pas pour ça. Ces huit années dans le BBE ont été les meilleures de ma vie, Roger. Pour commencer, il y a les trucs que tu as vus au cinéma. Camaraderie et solidarité. Mais en plus, c'est là que j'ai appris ce qui est devenu ma profession.

— À savoir ?

— Trouver des gens. Au BBE, il y avait ce que l'on appelait Track. Un groupe spécialisé dans la recherche de personnes dans toutes les situations possibles, partout dans le monde. Ce sont eux qui m'ont trouvé dans la cave. Alors j'ai postulé, j'ai été pris dans Track, et j'y ai tout appris. Depuis les techniques ancestrales de pistage des Indiens aux méthodes d'interrogation de témoins et les appareils électroniques de recherche les plus modernes. C'est comme ça que je suis entré en relation avec Hote. Ils avaient fabriqué un émetteur de la taille d'un bouton de chemise. L'idée était de le fixer sur une personne, puis de suivre tous ses déplacements via un récepteur, du style de ceux qu'on voyait dans les films d'espionnage des sixties, mais que personne n'avait véritablement réussi à faire fonctionner de manière satisfaisante. Le bouton de chemise Hote aussi s'est révélé inutilisable : il ne supportait pas la transpiration, les températures inférieures à dix degrés, et les signaux ne forçaient que les murs les plus fins. Pourtant, le patron de chez Hote m'aimait bien. Il n'avait pas de fils…

— Et tu n'avais pas de père. »

Greve me lança un sourire indulgent.

« Continue, l'invitai-je.

— Après ces huit années dans l'armée, j'ai commencé des études d'ingénieur à la Hague, payées par Hote. Au cours de ma première année chez eux, nous avions fabriqué un instrument de pistage qui fonctionnait dans des circonstances extrêmes. Au bout de cinq ans, j'étais numéro deux de la ligne de commandement. Au bout de huit, j'ai pris la place du chef, et tu connais le reste. »

Je me renversai dans mon fauteuil et bus une gorgée de café. Nous avions déjà atteint l'objectif. Nous avions un gagnant. Je l'avais même écrit. EMBAUCHÉ. C'était peut-être pour cela que j'hésitais à poursuivre, quelque chose en moi me disait peut-être que c'était suffisant. Ou peut-être était-ce autre chose.

« Tu as l'air de vouloir me poser d'autres questions », remarqua Greve.

Je m'en tirai par une pirouette.

« Tu n'as pas parlé de ton couple.

— J'ai parlé des choses importantes. Tu veux entendre parler de mon couple ? »

Je secouai la tête. Et décidai de terminer. Mais le destin s'en mêla. Sous la forme de Clas Greve en personne.

« Beau tableau que tu as là, complimenta-t-il en tournant au maximum la tête pour regarder le mur au-dessus de lui. C'est un Opie ?

— *Sara gets undressed*, répondis-je. Un cadeau de Diana. Tu collectionnes ?

— Je commence à peine. »

Quelque chose en moi disait toujours non, mais il était trop tard ; j'avais déjà demandé :

« Quelle est la plus belle chose que tu aies ?

— Une peinture à l'huile. Je viens de la trouver dans cette pièce dérobée derrière la cuisine. Personne dans la famille ne savait que grand-mère possédait ce tableau.

— Intéressant », répondis-je en sentant mon cœur faire un bond bizarre. Ce devait être la tension de ce début de journée. « Quel tableau est-ce ? »

Il me regarda longuement. Un petit sourire apparut sur sa bouche. Il remua les lèvres pour répondre, et j'eus un curieux pressentiment. Qui fit se recroqueviller mon ventre, comme les muscles des boxeurs se contractent instinctivement quand ils anticipent un coup au corps. Mais ses lèvres changèrent de forme. Et tous les pressentiments du monde n'auraient pas pu me préparer à ce qu'il répondit :

« *La chasse au sanglier de Calydon*.

— La chasse… » En deux secondes, ma bouche était sèche comme de l'amadou. « Cette chasse-*là* ?

— Tu connais ?

— Si tu parles du tableau de… de…

— Peter Paul Rubens », compléta Greve.

Je me concentrai sur une seule et unique chose. Garder le masque. Mais ça clignotait devant moi comme un panneau lumineux à travers le brouillard londonien de Loftus Road ; les QPR venaient de mettre un tir flottant dans la lucarne. La vie était mise sens dessus dessous. Nous étions en route pour Wembley.

DEUXIÈME PARTIE

ENCERCLEMENT

CHAPITRE 6
Rubens

« Peter Paul Rubens. »

Pendant un instant, ce fut comme si tout mouvement, tous les sons étaient figés dans la pièce. *La chasse au sanglier de Calydon* de Peter Paul Rubens. Le bon sens aurait voulu que je pressente une reproduction, un faux fantastiquement bon et réputé qui pouvait valoir un million ou deux. Mais quelque chose dans la voix, la diction, la personne de Clas Greve m'empêchait de douter. C'était l'original, cette chasse sanglante tirée de la mythologie grecque, l'animal fantastique transpercé par l'épieu de Méléagre, ce tableau disparu depuis que les Allemands avaient pillé la galerie dans la ville de Rubens, Anvers, en 1941, et dont on avait cru et espéré qu'il se trouvait dans quelque bunker de Berlin. Je ne suis pas un grand connaisseur d'art, mais des raisons bien naturelles m'ont poussé à aller voir sur Internet des listes d'œuvres disparues et recherchées. Et ce tableau n'avait pas quitté leur hit-parade depuis plus de soixante ans, gagnant presque le statut de curiosité puisqu'on considérait qu'il avait brûlé en même temps que la moitié de la capitale allemande. Ma langue essaya d'aller chercher de l'humidité contre mon palais :

« Tu as *trouvé*, comme ça, un tableau de Peter Paul Rubens dans une pièce dissimulée derrière la cuisine de chez feu ta grand-mère ? »

Greve hocha la tête en riant.

« Ça arrive, à ce que j'ai entendu dire. Bon, ce n'est ni son meilleur tableau ni le plus connu, mais il doit valoir quelque chose. »

J'acquiesçai sans mot dire. Cinquante millions ? Cent ? Au moins. Un autre tableau de Rubens, *Le massacre des innocents*, avait été retrouvé et était passé aux enchères quelques années plus tôt seulement ; il avait été adjugé pour cinquante millions. De livres sterling. Plus d'un demi-milliard de couronnes. J'avais besoin d'eau.

« D'ailleurs, ça ne tombait pas du ciel, qu'elle avait des œuvres d'art cachées, poursuivit Greve. Tu comprends, ma grand-mère était très belle quand elle était jeune et, à l'instar de presque toute la société d'Oslo, elle a côtoyé les plus hauts gradés de l'armée allemande pendant l'Occupation. Un, en particulier, un colonel qui s'intéressait à l'art et dont elle m'a souvent parlé quand je vivais ici. Elle m'a dit qu'il lui avait offert des œuvres afin qu'elle les cache pour lui en attendant la fin de la guerre. Malheureusement, il a été exécuté par des membres de la Résistance au cours des derniers jours de guerre. Ironie du sort, plusieurs de ses tortionnaires faisaient partie de ceux qui avaient bu son champagne quand la position des Allemands s'était un peu améliorée. Je ne croyais que partiellement aux histoires de ma grand-mère. Jusqu'à ce que les ouvriers polonais trouvent cette porte derrière la bibliothèque dans la chambre de bonne au fond de la cuisine.

— Fantastique, murmurai-je involontairement.

— N'est-ce pas ? Je n'ai pas encore pu vérifier qu'il est authentique, mais… »

Mais il l'est, me dis-je. Les colonels allemands ne collectionnaient pas les reproductions.

« Les ouvriers ont vu tes tableaux ? demandai-je.

— Oui. Mais je doute qu'ils aient compris ce que c'était.

— Ne dis pas ça. L'appartement est sous alarme ?

— Je vois ce que tu veux dire. Et la réponse est oui, tous les appartements de l'immeuble ont passé un accord. Et aucun des ouvriers n'a les clés puisqu'ils ne travaillent qu'entre huit et seize, comme l'exige le règlement intérieur. Et quand ils sont là, je suis sur place presque tout le temps.

— Je crois que tu devrais continuer. Tu sais à quelle société de gardiennage l'alarme est connectée ?

— Trio quelque chose. En fait, je pensais demander à ton épouse si elle connaît quelqu'un qui pourrait me dire si c'est un véritable Rubens. Tu es le premier à qui j'en parle, j'espère que tu ne l'ébruiteras pas.

— Bien sûr que non. Je vais lui demander, et je te rappelle.

— Merci, j'apprécie. Pour l'instant, je sais seulement que s'il est authentique, ce n'est malgré tout pas un de ses tableaux les plus connus.

— C'est dommage, répondis-je avec un sourire rapide. Mais revenons-en à ce poste. J'aime travailler vite. Quel jour penses-tu pouvoir rencontrer Pathfinder ?

— N'importe lequel.

— Bien. » Je réfléchis en regardant mon calendrier. Ouvriers de huit à seize. « C'est mieux pour Pathfinder s'ils peuvent venir à Oslo après les horaires de bureau. De Horten, il faut une bonne heure en voiture, alors si nous trouvions un jour de cette semaine vers six heures, ça irait ? » Je l'énonçai avec autant de légèreté que possible, mais j'entendis à quel point la musique sonnait faux.

« Bien sûr, répondit Clas Greve sans paraître avoir remarqué quelque chose. Tant que ce n'est pas demain, ça va, ajouta-t-il en se levant.

— Ça ferait un peu court pour eux aussi. Je t'appelle au numéro que j'ai. »

Je le raccompagnai à l'accueil.

« Tu peux appeler un taxi, Da ? » J'essayai de lire à l'expression d'Oda ou Ida si elle acceptait le diminutif, mais Greve m'interrompit :

« Merci, mais j'ai ma voiture. Passe le bonjour à ta femme, et j'attends ton coup de fil. »

Il me tendit la main, que je saisis en souriant de toutes mes dents :

« J'essaierai de t'appeler ce soir, parce que j'ai cru comprendre que demain tu étais occupé ?

— Oui. »

Je ne sais pas très bien pourquoi je ne me suis pas arrêté là. Le rythme de la conversation, la sensation qu'elle était terminée disaient que c'était le moment pour moi de lâcher le « à bientôt » de fin. C'était peut-être un pressentiment, une intuition, une peur était peut-être déjà plantée là et me rendait extrêmement prudent.

« Oui, la rénovation, c'est une activité assez absorbante, relançai-je.

— Ce n'est pas ça. Je prends le premier avion pour Rotterdam demain. Je vais chercher le clebs. Il était en quarantaine. Je ne rentrerai que tard demain soir.

— Ah oui, répondis-je en lâchant sa main pour qu'il ne sente pas que je me raidissais. Quel genre de chien as-tu ?

— Nietherterrier. Chien de chasse. Mais aussi agressif qu'un chien de combat. Pas mal de l'avoir dans la maison quand on a des tableaux de ce genre aux murs, tu ne crois pas ?

— Oh si… Oh si. »

Un clébard. Je déteste les clébards.

« Bon, fit Ove Kjikerud à l'autre bout du fil. Clas Greve, Oscars gate 25. J'ai la clé ici. Livraison au Sushi & Coffee dans une heure. L'alarme sera désactivée à dix-sept heures précises demain. Je vais trouver un prétexte pour travailler l'après-midi. Pourquoi un délai aussi court, d'ailleurs ?

— Parce qu'après-demain il y aura un toutou dans l'appartement.

— OK. Mais pourquoi pas pendant les horaires de bureau, comme d'habitude ? »

Le jeune homme en costume Corneliani et stupides petites lunettes rondes arrivait sur le trottoir vers la cabine téléphonique. Je lui tournai le dos pour ne pas avoir à le saluer et approchai encore un peu le combiné de ma bouche :

« Je veux être sûr à cent pour cent qu'il n'y aura pas d'ouvriers. Et tu appelles Göteborg immédiatement pour leur demander de trouver une reproduction correcte de Rubens. Il y en a beaucoup, mais dis-leur qu'il nous en faut une bonne. Et qu'elle doit être prête pour quand tu arriveras avec la litho de Munch, ce soir. Ça fait court, mais c'est important que je l'aie pour demain, tu comprends ?

— Mais oui, mais oui.

— Et tu pourras dire à Göteborg que tu redescends demain dans la nuit avec l'original. Tu te souviens du nom du tableau ?

— Oui, oui. *La chasse au sanglier de Catalogne*. Rubens.

— *Close enough*. Tu es sûr à cent pour cent que nous pouvons faire confiance à ce receleur ?

— Bon Dieu, Roger… Pour la centième fois : oui !

— Je pose la question, rien de plus.

— Écoute-moi, maintenant. Ce gars sait que s'il gruge quelqu'un, ne serait-ce qu'une seule fois, il se retrouve hors jeu pour toujours. Personne ne sanctionne plus durement le vol que les voleurs.

— Bon.

— Une chose : je dois reporter le dernier saut à Göteborg de vingt-quatre heures. »

Ce n'était pas un problème, nous l'avions déjà fait, le Rubens serait à l'abri dans la garniture du pavillon, mais je sentis mes cheveux se dresser sur ma nuque.

« Pourquoi ?

— Je reçois, demain soir. Une nana.

— Tu vas reporter.

— *Sorry*, pas possible.

— Pas possible ?

— C'est Natacha. »

Je n'en crus presque pas mes oreilles. « La pute russe ?

— Ne l'appelle pas comme ça.

— Ce n'est pas ce qu'elle est ?

— Je ne traite pas ta femme de poupée en silicone, si ?

— Tu compares ma femme à une prostituée ?

— J'ai dit que je ne traite *pas* ta femme de poupée en silicone.

— Il vaut mieux pour toi. Diana est naturelle à cent pour cent.

— Tu bobardes.

— Nan.

— OK, je suis impressionné. Mais, en tout cas, je ne rentre pas avant demain soir. Ça fait trois semaines que je suis sur la liste d'attente de Natacha, et je vais filmer la séance. Mettre ça sur cassette.

— La filmer ? Tu déconnes.

— Il me faut quelque chose pour patienter jusqu'à la prochaine fois. Dieu seul sait quand ça arrivera. »

J'éclatai de rire. « Tu es dingue.

— Pourquoi tu dis ça ?

— Tu aimes une pute, Ove ! Aucun homme véritable ne peut aimer une pute.

— Qu'est-ce que tu en sais ? »

Je gémis. « Et que prévois-tu de dire à ta chère et tendre quand tu dégaineras ta sale caméra ?

— Elle n'en sait rien.

— Caméra cachée dans la penderie ?

— La penderie ? Toute ma maison est entièrement sous vidéosurveillance, bonhomme. »

Plus rien de ce qu'Ove Kjikerud me racontait de lui ne me surprenait. Il m'avait dit que, lorsqu'il ne travaillait pas, il regardait presque tout le temps la télé dans sa petite maison en bordure de forêt tout en haut de Tonsehagen. Et qu'il aimait tirer sur l'écran si quelque chose lui déplaisait vraiment. Il avait frimé avec ses pistolets autrichiens Glock, ou ses « nanas », comme il les appelait, parce qu'ils n'avaient pas de chien qui se dressait avant l'éjaculation. Pour tirer sur sa télé, Ove se servait de cartouches à blanc, mais il lui était arrivé une fois d'oublier qu'il avait inséré un chargeur de balles réelles, et il avait pulvérisé un écran plasma Pioneer flambant neuf à trente mille couronnes. Quand il ne flinguait pas sa télé, il tirait par la fenêtre sur une cabane pour les chouettes qu'il avait lui-même accrochée à un tronc dans les bois juste derrière la maison. Et un soir qu'il était devant sa télé, il avait entendu du barouf dans les arbres au-dehors, ouvert la fenêtre, braqué une carabine Remington et fait feu. La balle avait atteint l'animal en plein front, et Ove avait dû vider son congélateur plein de pizzas Grandiosa. Les six mois suivants, ç'avait été pavés d'élan, carbonnades d'élan, ragoûts d'élan, gâteaux d'élan et côtelettes d'élan jusqu'à ce qu'il finisse par n'en plus pouvoir ; il avait vidé son congélateur pour la seconde fois avant de le remplir de nouveau de Grandiosa. Je trouvais toutes ces histoires parfaitement crédibles. Mais ça, là…

« Entièrement sous vidéosurveillance ?

— Il y a quelques avantages en nature à travailler chez Tripolis, non ?

— Et tu peux faire tourner les caméras comme ça, sans qu'elle s'en rende compte ?

— Ouais. Je vais la chercher, nous entrons dans l'appartement. S'il s'écoule quinze secondes avant que j'aie désactivé l'alarme avec mon code, les caméras se déclenchent chez Tripolis.

— Et l'alarme se met à hurler dans ton appartement ?

— Nan. Alarme silencieuse. »

Bien sûr, le concept ne m'était pas inconnu. L'alarme ne se déclenchait que chez Tripolis. L'idée, c'était de ne pas effrayer les voleurs pendant le quart d'heure nécessaire à Tripolis pour appeler la police et arriver sur les lieux. Le but était l'arrestation en flagrant délit avant que les voleurs n'aient disparu avec leur butin ; sinon, on pouvait toujours espérer les identifier sur la vidéo.

« J'ai dit aux mecs de garde qu'ils devront laisser tomber l'intervention, tu vois ? Qu'ils peuvent s'asseoir et profiter des images sur les moniteurs.

— Tu veux dire qu'ils te regarderont avec la pu… Natacha ?

— Il faut faire partager ses plaisirs. Mais j'ai veillé à ce que le lit ne soit pas dans le champ de la caméra, c'est une zone privée. Je la ferai se déshabiller au pied du lit, près de la chaise à côté de la télé, d'accord ? Elle prend les choses en main, c'est ça qui est bien. La faire asseoir là et se caresser. Angle de vue parfait, j'ai un peu travaillé sur l'éclairage. Comme ça, je peux me branler hors champ, tu vois ? »

La limite de quantité d'informations que je voulais était dépassée. Je me raclai la gorge :

« Alors tu passes chercher Munch cette nuit. Et Rubens dans deux nuits, d'accord ?

— OK. Tout va bien de ton côté, Roger ? Tu as l'air stressé.

— Tout va bien, répondis-je en me passant le dos d'une main sur le front. Tout va très bien. »

Je raccrochai et abandonnai la cabine. Le ciel se couvrait, mais je le remarquai à peine. Car tout allait bien. J'allais être multimillionnaire. Acheter ma liberté, vis-à-vis de tout. Le monde et tout ce qu'il contenait — Diana comprise — allait m'appartenir. Un grondement résonna dans le lointain, comme un rire profond. Les premières gouttes arrivèrent, et mes semelles se mirent à claquer joyeusement quand je partis en courant.

CHAPITRE 7
Enceinte

Il était six heures, il ne pleuvait plus et de l'or coulait sur le fjord d'Oslo, à l'ouest. Je fis entrer la Volvo dans le garage, coupai le contact et attendis. Quand la porte se fut refermée derrière moi, j'allumai le plafonnier de l'habitacle, ouvris la serviette noire et en tirai la prisonnière du jour. *La broche*. Eva Mudocci.

Je laissai mon regard parcourir son visage. Munch devait être amoureux d'elle, il n'aurait pas pu la dessiner ainsi sans l'être. Dessinée comme Lotte, capturées la douleur silencieuse, la calme sauvagerie. Je jurai à voix basse, pris une violente inspiration qui siffla entre mes dents. J'ouvris alors la garniture du pavillon. C'était ma trouvaille, destinée à dissimuler les tableaux qui devaient passer la frontière. J'avais simplement dégrafé le plafond — le ciel de pavillon, comme ça s'appelle dans le jargon automobile — à l'endroit où il rejoignait le pare-brise. J'avais collé deux bandes de Velcro à l'intérieur et, après un petit découpage de la lampe avant, j'avais la cachette parfaite. Le problème dans le transport de grands tableaux, surtout des vieilles peintures à l'huile sèches, c'est qu'ils doivent rester bien à plat, on ne peut pas les rouler sans risquer de craqueler la peinture et d'abîmer le tableau. Le transport nécessite donc de la place, et le chargement ne passe pas inaperçu. Mais avec une surface de toit de près de quatre mètres carrés, il y avait la place même pour de grands tableaux, et ils étaient à l'abri de douaniers zélés et de leurs clebs qui ne cherchaient heureusement ni peinture ni laque.

Je poussai Eva Mudocci à l'intérieur, fixai la garniture à l'aide des Velcro et descendis de voiture pour gagner la maison.

Sur le réfrigérateur, je trouvai un mot de Diana disant qu'elle était sortie avec son amie Cathrine et qu'elle rentrerait vers minuit. Ce qui me laissait à peu près six heures. J'ouvris une San Miguel, m'installai dans le fauteuil près de la fenêtre et commençai à l'attendre. J'allai chercher une autre bouteille en pensant à un passage du livre de Johan Falkenberg que Diana m'avait lu quand j'avais eu les oreillons : « Nous buvons tous en fonction de notre soif. »

J'étais alité, j'avais de la fièvre, les joues et les oreilles en feu, et je ressemblais à un diodon transpirant à côté du médecin qui regardait son thermomètre pour conclure que « ce n'était pas si grave ». Ça n'avait pas eu l'air grave. Ce n'est que sous la pression de Diana qu'il évoqua malgré lui de vilains mots comme méningite ou orchite, qu'il traduisit d'encore plus mauvaise grâce par inflammation de la méninge ou des testicules. Avant d'ajouter que c'était « très improbable dans ce cas ».

Diana me faisait la lecture en appuyant la couverture froide sur mon front. C'était *La quatrième garde*, de Johan Falkenberg, et, puisque je n'avais rien d'autre à quoi occuper mon cerveau menacé d'inflammation, je suivais attentivement. Je remarquai en particulier deux choses. Pour commencer, le prêtre Sigismund qui excuse un pochard en déclarant que « nous buvons tous en fonction de notre soif ». Peut-être parce que, pour ma part, je trouvais le réconfort dans ce genre de visions humaines : si c'est dans votre nature, c'est bien.

L'autre chose était une citation de Pontoppidan, dans laquelle il affirme qu'un homme peut tuer l'âme d'un autre, la contaminer, l'attirer dans le péché avec lui et lui interdire le salut. J'y trouvai moins de réconfort. Et l'idée de devoir souiller des ailes d'ange fit que je n'initiai jamais Diana à tout ce que je faisais pour acquérir des revenus supplémentaires.

Pendant six jours, elle me soigna, ce qui m'était aussi agréable que pénible. Car je savais que je n'aurais pas fait la même chose pour elle, en tout cas pas pour des oreillons minables. Alors quand je finis par lui demander pourquoi elle faisait ça, ce fut avec une curiosité non feinte. Sa réponse avait été simple :

« Parce que je t'aime.

— Ce ne sont que les oreillons.

— Je n'aurai peut-être pas l'occasion de te le montrer plus tard. Tu es tellement en forme… »

Ç'avait sonné comme une accusation.

Et le lendemain, j'avais effectivement quitté le lit, passé un entretien pour une société de recrutement qui s'appelait Alfa. Je leur avais dit qu'il fallait être idiot pour ne pas m'embaucher. Et je sais pourquoi je pus leur dire cela avec une certitude aussi inébranlable. Parce que rien ne fait davantage grandir un homme au-delà de sa taille physique qu'une déclaration d'amour récente de la part d'une femme. Et même si elle a très mal menti, il lui en sera reconnaissant, il l'aimera un peu.

J'allai chercher l'un des livres d'art de Diana, et lus

ce que je trouvai sur Rubens, ainsi que le peu traitant de *La chasse au sanglier de Calydon*. J'étudiai attentivement le tableau. Avant de reposer le livre et d'essayer d'imaginer dans le détail, phase après phase, l'opération du lendemain, dans Oscars gate.

Un appartement dans un immeuble signifie naturellement que l'on risque de rencontrer des voisins dans l'escalier. Des témoins potentiels qui me verraient de près. Mais seulement pendant quelques secondes. Et ils n'auraient pas de soupçons à ce moment-là, ils ne remarqueraient pas mon visage : je serais en bleu de travail au moment d'entrer dans un appartement en rénovation. Alors de quoi avais-je aussi peur ?

Je le savais pourtant.

Il m'avait lu comme un livre ouvert pendant notre entretien. Mais combien de pages ? Était-ce possible qu'il ait eu des soupçons ? Bêtises. Il avait reconnu une technique d'interrogatoire qu'il avait lui-même apprise à l'armée, rien de plus.

J'allai chercher mon téléphone mobile et appelai au numéro de Greve pour lui expliquer que Diana était sortie, que le nom d'un éventuel expert pour contrôler l'authenticité du tableau devrait attendre qu'il soit rentré de Rotterdam. « *Please leave a message* », m'invita le répondeur de Greve, ce que je fis. Ma canette était vide. J'envisageai un whisky mais rejetai l'idée, ne voulant pas me réveiller le lendemain matin avec la gueule de bois. Une toute dernière bière, d'accord.

J'en étais à la moitié lorsque je me rendis compte de ce que je faisais. J'éloignai le mobile de mon oreille et me dépêchai d'interrompre l'appel. J'avais composé le numéro de Lotte, classé sous un L discret dans le répertoire, un L qui m'avait fait frémir les rares fois où il était apparu sur l'écran en tant qu'appel entrant.

La règle avait voulu que ce soit moi qui appelle. J'accédai au répertoire, trouvai le L et appuyai sur la touche « Effacer ».

« Voulez-vous réellement effacer ? » répliqua le téléphone.

Je regardai fixement les différentes possibilités. Le « Non » faible, déloyal, et le « Oui » mensonger.

J'appuyai sur « Oui ». Et je sus que son numéro était imprimé dans mon cerveau d'une façon qui interdisait l'effacement. Ce que cela signifiait, je ne le savais pas et ne voulais pas le savoir. Mais ça pâlirait. Ça pâlirait et ça disparaîtrait. Ça devait.

Diana rentra cinq minutes avant minuit.

« Qu'as-tu fait, chéri ? » voulut-elle savoir tandis qu'elle s'approchait du fauteuil. Elle s'assit sur l'accoudoir et m'embrassa.

« Pas grand-chose. J'ai interviewé Clas Greve.

— Comment ça s'est passé ?

— Il est parfait, hormis qu'il est étranger. Pathfinder a fait clairement savoir qu'ils veulent un directeur norvégien. Ils ont même dit publiquement qu'ils insistent pour être norvégiens à tous les niveaux. Alors il faudra être plus persuasif.

— Mais c'est justement pour cela que tu es le meilleur au monde, objecta-t-elle en m'embrassant sur le front. J'ai même entendu d'autres personnes parler de ton record.

— Quel record ?

— L'homme qui fait toujours embaucher celui qu'il présente, tiens.

— Ah, celui-là, répondis-je en feignant l'étonnement.

— Tu y arriveras sûrement cette fois aussi.

— C'était comment, avec Cathrine ? »

Diana passa une main dans mes cheveux épais.

« Super. Comme toujours. Ou plutôt : encore plus super que d'habitude.

— Elle va mourir de bonheur, un jour. »

Diana posa le visage contre mes cheveux et parla dedans :

« Elle vient d'apprendre qu'elle est enceinte.

— Alors ça ne sera peut-être pas si super pendant un moment ?

— Sottises, murmura-t-elle. Tu as bu ?

— Un tout petit peu. On trinque pour Cathrine ?

— Je vais me coucher, je suis vannée par tout ce bonheur verbal. Tu viens ? »

Recroquevillé derrière elle dans la chambre, quand je l'eus prise dans mes bras pour sentir sa colonne vertébrale contre ma poitrine et mon ventre, je compris soudain ce à quoi j'aurais dû penser depuis mon entretien avec Greve. À présent, je pouvais la féconder. J'étais enfin à terre, sur un terrain stable, un enfant ne pouvait plus du tout me disputer ma place, maintenant. Car avec Rubens je serais enfin le lion, le souverain, dont parlait Diana. Le soutien irremplaçable. Non que Diana en ait douté par le passé, c'est moi qui avais douté. Douté que je puisse être le gardien que méritait Diana. Et qu'un enfant, justement, puisse guérir cette cécité bénie dont elle souffrait. Mais maintenant elle pouvait bien me voir, tout entier. Davantage de moi, en tout cas.

L'air vif et frais de la fenêtre ouverte fit se tendre la peau qui dépassait de sous la couette, et je sentis monter l'érection.

Mais sa respiration était déjà profonde, régulière.

Je la lâchai. Elle roula sur le dos, sereine et aussi démunie qu'un nouveau-né.

Je me glissai hors du lit.

L'autel du mizuko n'avait manifestement pas reçu de visite depuis la veille. Il ne se passait d'habitude pas un seul jour sans qu'elle apporte une manifestation bien visible : changer l'eau, déposer une nouvelle chandelle, des fleurs fraîches.

Je montai au salon et me servis un whisky. Le parquet était froid du côté de la fenêtre. Le whisky était un Macallan trente ans d'âge, cadeau d'un client satisfait. Ils étaient cotés en Bourse, à présent. Je baissai les yeux vers le garage baigné dans le clair de lune. Ove devait être en chemin. Il entrerait dans le garage et s'installerait au volant de la voiture dont il avait le double des clés. Il sortirait Eva Mudocci, la déposerait dans la serviette et redescendrait à sa voiture, garée à une distance suffisante, assez loin pour que personne n'aille l'associer à notre maison. Il se rendrait chez le receleur de Göteborg, déposerait le tableau et serait de retour au petit matin. Mais Eva Mudocci n'offrait plus aucun intérêt, à présent, ce n'était qu'un agaçant petit boulot de rien qu'il fallait évacuer. À son retour de Göteborg, Ove aurait, espérons-le, une reproduction exploitable de la *Chasse au sanglier* de Rubens, et la glisserait dans la garniture de pavillon de la Volvo avant que nous ou les voisins soyons levés.

Par le passé, Ove s'était servi de ma voiture pour aller à Göteborg. Je n'avais jamais discuté avec le receleur, et il fallait espérer qu'il ne se doute pas qu'Ove n'était pas le seul impliqué. Je voulais qu'il en soit ainsi, le moins de points de contact possible, le moins de gens susceptibles de me montrer un jour ou l'autre du doigt. Les criminels se faisaient prendre tôt ou tard, et il serait alors question d'être le plus loin d'eux possible. Voilà pourquoi je veillais à ne jamais être vu publiquement avec Ove Kjikerud. Il fallait donc que je l'appelle d'une cabine téléphonique quand je devais le joindre, je ne voulais pas que l'un de mes numéros de téléphone figure sur les listes d'appels d'Ove Kjikerud quand il se ferait prendre. Le partage du butin et la planification plus stratégique avaient lieu dans un chalet reculé près d'Elverum. Ove le louait à un paysan ermite, et nous arrivions toujours dans nos véhicules respectifs.

C'était en me rendant à ce chalet que je m'étais aperçu du risque que je prenais quand Ove utilisait ma voiture pour descendre les tableaux à Göteborg. J'étais passé sous un radar automatique, et j'avais vu sa Mercedes presque trentenaire, une élégante 280 SE noire, garée à côté d'un véhicule de police. J'avais alors compris qu'Ove Kjikerud était évidemment l'un de ces chauffards notoires, incapables de ne pas dépasser la vitesse autorisée. Je l'avais seriné pour qu'il retire toujours le boîtier de paiement automatique sous le pare-brise quand il conduisait ma Volvo pour aller à Göteborg, puisque le passage du péage à l'aide de ce boîtier est enregistré et que je ne me voyais pas expliquer à la police pourquoi je parcourais de nuit l'E6 dans les deux sens, plusieurs fois par an. Mais, en passant devant la Mercedes d'Ove arrêtée à ce contrôle de vitesse en allant à Elverum, je compris que c'était cela le plus gros risque : la police arrêterait ce chauffard et vieux copain d'Ove Kjikerud sur la route de Göteborg, et se demanderait ce qu'il pouvait bien faire dans la voiture du respectable Roger Brown, le chasseur de têtes. Enfin, respectable… Et qu'à partir de là ce ne serait qu'une succession de mauvaises nouvelles.

Parce que Kjikerud contre Inbau, Reid et Buckley ne pouvait donner qu'un piètre résultat.

Il me sembla pouvoir distinguer un mouvement dans l'obscurité près du garage.

Demain, ce serait le jour J. Le jour jubilatoire. Le jour du jugement. Car si tout se passait comme prévu, c'était le dernier coup. Je voulais toucher au but, être libre, celui qui s'en tirait.

La ville scintillait en contrebas, pleine de promesses.

Lotte décrocha à la cinquième sonnerie. « Roger ? » Prudemment, doucement. Comme si c'était elle qui me tirait de mon sommeil et non l'inverse.

Je raccrochai.

Et vidai mon verre d'un trait.

CHAPITRE 8

G11sus4

Je me réveillai avec une migraine épouvantable.

Je me dressai sur les coudes et vis le derrière délicat et enculotté de Diana pointer vers le ciel tandis qu'elle fouillait dans son sac et les poches de ses vêtements de la veille.

« Tu cherches quelque chose ? m'enquis-je.

— Bonjour, mon amour », répondit-elle, mais je sentis que ce n'était pas le cas. J'étais d'accord.

Je m'extirpai du lit, direction la salle de bains. Me regardai dans le miroir et sus que le reste de ma journée ne pouvait être que meilleur. Devait être meilleur. Allait l'être. Je tournai le robinet de la douche et avançai sous les jets glaciaux. Au même moment, j'entendis Diana jurer à voix basse dans la chambre.

« *And it's gonna be*…, gueulai-je par pur défi. PERFECT !

— Je me tire, cria Diana. Je t'aime.

— Et je t'aime aussi », criai-je, mais je ne sais pas si elle eut le temps de l'entendre avant que la porte ne claque derrière elle.

À dix heures, j'étais au bureau et j'essayai de me concentrer. Ma tête me faisait penser à un têtard transparent pris d'agitation. J'avais enregistré que, depuis plusieurs minutes, Ferdinand avait ouvert la bouche et formulait ce que je soupçonnais être des mots d'un intérêt variable. Et même si sa bouche était toujours ouverte, il avait cessé de remuer les lèvres, et me regardait avec une expression que j'interprétais comme de l'expectative.

« Répète la question, le priai-je.

— Je dis que ça ne me pose pas de problème de prendre la seconde interview avec Greve et le client, mais il faut que tu m'en dises un peu plus sur Pathfinder d'abord. Je sais que dalle, je vais passer pour un abruti ! » Il poussa sa voix pour lui faire atteindre l'inévitable tonalité de fausset d'une folle.

Je soupirai.

« Ils fabriquent de minuscules émetteurs, presque invisibles, qui se fixent sur des personnes pour qu'on puisse les retrouver via un récepteur connecté au système GPS le plus perfectionné qui soit. Service prioritaire de satellites dont ils sont copropriétaires, et j'en passe. Technologie d'avant-garde, donc candidat de rachat. Lis le rapport annuel. Autre chose ?

— Je l'ai lu ! Tout ce qui concerne leurs produits est top secret. Et sur le fait que Clas Greve est étranger, comment vais-je faire avaler ça à ce client dont le nationalisme est manifeste ?

— Ça, c'est moi qui m'en occuperai. Ne te tourmente pas comme ça, Ferdy.

— Ferdy ?

— Oui, j'ai un peu réfléchi là-dessus. Ferdinand, ça fait trop long. Ça te va ? »

Il me regarda fixement, incrédule. « Ferdy ?

— Pas quand les clients sont là, bien entendu,

répondis-je avec un large sourire en sentant déjà ma migraine se dissiper. On a terminé, Ferdy ? »

C'était le cas.

J'attendis l'heure du déjeuner en mâchant de la Paralgin et sans cesser de regarder l'heure.

Puis je descendis chez l'orfèvre en face du Sushi & Coffee.

« Celles-là », demandai-je en désignant les boucles d'oreilles en diamant dans la vitrine.

La carte passa. Assez d'argent. Et la surface en daim de l'écrin rouge profond était douce comme de la peau de chiot.

Après le déjeuner, je continuai à mâcher de la Paralgin, les yeux rivés sur l'heure.

À cinq heures précises, je me garai le long du trottoir dans Inkognitogata. Ce fut facile de trouver une place : ceux qui travaillaient ici comme ceux qui y habitaient étaient manifestement occupés à regagner leurs pénates. Il venait de pleuvoir, et mes semelles claquaient sur l'asphalte. La serviette me paraissait légère. La reproduction avait été de qualité médiocre, et naturellement payée beaucoup trop chère, à un prix de quinze mille couronnes suédoises ; mais ça ne signifiait plus grand-chose.

S'il y a une rue branchée dans Oslo, c'est Oscars gate. Les immeubles sont un embrouillamini d'expressions architectoniques, surtout néo-Renaissance. Des façades à motifs néogothiques, des jardinets arborés, c'était ici que les directeurs et hauts fonctionnaires avaient fait construire à la fin du XIXe siècle.

Un type venait vers moi, son caniche en laisse. Pas de lévriers en centre-ville. Il regarda à travers moi. Centre-ville.

Je tournai pour entrer au 35, à en croire la recherche d'adresse sur Internet, un immeuble présentant « une variante hanovrienne d'une architecture d'influence médiévale ». Plus intéressant : l'ambassade d'Espagne en avait déménagé, ce qui me permettait d'espérer échapper aux ennuyeuses caméras de surveillance. Il n'y avait personne devant cet immeuble qui me saluait silencieusement de ses fenêtres vides. Ove m'avait donné la clé, elle devait convenir pour la porte cochère et celle de l'appartement. Pour la porte cochère, ça allait, en tout cas. Je montai rapidement l'escalier. Décidé. Pas lourdement, pas légèrement. Une personne qui sait où elle va et n'a rien à cacher. Je tenais la clé prête pour éviter de trifouiller devant la porte ; on entend facilement ce genre de choses dans un immeuble ancien et sonore.

Deuxième étage. Pas de nom sur la porte, mais je savais que c'était ici. Porte double à verre dépoli. Je n'étais pas aussi calme que je l'avais cru, mon cœur martelait l'intérieur de mes côtes, et je manquai le trou de serrure. Un jour, Ove m'avait expliqué que la première chose qui disparaît quand on a peur, c'est la motricité fine. Il l'avait lu dans un livre sur le close-combat, comment la faculté de charger une arme disparaît quand on se retrouve face à une autre arme. La clé atteignit parfaitement son but à la seconde tentative. Et tourna, sans bruit, sans accrocher, à la perfection. J'abaissai la poignée et tirai la porte à moi. La poussai. Mais elle ne voulait pas s'ouvrir. Je tirai de nouveau. Bon Dieu de bon Dieu ! Est-ce que Greve avait ajouté une serrure ? Tous mes rêves et tous mes projets allaient-ils voler en éclats à cause d'une saloperie de serrure supplémentaire ? Je tirai de toutes mes forces sur la porte, au bord de la panique. Elle s'arracha au chambranle avec un claquement, et le verre se mit à vibrer dans le battant en jetant un écho dans l'escalier. Je me glissai à l'intérieur, refermai prudemment la porte derrière moi et soufflai. L'idée que j'avais eue la veille au soir me parut soudain idiote. Cette tension, à laquelle je m'étais aussi bien habitué, n'allait-elle pas me manquer ?

Quand j'inspirai, mon nez, ma bouche et mes poumons s'emplirent de dissolvants : peinture glycéro, laque et colle.

J'enjambai les pots de peinture et les rouleaux de papier peint dans l'entrée pour pénétrer dans l'appartement lui-même. Papier kraft sur le parquet marqueté en chêne, lambris de soubassement, poussière de brique, vieilles fenêtres qui méritaient d'être changées. Des salons de la taille de petites salles de bal, en enfilade.

Je trouvai la cuisine en cours de finition en arrivant dans le salon du milieu. Lignes dures, métal et bois massif, sans aucun doute cher, je pariai sur Poggenpohl. J'entrai dans la chambre de bonne et vis la porte derrière la bibliothèque. Je m'étais déjà préparé à ce qu'elle soit fermée, en sachant qu'il y aurait des outils dans l'appartement avec lesquels la forcer.

Ce ne fut pas nécessaire. Les gonds crièrent doucement leur menace quand la porte s'ouvrit.

Je pénétrai dans une pièce obscure, vide et tout en longueur, sortis ma lampe de poche et balayai les murs de son faisceau jaune pâle. Il y avait quatre tableaux. Trois ne me disaient rien. Le dernier, en revanche…

Je me postai juste devant et sentis la même sécheresse dans la bouche que quand Greve avait prononcé le titre.

La chasse au sanglier de Calydon.

La lumière semblait irradier des sous-couches de peinture vieille de presque quatre cents ans. Avec les ombres, la scène de chasse présentait contours et formes ; Diana m'avait expliqué que l'on appelait cela un clair-obscur. Le tableau avait un effet presque physique, un magnétisme qui vous attirait dedans. C'était comme rencontrer une personne charismatique que l'on ne connaissait qu'à travers des photos ou pour en avoir entendu parler. Je n'étais pas préparé à toute cette beauté. Je reconnus les couleurs pour les avoir vues sur les scènes de chasse plus récentes et plus connues répertoriées dans les livres de Diana — *La chasse au lion*, *la chasse à l'hippopotame et au crocodile*, *la chasse au tigre*. La veille au soir, j'avais lu que c'était le premier motif de chasse de Rubens, le point de départ des œuvres d'art à venir. Le sanglier de Calydon avait été envoyé par la déesse Artémis pour tuer et faire des ravages à Calydon, pour se venger de la négligence des hommes vis-à-vis d'elle. Mais ce fut le meilleur chasseur de Calydon, Méléagre, qui finit par tuer la bête de son épieu. J'observai le corps nu et musclé de Méléagre, son expression haineuse qui me rappelait quelqu'un, l'épieu qui pénétrait dans la chair de l'animal. Dramatique, et pourtant plein de recueillement. Nu et pourtant secret. Si simple. Et si précieux.

Je décrochai le tableau, le portai dans la cuisine et le posai sur le plan de travail. Comme je l'escomptais, le vieux cadre était doublé d'un châssis auquel la toile était fixée. Je sortis les deux seuls outils que j'avais pris et dont j'avais besoin : une alêne et une pince coupante. Je coupai la plupart des clous de tapissier, retirai ceux qui devaient encore servir, détachai le châssis et me servis de l'alêne pour faire sauter les agrafes. Je vasouillai plus que d'habitude, Ove avait peut-être eu raison à propos de la motricité fine. Mais, vingt minutes plus tard, la reproduction était à sa place dans le cadre et l'original dans la serviette.

Je raccrochai le tableau, fermai la porte derrière moi et contrôlai que je n'avais laissé aucune trace. Je sortis de la cuisine en étreignant d'une main moite la poignée de la serviette.

Au moment où je passai à l'entrée du salon central, je lançai un coup d'œil par la fenêtre et aperçus une cime partiellement dépouillée. Je m'arrêtai. Les feuilles rouge flamboyant encore sur l'arbre donnaient l'impression que celui-ci brûlait dans le soleil qui tombait de biais d'entre les nuages. Rubens. Les couleurs. Il avait ses couleurs.

Ce fut un instant magique. Un instant de triomphe. De métamorphose. Le genre d'instant où l'on voit tout si clairement que des décisions qui m'avaient paru difficiles m'apparurent tout à coup comme évidentes. Je voulais être père, j'avais prévu de ne lui dire que ce soir, mais je sus tout à coup que c'était l'instant idéal. Maintenant, ici, sur le lieu du crime, avec Rubens sous le bras et ce bel arbre majestueux devant moi. C'était l'instant à éterniser dans le bronze, le souvenir éternel que Diana et moi partagerions et ressortirions les jours pluvieux. Dans sa pureté, elle penserait que cette décision avait été prise dans un moment de clairvoyance et sans aucun autre présupposé que l'amour pour elle et notre enfant à naître. Moi seul, le lion, le patriarche, connaîtrais le secret obscur : la gorge du zèbre avait été tranchée dans une embuscade, le sol était couvert de sang avant que la proie ne soit déposée devant eux, mes innocents. Oui, c'était comme cela que notre amour serait scellé. Je saisis mon téléphone, retirai un gant et composai le numéro de son téléphone Prada. J'essayai de formuler la phrase dans ma tête en attendant la connexion. « Je veux t'offrir un enfant, mon amour. » Ou bien : « Mon amour, laisse-moi t'offrir… »

L'accord G11sus4 de John Lennon retentit.

« *It's been a hard day's night…* » Comme c'était vrai. Je souris, ragaillardi.

Avant de comprendre tout à coup.

Que je l'*entendais*.

Que quelque chose déconnait complètement.

Je baissai mon téléphone.

Et loin, mais distinctement, j'entendis les Beatles commencer à jouer *A Hard Day's Night*. La sonnerie de Diana.

Mes pieds étaient comme bétonnés au papier kraft sur le sol.

Puis ils se mirent à avancer vers le bruit pendant que mon cœur jouait de lourds coups de timbale.

Le son venait de derrière une porte entrebâillée donnant sur le couloir à l'intérieur des salons.

J'ouvris la porte.

C'était une chambre à coucher.

Le lit au milieu de la pièce était fait, mais il ne faisait pas de doute qu'il avait servi. Une valise était posée à son pied, et, à côté, je vis une chaise dont le dossier portait quelques vêtements. Un costume était suspendu à un cintre dans la penderie ouverte. Le costume que Clas Greve avait porté pour l'entretien. Quelque part dans la chambre, Lennon et McCartney chantaient en duo avec une énergie qu'ils ne parviendraient jamais à retrouver totalement sur les disques ultérieurs. Je regardai autour de moi. Et m'agenouillai. Me penchai. Il était là. Le téléphone Prada. Sous le lit. Il avait dû tomber de sa poche de pantalon. Quand il le lui avait arraché, sûrement. Et elle n'avait découvert la disparition de son téléphone que… que…

Je revis son derrière affriolant, ce matin, la recherche furieuse dans ses vêtements et son sac.

Je me redressai. Bien trop vite, probablement, car la pièce se mit à tourner. Je m'appuyai au mur.

La boîte vocale se déclencha, et le gazouillis démarra :

« Bonjour, ici Diana. Mon téléphone n'est pas accessible… »

Pas faux.

« Mais vous savez ce que vous devez faire… »

Oui. Un endroit de mon cerveau avait remarqué que c'était de ma main dégantée que je m'appuyais, et que je ne devais pas oublier d'essuyer le mur.

« Excellente journée ! »

Ça, en revanche, ça pouvait être coton.

Pip.

TROISIÈME PARTIE

DEUXIÈME ENTRETIEN

CHAPITRE 9

Deuxième entretien

Mon père, Ian Brown, était un joueur d'échecs acharné mais pas particulièrement bon. Il avait cinq ans quand son père lui avait appris à jouer. Il lisait des livres sur le sujet et étudiait les parties classiques. Pourtant, il ne m'apprit pas à jouer avant mes quatorze ans, une fois que les années où on apprend le plus facilement furent passées. Mais j'étais prédisposé aux échecs, et à seize ans je le battis pour la première fois. Il sourit comme s'il était fier de moi, mais je savais qu'il détestait ça. Il remit les pièces à leur place de départ et nous commençâmes la revanche. Comme d'habitude, je jouais avec les blancs, il me faisait croire que c'était me donner un avantage. Après quelques coups, il s'excusa et partit dans la cuisine, et je sus qu'il allait boire une gorgée de sa bouteille de gin. À son retour, j'avais interverti deux pièces, mais il ne s'en aperçut pas. Quatre coups plus tard, bouche bée, il regardait ma reine devant son roi. Et il sut qu'il serait mat au coup suivant. Il était si comique que je ne pus m'empêcher de me mettre à rire. Et je vis à son expression qu'il comprenait ce qui s'était passé. Il se leva et commença par balayer toutes les pièces du plateau. Puis il me frappa. Mes genoux me trahirent et je tombai, plus de peur que sous la force du coup. Il ne m'avait jamais frappé.

« Tu as changé les pièces de place, siffla-t-il. Mon fils ne triche pas. »

Je sentis le goût du sang dans ma bouche. La reine blanche était par terre devant moi. Une pointe de sa couronne avait sauté. La haine me brûlait la gorge et la poitrine. Je ramassai la reine abîmée et la posai sur le plateau. Puis les autres pièces. L'une après l'autre. En les positionnant exactement comme elles étaient.

« À toi de jouer, papa. »

Car c'est ce que fait le joueur dont la haine est la plus froide, quand il était en train de gagner et que l'adversaire le frappe sans prévenir au visage, atteint un endroit où ça fait mal, découvre sa peur. Il ne perd pas sa vision d'ensemble du plateau, il dissimule sa peur et s'en tient à son plan. Respirer, reconstruire, poursuivre le jeu, encaisser la victoire. S'en aller sans manifestation de triomphe.

Assis au bout de la table, je regardais la bouche de Clas Greve remuer. Je voyais les joues se contracter et se relâcher pour former des mots en apparence compréhensibles pour Ferdinand et les deux représentants de Pathfinder. En tout cas, ils hochaient la tête avec satisfaction, tous les trois. Ce que je détestais cette bouche. Les gencives gris-rose, les dents solides en forme de stèles, oui, même la forme de ce dégoûtant orifice corporel : un trait droit borné par deux crochets vers le haut qui suggéraient un sourire, le même sourire incrusté que celui avec lequel Björn Borg avait charmé le monde. Et avec lequel Clas Greve séduisait à présent son futur employeur Pathfinder. Mais par-dessus tout je détestais ses lèvres. Ces lèvres qui avaient touché celles de ma femme, sa peau, vraisemblablement ses mamelons roses et sans aucun doute son sexe trempé et ouvert. Je me figurai pouvoir distinguer un poil pubien blond dans un creux de la partie charnue de sa lèvre inférieure.

Ça faisait bientôt une demi-heure que j'étais assis là sans rien dire, pendant que Ferdinand, faisant preuve d'un engagement imbécile, déblatérait les questions stupides du guide d'entretien comme si elles étaient de lui.

Au début, Clas Greve répondait aux questions tourné vers moi. Mais il avait compris au fur et à mesure que je n'étais qu'un élément passif et informel, que son travail du jour était de sauver trois autres personnes. Mais il m'avait régulièrement lancé de rapides coups d'œil interrogateurs, comme s'il voulait un indice sur la nature de mon rôle.

Petit à petit, les deux représentants de Pathfinder, directeur du conseil d'administration et chef de l'information, avaient posé des questions tournant assez naturellement autour de la période Hote. Greve avait raconté que Hote et lui avaient participé au développement de Trace, un liquide ou une gelée pareille à une laque contenant environ cent émetteurs par millilitre, et que l'on pouvait tartiner sur n'importe quel objet. L'avantage, c'était que la laque incolore était presque invisible, et qu'à l'instar d'une laque classique elle collait si bien à l'objet qu'il était impossible de s'en débarrasser sans couteau à enduit. L'inconvénient, c'était que les émetteurs étaient trop petits pour réussir à envoyer des signaux capables de traverser des matériaux plus épais que l'air s'ils entouraient les émetteurs, comme par exemple l'eau, la glace, la boue ou des couches de poussières extrêmement épaisses auxquelles les véhicules impliqués dans une guerre dans le désert pouvaient être exposés.

Mais les murs, même en pierre épaisse, ne posaient aucun problème.

« Nous avons observé que les soldats sur qui on avait fixé Trace disparaissaient de nos récepteurs quand ils étaient trop sales, raconta Greve. Il nous manque la technologie qui rend les émetteurs assez puissants.

— Nous l'avons chez Pathfinder », répondit le directeur du conseil d'administration. C'était un quinquagénaire aux cheveux fins, qui tournait régulièrement la tête comme s'il craignait que sa nuque se bloque, ou avait avalé quelque chose de trop gros pour pouvoir le déglutir complètement. Je supposai que c'était un spasme involontaire dû à une myopathie du genre de celles qui n'ont qu'une issue. « Mais malheureusement nous n'avons pas la technologie Trace.

— Sur le plan technologique, Hote et Pathfinder auraient formé le couple parfait, fit remarquer Greve.

— C'est ça, rétorqua sèchement le directeur du conseil d'administration. Avec Pathfinder dans le rôle de la femme au foyer, et des salaires de misère. »

Greve pouffa de rire.

« Très juste. Par ailleurs, la technologie de Hote sera plus facile à intégrer pour Pathfinder que l'inverse. Voilà pourquoi je pense qu'il n'y a qu'une voie praticable pour Pathfinder. Qui consiste à faire le voyage seul. »

Je vis les représentants de Pathfinder échanger un regard.

« Quoi qu'il en soit, impressionnant CV, Greve, rebondit le président du conseil d'administration sans paraître remarquer la rime involontaire[1]. Mais chez Pathfinder nous tenons à ce que notre dirigeant soit un *stayer*, un… comment appelez-vous cela dans le milieu du recrutement ?

— Paysan, répondit rapidement Ferdinand.

— Un paysan, oui. Une bonne image. Une personne qui cultive ce qui est déjà là, qui continue à construire pierre après pierre. Coriace et patient. Et vous avez un casier… euh, spectaculaire et plein de péripéties, mais qui ne montre pas si vous avez l'endurance et la détermination que nous exigeons de notre futur directeur. »

Clas Greve avait écouté gravement le président du conseil d'administration, et il hochait maintenant la tête.

« Pour commencer, je veux dire que je partage votre point de vue quand vous dites que c'est le genre de directeur que Pathfinder doit rechercher. Ensuite, je n'aurais pas montré le moindre intérêt pour cette mission si je ne pensais pas être de ce genre.

— Vous l'êtes ? » s'immisça prudemment l'autre représentant de Pathfinder, un type délicat que j'avais rangé dans la catégorie « responsable de l'information » avant qu'il se présente. J'en avais embauché quelques-uns.

Clas Greve sourit. Un sourire sincère qui ne faisait pas qu'adoucir son visage de pierre, mais le transformait entièrement. Je l'avais déjà vu plusieurs fois user de cette ruse, celle qui montrait le gamin espiègle qu'il pouvait aussi être. Elle avait le même effet que le contact physique conseillé par Inbau, Reid et Buckley, ce geste intime, gage de confiance, qui dit : « À présent, je me dévoile. »

1. Le -e final de Greve se prononce légèrement.

« Je vais vous raconter une histoire, sourit Greve. Elle parle de quelque chose de difficile à avouer, je trouve. Je suis un très mauvais perdant, en fait. Je suis de ceux qui s'énervent quand ils perdent à pile ou face. »

Petits rires dans la pièce.

« Mais espérons qu'elle vous dira aussi quelque chose de ma patience et de mon endurance, poursuivit-il. Au BBE, il m'est arrivé de traquer un trafiquant de drogue malheureusement assez insignifiant, au Surinam… »

Je vis les deux gars de Pathfinder se pencher imperceptiblement en avant. Ferdinand resservit du café tout en me jetant un regard victorieux.

Et la bouche de Clas Greve bougeait. Rampait. S'enfonçait à un endroit où elle n'avait pas le droit de le faire. Avait-elle crié ? Bien sûr qu'elle avait crié. Diana ne pouvait tout bonnement pas s'en empêcher, une proie si facile pour son propre désir. La première fois que nous avions fait l'amour, j'avais pensé à la sculpture du Bernin dans la chapelle Cornaro : *L'extase de sainte Thérèse.* En partie à cause de la bouche entrouverte de Diana, son expression de souffrance, presque de douleur, l'artère tendue et la ride concentrée sur le front. Et en partie parce que Diana criait, et je me suis toujours dit que la carmélite extatique du Bernin crie au moment où l'ange retire la flèche de son sein et s'apprête à la planter de nouveau. C'est en tout cas mon impression, dedans, dehors, dedans, une image de pénétration divine, la baise à son point le plus sublime, mais de la baise quand même. Pourtant, même une sainte ne pouvait crier comme Diana. Ses cris étaient une jouissance douloureuse, une pointe de flèche contre le tympan qui vous filait des frissons des pieds à la tête. C'était un cri prolongé et plaintif, une note qui montait et descendait à peine, comme une maquette d'avion. Si perçant qu'après notre premier rapport je m'étais réveillé avec des bourdonnements d'oreille et, après trois semaines de liaison, j'avais cru déceler les premières traces d'acouphènes : une cascade ininterrompue, en tout cas dans un ruisseau, accompagnée d'un sifflement qui allait et venait.

À une occasion, j'avais exprimé mon inquiétude pour mon ouïe, comme une blague, naturellement, mais Diana ne l'avait pas du tout pris au second degré. Au contraire, elle avait été horrifiée et avait failli se mettre à pleurer. Quand nous avions fait l'amour la fois suivante, j'avais senti ses douces mains autour de mes oreilles, ce que j'avais tout d'abord perçu comme une caresse quelque peu inhabituelle. Mais, en remarquant qu'elles se creusaient pour former deux chaudes cloches de protection, j'avais compris quel acte d'amour c'était. L'effet fut modéré sur le plan purement phonique — le cri s'enfouit toujours dans le cortex cérébral —, mais n'en fut que plus fort émotionnellement. Je ne suis pas homme à avoir la larme facile mais, au moment où je jouis, je me mis à pleurer comme un enfant. Probablement parce que je savais que personne, personne d'autre ne m'aimerait jamais aussi fort que cette femme.

Alors, tandis que je regardais Clas Greve avec la certitude qu'elle avait aussi crié dans ses bras, j'essayais de ne pas penser à la question suivante. Mais comme Diana je ne pus m'en empêcher : avait-elle posé les mains sur ses oreilles ?

« Pour l'essentiel, la piste traversait une jungle épaisse et un paysage de marécages, racontait Clas Greve. Des journées de marche de huit heures. Pourtant, nous étions toujours un peu derrière, en retard de très peu. Les autres renonçaient, un par un. Fièvre, dysenterie, morsures de serpent ou épuisement pur et simple. Encore une fois, ce type était insignifiant. La jungle grignote votre entendement. J'étais le plus jeune, et ce fut malgré tout à moi qu'ils finirent par confier le commandement. Et la machette. »

Diana et Greve. Au moment où j'avais fait entrer la Volvo dans le garage après mon retour de l'appartement de Greve, j'avais pendant un instant envisagé de baisser ma vitre en laissant tourner le moteur pour inhaler le dioxyde de carbone, le monodioxyde ou Dieu sait ce que l'on respire ; ce devait être une mort agréable.

« Quand on a eu suivi sa trace pendant soixante-trois jours sur trois cent vingt kilomètres du pire paysage que vous puissiez imaginer, notre équipe se réduisait à moi et un jeune ahuri de Groningen qui était trop idiot pour être fou. J'ai pu joindre le quartier général pour qu'ils m'envoient un nietherterrier. Vous connaissez cette race ? Bon. Ce sont les meilleurs chiens limiers au monde. Et d'une loyauté sans bornes, ils attaquent tout ce que vous désignez, quelle que soit la taille. Un ami pour la vie. Au sens propre. L'hélicoptère a déposé le clébard, un chiot d'un an environ, en pleine jungle dans la zone gigantesque de Sipaliwini. C'est là qu'ils larguent de la drogue aussi. Ils l'ont pourtant lâché à plus de dix kilomètres de l'endroit où nous nous cachions. J'ai pensé que ce serait un miracle s'il parvenait non seulement à nous retrouver, mais aussi à survivre vingt-quatre heures dans la jungle. Il a mis un peu moins de deux heures à nous localiser. »

Greve se renversa dans son fauteuil. Il avait le plein contrôle, à présent.

« Je l'ai baptisé Sidewinder. Comme la fusée à tête chercheuse, vous savez ? J'adorais ce clebs. C'est pourquoi j'ai un nietherterrier, aujourd'hui ; je suis allé le chercher aux Pays-Bas hier, c'est le petit-fils de Sidewinder. »

Quand j'étais rentré à la maison après ma visite chez Greve, Diana regardait le journal télévisé dans le salon. Il était question d'une conférence de presse, avec l'inspecteur principal Brede Sperre derrière tout un tas de micros. Il parlait d'un meurtre. Un meurtre élucidé. Un meurtre que lui seul avait élucidé, semblait-il. La voix de Sperre était grasseyante et métallique, comme une radio parasitée, des faux contacts, une machine à écrire dont une lettre archi-usée ne fait plus que se deviner sur le papier. « Le coupable sera présenté demain. D'autres questions ? » Toute pointe d'accent de l'est de la capitale avait disparu de son norvégien mais, à en croire Google, il avait joué au basket pour Ammerud pendant huit ans. Il était sorti second de sa promotion de l'École de police. Dans une interview-portrait pour un magazine féminin, il avait refusé de dire s'il avait une relation dans le cadre professionnel. Une copine éventuelle pouvait se retrouver sous les projecteurs malvenus des médias et d'éléments qu'il traquait, expliqua-t-il. Mais rien dans les photos de pin-up dans le même magazine — corsage à moitié déboutonné, yeux mi-clos, sourire à peine esquissé — ne laissait voir la copine.

Je m'étais posté derrière le fauteuil de Diana.

« Il est chez Kripos, maintenant, déclara-t-elle. Les meurtres, ces choses-là. »

Je le savais, bien sûr, je tapais Brede Sperre sous Google chaque semaine pour voir ce qu'il faisait, s'il parlait aux journaux de la ligue de voleurs d'œuvres d'art. Et je m'informais sur Sperre quand l'occasion se présentait, Oslo n'est pas une grande ville. Je savais des choses.

« Dommage pour toi, répondis-je sur un ton badin. Tu ne le verras plus à ta galerie. »

Elle avait ri et m'avait regardé, je l'avais regardée en souriant, et nos visages s'étaient inversés. Un court instant, je m'étais dit que cette histoire avec Greve n'avait pas eu lieu, que je n'avais fait que me le dépeindre en couleurs un peu trop vives, comme presque tout le monde essaie régulièrement d'imaginer le pire qui puisse arriver, au moins pour sentir ce que ça fait, si c'est supportable. Et comme pour avoir la confirmation que ce n'était qu'un rêve, je lui avais dit que j'avais changé d'avis, qu'elle avait raison, que nous devions vraiment programmer ce voyage au Japon en décembre. Elle m'avait regardé avec surprise avant de répondre qu'elle ne pouvait quand même pas fermer la galerie juste avant Noël. C'était la pleine saison. Et personne n'allait à Tokyo en décembre, il y faisait un froid de canard. Je lui proposai le printemps, je pouvais commander les billets. Elle m'avait répondu que c'était peut-être planifier un peu trop loin à l'avance, ne pouvait-on pas tout simplement attendre de voir comment les choses se présentaient ? Oh si, avais-je concédé en lui disant que j'allais me coucher, j'étais très fatigué.

En arrivant en bas, j'étais entré dans la chambre d'enfant pour m'agenouiller devant la statue du mizuko. L'autel était toujours intact. Planifier trop loin à l'avance. Voir comment les choses se présentaient. J'avais sorti le petit écrin rouge de ma poche, passé le bout des doigts sur la surface lisse et l'avais déposé à côté du petit bouddha de pierre qui veillait sur notre enfant d'eau.

« Deux jours plus tard, nous avions trouvé le trafiquant de drogue dans un petit village. Il était caché par une jeune étrangère, sa copine, s'avéra-t-il. Ils se trouvent souvent ce genre de filles innocentes, et ils les utilisent comme courrier. Jusqu'à ce que la fille se fasse choper à la douane et prenne perpétuité. Soixante-cinq jours s'étaient écoulés depuis le début de la chasse. » Clas Greve prit une inspiration. « En ce qui me concerne, il aurait bien pu y en avoir soixante-cinq autres. »

Ce fut le responsable de l'information qui finit par rompre le silence qui s'ensuivit :

« Et vous avez arrêté cet homme ?

— Pas seulement lui. Lui et sa copine ont donné assez d'informations pour nous permettre d'arrêter vingt de ses collègues, par la suite.

— Comment…, commença le président du conseil d'administration. Comment arrête-t-on ce genre de… euh, desperado ?

— Dans ce cas, ça s'est fait sans drame, répondit Clas Greve en posant ses mains derrière la tête. La parité est arrivée au Surinam. Quand nous avons pris la maison d'assaut, il avait posé ses armes sur la table de la cuisine et aidait sa copine avec un hachoir à viande. »

Le directeur du conseil d'administration se mit à rire et regarda son responsable de l'information, qui l'imita bien sagement d'un rire poussif, voire plus prudent. La troisième voix du chœur apparut quand les hennissements aigus de Ferdinand vinrent coiffer le tout. J'observais les quatre visages brillants en me disant qu'à cet instant j'aurais tellement, tellement voulu avoir une grenade dans la main…

Quand Ferdinand eut mis un terme à l'entretien, je me surpris à suivre Greve tandis que les trois autres prenaient un moment pour faire le point.

Je guidai Greve jusqu'à l'ascenseur et appuyai sur le bouton d'appel.

« Convaincant, lâchai-je en joignant les mains à ma ceinture et en regardant les chiffres des étages. Tu fais des miracles avec tes dons de séducteur.

— Séducteur… Je suppose que tu ne trouves pas malhonnête de se vendre, Roger.

— Pas du tout. J'aurais fait exactement la même chose à ta place.

— Merci. Quand rédiges-tu la proposition ?

— Ce soir.

— Bien. »

Les portes s'ouvrirent, nous entrâmes et attendîmes.

« Je me demandais juste…, commençai-je. Cette personne que vous poursuiviez…

— Oui ?

— Ce ne serait pas par hasard celle qui t'avait torturé dans la cave ?

— Comment l'as-tu compris ? sourit Greve.

— Pure supposition. » Les portes se refermèrent. « Et tu t'es contenté de l'arrêter ? »

Greve haussa un sourcil. « Tu trouves ça difficile à croire ? »

Je haussai les épaules. L'ascenseur se mit en mouvement.

« Il était prévu de le tuer, reconnut Greve.

— Tu avais tant de choses que ça à venger ?

— Oui.

— Et comment répond-on de meurtre dans la défense néerlandaise ?

— On s'arrange pour que ça ne se sache pas. Curare.

— Le poison ? Comme sur les flèches empoisonnées ?

— C'est ce qu'utilisent les chasseurs de têtes dans notre partie du monde. »

Je supposai que l'ambiguïté était voulue.

« Une solution de curare dans une poire en caoutchouc de la taille d'un grain de raisin et équipée d'une aiguille très pointue, presque invisible. On la dissimule dans le matelas. Quand il se couche, l'aiguille traverse la peau tandis que le poids du corps presse la poire et injecte le poison dans le corps de l'homme.

— Mais il était à la maison. Et en plus, cette fille faisait un témoin…

— Exact.

— Alors comment l'as-tu convaincu de balancer ses copains ?

— Je lui ai proposé un marché. J'ai demandé à mes collègues de le tenir pendant que je tirais sa main dans le hachoir. Je lui ai dit que nous le laisserions la broyer avant de le laisser regarder notre chien bouffer la viande hachée. Alors il a parlé. »

J'imaginai la scène et hochai la tête. L'ascenseur s'ouvrit, et nous gagnâmes la porte. Je la lui tins ouverte.

« Et une fois qu'il a eu parlé ?

— Oui ? répondit Greve en plissant les yeux vers le ciel.

— Tu as respecté ta part du marché ?

— Je…, commença Greve en tirant de sa poche de poitrine une paire de lunettes de soleil Maui Jim Titanium. Je respecte toujours ma part du marché.

— Une arrestation minable, alors ? Est-ce que ça valait deux mois de traque et le risque de mourir ? »

Greve partit d'un rire sourd.

« Tu ne comprends pas, Roger. Abandonner une traque, ce n'est jamais un choix pour des gens comme moi. Je suis comme mon clebs, un résultat de gènes et de dressage. Le risque n'existe pas. Une fois qu'on m'a lancé, je suis une fusée à tête chercheuse que rien n'arrête, qui cherche sa propre destruction. Teste tes aptitudes de psychologue là-dessus. » Il posa une main sur mon bras, fit un petit sourire et chuchota : « Mais garde le diagnostic pour toi. »

Je tenais toujours la porte ouverte.

« Et la fille ? Comment l'as-tu fait parler ?

— Elle avait quatorze ans.

— Et ?

— À ton avis ?

— Je ne sais pas. »

Greve poussa un gros soupir.

« Je ne comprends pas comment tu t'es fait une telle idée de moi, Roger. Je n'interroge pas des mineures. Je l'ai personnellement emmenée à Paramaribo, lui ai payé des billets d'avion sur ma solde de militaire et l'ai fichue dans le premier avion pour qu'elle rejoigne ses parents avant que la police du Surinam lui mette la main dessus. »

Je le regardai partir à pas rapides vers une Lexus GS 430 gris argent garée sur le parking.

L'automne était d'une beauté aveuglante.

CHAPITRE 10

Vice cardiaque

J'appuyai pour la troisième fois sur la sonnette de Lotte Madsen. Son nom n'y figurait pas, mais j'avais sonné assez souvent à cette porte d'Eilert Sundts gate pour savoir que c'était la sienne.

L'obscurité et la température étaient tombées tôt et vite. Je grelottais. Elle avait hésité longtemps quand je l'avais appelée du boulot après le déjeuner pour lui demander si je pouvais venir la voir vers huit heures. Et quand elle m'avait finalement convoqué d'une seule syllabe à une audience, j'avais compris qu'elle trahissait manifestement une promesse faite à elle-même : ne plus jamais voir cet homme qui l'avait quittée en termes aussi formels.

La serrure bourdonna, et j'ouvris la porte avec autant de violence que si c'était mon unique chance. Je montai par l'escalier. Je ne pris pas le risque de me retrouver dans l'ascenseur en compagnie d'un voisin curieux qui pourrait prendre tout son temps pour observer, enregistrer, tirer ses conclusions.

Lotte avait entrouvert la porte, et je distinguai son visage blafard à l'intérieur.

J'entrai et fermai la porte derrière moi.

« Je suis revenu. »

Elle ne répondit pas. Elle ne le faisait jamais.

« Comment vas-tu ? » demandai-je.

Lotte Madsen haussa les épaules. Elle avait exactement la même apparence que quand je l'avais vue pour la première fois : un chiot effrayé. Petite et le poil en bataille, avec des yeux de chien bruns et angoissés. Des cheveux gras et morts pendaient de part et d'autre de son visage, elle se tenait courbée, et des vêtements sans forme ni couleur donnaient l'impression qu'elle veillait plus à cacher son corps qu'à le mettre en valeur. Ce qu'elle n'avait aucune raison de faire, Lotte était mince, bien faite et sa peau était lisse, parfaite. Mais elle dégageait une soumission pareille à celle que l'on trouve, me figurais-je, chez ce genre de femmes qui seront toujours battues, toujours abandonnées, qui n'auront jamais ce qu'elles méritent. C'était peut-être cela qui avait réveillé chez moi ce que je ne pensais pas avoir jusqu'alors : un instinct protecteur. En plus des sentiments moins platoniques qui furent à l'origine de notre relation de courte durée. Ou passade. Passade. Une relation, c'est le présent ; une passade, le passé.

J'avais vu Lotte Madsen pour la première fois à un vernissage de Diana, cet été. Lotte était à l'autre bout de la pièce, ses yeux étaient rivés sur moi et elle avait réagi un peu tard. Prendre les femmes en flagrant délit de cette manière, c'est toujours flatteur, mais quand j'avais vu que son regard allait revenir sur moi, j'étais allé près du tableau qu'elle observait et je m'étais présenté. Plus par curiosité, naturellement, puisque j'ai toujours été — compte tenu de ma nature — étonnamment fidèle à Diana. Des mauvaises langues pourraient prétendre que ma fidélité repose plus sur l'analyse du risque que sur l'amour. Je savais que Diana jouait dans une division supérieure en matière d'attirance et ne pouvais donc pas prendre ce genre de risque à moins de vouloir jouer dans les divisions inférieures.

Peut-être. Mais Lotte Madsen, c'était ma division.

Elle ressemblait à une artiste baba cool et je supposai instinctivement qu'elle en était une, ou éventuellement la copine d'un. Rien d'autre ne pouvait expliquer qu'un vieux jean en velours côtelé brun et un ennuyeux pull-over moulant gris aient eu accès au vernissage. Mais il apparut qu'elle était acheteuse. Pas pour elle, naturellement, mais pour une entreprise au Danemark qui devait établir ses nouveaux locaux à Odense. Elle était traductrice free-lance du norvégien et de l'espagnol ; fascicules, articles, modes d'emploi, films et quelques ouvrages professionnels. La firme était l'un de ses clients les plus réguliers. Elle parlait bas, avec un petit sourire peu sûr, comme si elle ne comprenait pas qu'on puisse vouloir perdre du temps à discuter avec elle. Je fus immédiatement possédé par Lotte Madsen. Oui, possédé, c'est le mot. Elle était mignonne. Et petite. 159 cm. Je n'eus pas besoin de demander, j'ai le compas dans l'œil en ce qui concerne les tailles. Quand je repartis ce soir-là, j'avais son numéro de téléphone pour lui envoyer des photos d'autres tableaux de l'artiste exposé. À ce stade, je devais me croire sincère.

Notre seconde rencontre eut lieu autour d'un café au Sushi & Coffee. Je lui avais expliqué que je préférais lui montrer des tirages de tableaux plutôt que de les mailer parce que les images sur un écran mentent — tout comme moi.

Après avoir rapidement passé les tableaux en revue, je lui racontai que j'étais malheureux dans mon couple, mais que je tenais bon parce que je me sentais redevable de l'amour sans bornes que me vouait mon épouse. C'est le cliché le plus ancien au monde dans le cas de figure homme-marié-drague-femme-célibataire et inversement, mais je me doutais qu'elle ne l'avait encore jamais entendu. Moi non plus, si on peut dire, mais en tout cas j'en avais entendu parler et je supposais que cela fonctionnait.

Elle avait regardé sa montre et dit devoir s'en aller. Je lui avais demandé si je pouvais passer un soir pour lui montrer un autre artiste, d'après moi un bien meilleur investissement pour son client d'Odense. Elle avait hésité, et accepté.

J'avais emporté quelques mauvaises photos de la galerie et une bonne bouteille de vin rouge de la cave. Elle avait eu l'air abattu dès l'instant où elle m'avait ouvert par cette chaude soirée d'été.

Je lui racontai des boulettes amusantes que j'avais faites, du genre de celles qui vous montrent apparemment sous un jour défavorable, mais qui prouvent en réalité que vous avez assez de confiance en vous et de réussite pour vous permettre l'autodérision. Elle me dit qu'elle était enfant unique, qu'elle avait vécu un peu partout dans le monde avec ses parents pendant son enfance et son adolescence, que son père était ingénieur cadre dans une firme internationale de construction d'usines de distribution des eaux. Qu'elle ne s'inscrivait pas dans un cadre particulier, que la Norvège était aussi valable qu'un autre pays. Et voilà. Pour quelqu'un qui parlait autant de langues, elle parlait peu. Traductrice, m'étais-je dit. Elle préférait les histoires des autres aux siennes.

Elle m'avait posé des questions sur ma femme. Ta femme, avait-elle dit, même si elle devait connaître le nom de Diana puisqu'elle avait reçu une invitation pour le vernissage. De ce point de vue, elle me facilitait les choses. Ainsi qu'à elle.

Je lui racontai que le mariage avait pris un coup quand « ma femme » était tombée enceinte et que je n'avais pas voulu garder l'enfant. Et que, d'après elle, je l'avais convaincue d'avorter.

« C'est ce que tu as fait ? avait demandé Lotte.

— Probablement. »

Il s'était passé quelque chose dans le visage de Lotte, et je lui avais demandé ce que c'était.

« Mes parents m'ont persuadée d'avorter. Parce que j'étais adolescente, et que l'enfant n'aurait pas de père. Je les déteste toujours pour ça. Eux, et moi. »

J'avais dégluti. Dégluti et expliqué. « Notre enfant avait le syndrome de Down. Quatre-vingt-cinq pour cent des parents qui s'en rendent compte choisissent d'avorter. »

Je regrettai sur-le-champ. Que m'étais-je figuré ? Que les informations sur le syndrome de Down aideraient Lotte à concevoir que je n'avais pas voulu d'enfant avec ma femme ?

« Il est très vraisemblable que ta femme aurait perdu l'enfant naturellement, avait répondu Lotte en danois. Le syndrome de Down implique très souvent un vice cardiaque. »

Vice cardiaque, avais-je songé en la remerciant intérieurement d'être compréhensive, de me faciliter de nouveau les choses. De nous faciliter les choses. Une heure plus tard, nous avions retiré tous nos vêtements, et je célébrai une victoire probablement qualifiée de facile par quelqu'un de plus habitué, mais qui m'avait propulsé plusieurs jours sur un nuage. Des semaines. Trois et demie, plus précisément. J'avais tout bonnement eu une maîtresse. Que j'avais quittée au bout de vingt-quatre jours.

Quand je la voyais à présent, devant moi dans l'entrée, ça paraissait complètement irréel.

Hamsun a écrit que nous autres humains sommes rassasiés par l'amour. Ce qui nous est servi en trop grandes quantités, nous n'en voulons pas. Sommes-nous vraiment si banals ? À l'évidence. Mais ça ne m'était pas arrivé. En revanche, j'avais eu mauvaise conscience. Pas parce que je ne pouvais pas renvoyer son amour à Lotte, mais parce que j'aimais Diana. Ç'avait été un aveu inévitable, mais c'était un épisode un peu étrange qui avait donné le coup de grâce. C'était la fin de l'été, notre vingt-quatrième jour dans le péché, et nous avions couché ensemble dans le deux-pièces exigu de Lotte, dans Eilert Sundts gate. Auparavant, nous avions discuté toute la soirée — ou, plus exactement, j'avais parlé. Décrit et expliqué la vie telle que je la vois. J'y arrive bien, à la Paulo Coelho, donc d'une façon qui fascine les intellectuels conciliants et agace les plus exigeants. Les yeux bruns et mélancoliques de Lotte étaient suspendus à mes lèvres, ils avaient avalé chaque mot, je la voyais littéralement entrer dans mon monde d'idées maison tandis que son cerveau assimilait mes raisonnements et qu'elle tombait amoureuse. Pour ma part, j'étais depuis longtemps amoureux de son amour, de ses yeux fidèles, de son silence et des gémissements bas, presque inaudibles quand nous faisions l'amour, si différents du bruit de scie circulaire que faisait Diana. Cet amour m'avait jeté pendant trois semaines et demie dans un état d'excitation permanente. Alors quand j'avais fini par mettre un terme au monologue, nous nous étions simplement regardés. Je m'étais penché en avant pour poser une main sur sa poitrine, un frémissement l'avait traversée — ou peut-être était-ce moi — et nous avions foncé vers la porte de la chambre et le lit IKEA large de cent un centimètres portant le nom alléchant de Brekke. Ce soir-là, les gémissements avaient été un peu plus forts que d'habitude, et elle m'avait murmuré à l'oreille quelques mots en danois que je n'avais pas compris, puisqu'en toute objectivité le danois est une langue difficile — les enfants danois apprennent à parler plus tard que les autres enfants en Europe —, mais j'avais quand même trouvé ça exceptionnellement excitant et j'avais accéléré le rythme. D'ordinaire, Lotte était un peu rétive à ces accélérations, mais ce soir-là elle avait agrippé mes cuisses en me tirant vers elle, ce que j'avais compris comme un désir de voir encore augmenter aussi bien la fréquence que l'amplitude. J'obéis en me concentrant sur le souvenir de mon père dans sa bière ouverte avant l'enterrement, une méthode qui avait fait ses preuves contre les éjaculations précoces. Ou dans le cas présent : pas d'éjaculation du tout. Même si Lotte m'avait confié qu'elle prenait la pilule, la simple idée de la maternité me flanquait des palpitations. Je ne savais pas si Lotte atteignait l'orgasme quand nous faisions l'amour, sa façon d'être, discrète et maîtrisée, me faisait supposer qu'un orgasme ne se manifesterait que sous la forme de petites rides à la surface, qui pouvaient tout simplement m'échapper. Et c'était un être beaucoup trop délicat pour que je la soumette au stress de la question. Voilà pourquoi la chose me prit complètement au dépourvu. Je sentis que je devais arrêter, mais m'accordai un dernier choc brutal. J'eus l'impression d'atteindre quelque chose de profond. Son corps se contracta, ses yeux et sa bouche s'ouvrirent tout grands. Un frémissement suivit, et pendant un court instant d'égarement j'eus peur d'avoir déclenché une crise d'épilepsie. Je sentis alors quelque chose de chaud, encore plus que son entrecuisse, m'entourer le sexe, et une seconde plus tard un raz de marée déferla contre mon ventre, mes hanches et mes burnes.

Je me hissai sur les bras et braquai un œil incrédule et horrifié sur l'endroit où nos corps se rejoignaient. Son sexe se crispa comme si elle voulait m'expulser, elle poussa un gémissement profond, une sorte de mugissement que je n'avais encore jamais entendu, et la seconde vague arriva alors. L'eau déferla d'elle, gicla entre nos hanches et inonda le matelas qui n'avait pas encore eu le temps d'absorber la première vague. Doux Jésus, je l'ai trouée ! pensai-je. Dans la panique, mon cerveau cherchait un enchaînement de causes. Elle est enceinte, songeai-je. Et je viens de percer l'espèce de poche du fœtus, tout le bazar est en train de couler sur le lit. Seigneur, on nage dans la vie et la mort, c'est un enfant d'eau, encore un enfant d'eau. D'accord, j'avais lu des choses sur ces prétendus orgasmes mouillés chez les femmes. OK, je l'avais peut-être aussi vu dans un ou deux pornos, mais j'y avais vu de la triche, une astuce, le fantasme masculin d'avoir une partenaire égale, qui éjaculait. Tout ce à quoi je parvenais à penser, c'était que je me trouvais face à la rétribution, la punition divine pour avoir persuadé Diana d'avorter : je devais tuer un autre enfant innocent à coups de bite sauvages.

J'étais descendu du lit en arrachant l'édredon. Lotte s'était recroquevillée, mais je ne me souciais pas de son corps nu ; je regardais seulement le cercle sombre qui continuait à s'élargir sur le drap. Et réalisai lentement ce qui venait d'arriver. Ou, plus important : ce qui n'était heureusement pas arrivé. Mais le mal était fait, il était trop tard, il n'y avait pas moyen de faire marche arrière.

« Il faut que j'y aille, avais-je déclaré. Ça ne peut pas continuer.

— Qu'est-ce que tu vas faire ? avait murmuré Lotte d'une voix à peine perceptible sans quitter sa position fœtale.

— Je suis terriblement désolé. Mais je dois rentrer demander pardon à Diana.

— Tu ne l'obtiendras pas », avait-elle chuchoté en réponse.

Pas un son ne m'était parvenu de la chambre pendant que je me lavais les mains et la bouche de son odeur, dans la salle de bains, avant de m'en aller en refermant doucement la porte derrière moi.

Et à présent — trois mois plus tard — j'étais de nouveau dans son entrée, et je savais que c'était moi, pas Lotte, qui avais des yeux de chien.

« Peux-tu me pardonner ? demandai-je.

— Elle n'a pas pu ? » répliqua-t-elle d'une voix sans timbre. Mais ce n'était peut-être que l'accent danois.

« Je ne lui ai jamais dit ce qui s'était passé.

— Pourquoi ?

— Je ne sais pas. Il est très probable que je souffre d'un vice cardiaque. »

Elle me regarda longuement. Et je devinai l'ombre d'un sourire tout au fond de ses yeux bruns beaucoup trop mélancoliques.

« Pourquoi es-tu venu ?

— Parce que je n'arrive pas à t'oublier.

— Pourquoi es-tu venu ? répéta-t-elle avec une détermination inédite.

— Je pensais qu'on devait seulement..., commençai-je avant d'être interrompu.

— Pourquoi, Roger ? »

Je poussai un soupir.

« Je ne lui dois plus rien. Elle a un amant. »

Un long silence suivit.

Elle pointa imperceptiblement la lèvre inférieure.

« Elle t'a brisé le cœur ? »

Je hochai la tête.

« Et maintenant, tu veux que je recolle les morceaux ? » poursuivit-elle en danois.

Je n'avais jamais entendu cette femme laconique s'exprimer de façon aussi naturelle et décontractée.

« Tu n'y arriveras pas, Lotte.

— Non, je me doute que non. Tu sais qui est son amant ?

— Juste un gars qui a postulé chez nous et qui n'aura pas le job, pour l'exprimer ainsi. On peut parler d'autre chose ?

— Parler, seulement ?

— À toi de voir.

— Oui, à moi. Parler, seulement. Veilles-y.

— OK. J'ai apporté une bouteille de vin. »

Elle secoua presque imperceptiblement la tête. Puis elle fit volte-face, et je suivis.

Je parlai d'un bout à l'autre de la bouteille de vin et m'endormis sur le canapé. Quand je m'éveillai, j'avais la tête sur ses genoux et elle me passait les mains dans les cheveux.

« Tu sais ce que j'ai remarqué en premier chez toi ? demanda-t-elle en constatant que j'étais réveillé.

— Mes cheveux.

— Je te l'ai déjà dit ?

— Non », répondis-je en regardant l'heure. Neuf heures et demie. Il était temps de rentrer. Vers les ruines d'un foyer. Je frissonnai.

« Je pourrai revenir ? » m'enquis-je.

Je remarquai son hésitation.

« J'en ai besoin », insistai-je.

Je savais que l'argument était d'un poids bien médiocre, qu'il était emprunté à une femme qui préférait les QPR parce que le club lui donnait l'impression de se sentir nécessaire. Mais c'était mon seul argument.

« Je ne sais pas. Il faut que j'y réfléchisse. »

Diana lisait un gros livre dans le salon quand j'arrivai. Van Morrison chantait « *... someone like you make it all worth while* », et elle ne m'entendit pas avant que je me retrouve juste devant elle et que je lise à voix haute le titre sur la couverture.

« *L'enfant va être* ? »

Elle sursauta, mais son visage s'éclaira et elle glissa prestement le livre dans la bibliothèque derrière elle.

« Tu es en retard, mon amour. Tu as fait quelque chose d'agréable, ou tu bossais juste ?

— Les deux », répondis-je en allant vers la fenêtre du salon. Le garage baignait dans le clair de lune blanc, mais il restait encore pas mal d'heures avant qu'Ove vienne chercher le tableau. « J'ai passé quelques coups de téléphone et pensé un peu à la proposition d'un candidat pour Pathfinder. »

Elle s'enthousiasma et se mit à taper dans ses mains. « C'est passionnant ! Ça va être celui pour lequel j'ai aidé, euh… ah, comment s'appelle-t-il, déjà ?

— Greve.

— Clas Greve ! Je perds la mémoire. J'espère qu'il m'achètera un tableau bien cher quand il l'apprendra, je le mérite, non ? »

Elle partit d'un rire clair, étira ses jambes fines qu'elle avait regroupées sous elle et bâilla. J'eus l'impression qu'une serre se refermait sur mon cœur et le pressait comme une bombe à eau, et je dus me tourner en hâte vers la fenêtre pour qu'elle ne puisse pas lire la douleur sur mon visage. Cette femme que j'avais crue exempte de trahison, non seulement parvenait à garder le masque, mais jouait en plus son rôle comme une professionnelle. Je déglutis et attendis d'être certain d'avoir récupéré le contrôle de mes cordes vocales.

« Greve n'est pas la personne qu'il faut, déclarai-je en observant son reflet dans la fenêtre du salon. Je vais proposer quelqu'un d'autre. »

Semi-professionnelle. Car elle n'encaissa pas aussi bien cela, je vis tomber son menton.

« Tu plaisantes, mon amour. Il est parfait ! Tu l'as dit toi-même…

— Je me suis trompé.

— Comment ? » J'entendis avec satisfaction que sa voix avait pris une légère nuance perçante. « Qu'est-ce que tu racontes, au nom du ciel ?

— Greve est étranger. Il fait moins d'un mètre quatre-vingts. Et il souffre de graves troubles de la personnalité.

— Moins d'un mètre quatre-vingts ? Bon sang, Roger, tu mesures moins d'un mètre soixante-dix. C'est toi qui souffres de troubles de la personnalité ! »

Ça fit mouche. Pas l'histoire des troubles de la personnalité, elle pouvait naturellement avoir raison. Je me ressaisis pour que ma voix ne me trahisse pas :

« Pourquoi un tel emportement, Diana ? Moi aussi

j'attendais beaucoup de Clas Greve, mais que des gens nous déçoivent et ne soient pas à la hauteur de nos espérances, ça arrive tout le temps.

— Mais… Mais tu te trompes. Tu ne le vois pas ? C'est le bon type ! »

Je me tournai vers elle avec un sourire que j'espérais indulgent.

« Écoute, Diana, je suis l'un des meilleurs dans ce que je fais. C'est-à-dire juger et choisir des gens. Il m'arrive de faire des erreurs d'appréciation dans ma vie privée… »

Je vis un infime tressaillement sur son visage.

« Mais jamais dans mon boulot. Jamais. »

Elle resta coite.

« Je suis vanné. Je n'ai pas beaucoup dormi la nuit dernière. Bonne nuit. »

Du lit, j'entendais ses pas au-dessus. Sans arrêt, dans un sens, puis dans l'autre. Je n'entendais pas de voix, mais je savais qu'elle marchait souvent comme ça quand elle téléphonait avec son mobile. Je remarquai que c'était un trait propre à la génération qui avait grandi sans communication filaire, que nous nous déplacions en parlant au téléphone comme si cette possibilité nous fascinait encore. J'avais lu quelque part que l'homme moderne passe six fois plus de temps à communiquer que ses grands-parents. On communique davantage, mais communique-t-on mieux ? Pourquoi, par exemple, ne confrontais-je pas Diana à ma certitude qu'elle avait retrouvé Clas Greve chez lui ? Parce que je savais qu'elle ne pourrait pas apporter de raison, que je resterais malgré tout avec mes déductions et suppositions ? Elle pourrait m'expliquer que c'était une rencontre fortuite, une faille, mais je saurais que ce n'était pas vrai. Aucune femme n'essaie de manipuler son mari pour qu'il fournisse un emploi bien rémunéré à un homme parce qu'elle a couché avec le type en question.

Mais il y avait aussi d'autres raisons pour que je la boucle. Aussi longtemps que je feignais de ne pas être au courant pour Diana et Greve, personne ne viendrait m'accuser d'indélicatesse dans l'appréciation de sa candidature et, au lieu de laisser la proposition d'Alfa à Ferdinand, je pourrais savourer tranquillement ma petite vengeance pathétique. Et il y avait évidemment la façon dont les soupçons avaient été éveillés. En fin de compte, il était exclu de révéler à Diana que j'étais un voleur qui s'introduisait régulièrement chez les gens.

Je me retournai dans le lit en écoutant ses talons aiguilles marteler leurs incompréhensibles et monotones signaux de morse vers moi. Je voulais dormir. Je voulais rêver. Je voulais partir. Me réveiller en ayant tout oublié. Car c'était évidemment cela, la raison pour laquelle je ne lui avais rien dit. Aussi longtemps que ce n'était pas formulé, il nous restait une chance d'oublier. De dormir et de rêver pour qu'à notre réveil ça ait disparu, que ce soit devenu des scènes abstraites arrivées seulement dans nos têtes, sur le même plan que les idées et représentations traîtresses qui constituent l'adultère dans toutes les relations amoureuses, même les plus envahissantes.

Je me rendis compte que si elle parlait dans son téléphone mobile, elle devait nécessairement s'en être procuré un autre. Et que la vue de ce nouveau téléphone représenterait la preuve concrète, banale et irréfutable que ce qui s'était passé n'était pas qu'un rêve.

Lorsqu'elle arriva enfin dans la chambre pour se déshabiller, je fis semblant de dormir. Mais, dans un pâle rayon de lune qui filtrait entre les rideaux, j'eus le temps de la voir éteindre son mobile avant de le lâcher dans sa poche de pantalon. Et que c'était le même. Prada noir. Ç'avait peut-être été un rêve, malgré tout. Je sentis le sommeil m'attraper et commencer à me tirer vers le bas. Ou elle avait peut-être racheté le même. La descente s'arrêta. Ou bien il avait retrouvé son téléphone et ils s'étaient revus. Je remontai, crevai la surface et sus que je n'arriverais pas à dormir cette nuit.

Vers minuit, j'étais toujours éveillé, et il me sembla entendre par la fenêtre ouverte un bruit faible ; ce pouvait être Ove qui venait chercher Rubens. Mais, en dépit de mes efforts, je ne l'entendis pas repartir. Je finis peut-être par m'endormir malgré tout. Je rêvai d'un monde sous-marin. Des gens heureux, souriants, des femmes muettes et des enfants qui parlaient dans de grosses bulles montant vers la surface. Rien qui n'indique le cauchemar qui m'attendait à mon réveil.

CHAPITRE 11
Curare

Je me levai à huit heures et déjeunai seul. Si l'on dort du sommeil des justes, Diana dormait comme une bûche. Je n'avais pour ma part eu que quelques heures. À neuf heures moins le quart, je descendis au garage et entrai. D'une fenêtre ouverte dans le voisinage, je reconnus Turboneger, pas à cause de la musique, mais à la prononciation de l'anglais. Le plafonnier s'alluma automatiquement et éclaira ma Volvo S80 qui attendait son maître, majestueuse mais soumise. Je saisis la poignée et sursautai. Il y avait quelqu'un au volant ! Quand le premier saisissement se fut dissipé, je vis que c'était le long visage en pale d'aviron d'Ove Kjikerud. Le travail de nuit de ces derniers jours avait manifestement été éprouvant, car il avait les yeux fermés et la bouche entrouverte. Et il dormait apparemment bien, car quand j'ouvris la porte, il ne réagit pas.

Je pris la voix apprise lors d'un stage de formation militaire long de trois mois effectué contre l'avis de mon père : « Bonjour, Kjikerud ! »

Il ne souleva pas une paupière. Je pris une inspiration pour sonner le réveil, mais m'aperçus que le ciel de pavillon était ouvert et qu'un coin du Rubens était visible. Un froid subit, comme quand un nuage printanier sans poids masque le soleil, me fit frissonner. Et, au lieu de faire plus de bruit, je le saisis à l'épaule et secouai légèrement. Toujours aucune réaction.

Je secouai de plus belle. Sa tête valdingua sans volonté d'avant en arrière sur ses épaules.

Je posai le pouce et l'index sur sa gorge, où il me semblait que la carotide passait, mais ne fus pas en mesure de déterminer si le pouls que je sentis venait de son cœur ou du mien, qui battait la chamade. Mais il était froid. Bien trop froid, non ? La main tremblante, je lui relevai les paupières. Et compris. Je partis involontairement vers l'arrière quand des pupilles sans vie se mirent à me fixer.

Je me suis toujours vu comme quelqu'un qui parvient à garder l'esprit clair dans les situations critiques, quelqu'un qui ne panique pas. Naturellement, c'est peut-être parce que ma vie n'a pas été le théâtre de situations assez critiques pour paniquer. Hormis la fois où Diana est tombée enceinte, bien sûr, et là, j'avais parfaitement réussi à paniquer. Alors j'étais peut-être une personne qui paniquait, malgré tout. En tout cas, pour l'heure, des idées tout à fait irrationnelles se succédaient : la voiture avait besoin d'être lavée ; la chemise d'Ove Kjikerud — avec sa marque Dior cousue — avait dû être achetée lors d'un de ses voyages en Thaïlande. Et que Turboneger était en réalité ce que tout le monde pensait qu'ils n'étaient pas : un groupe de tronches. Mais je compris ce qui était en train de se passer, que je perdais les pédales, et je fermai violemment les yeux pour éjecter ces idées. Je les rouvris et reconnus qu'un minuscule espoir avait eu le temps de se glisser dans le tableau. Mais non, les réalités étaient identiques, le cadavre d'Ove Kjikerud était toujours devant moi.

La première conclusion était simple : il fallait évacuer Ove Kjikerud. Si on le découvrait ici, tout se saurait. Je poussai énergiquement Kjikerud contre le volant, m'appuyai contre son dos, l'attrapai autour de la poitrine et le traînai dehors. Il était lourd, et ses bras partirent vers le haut comme s'il essayait de se libérer. Je le hissai de nouveau et raffermis ma prise, mais il se passa la même chose : ses mains volèrent devant mon visage, et un doigt se planta au coin de mes lèvres. Je sentis un ongle rongé au dernier degré racler ma langue et crachai autant que je le pus, mais le goût amer de la nicotine demeura. Je le lâchai sur le sol du garage, ouvris le hayon, mais, au moment de le soulever, seules la veste et la chemise de contrefaçon suivirent ; lui resta assis sur le ciment. Je jurai, plongeai une main dans la ceinture de son pantalon, tirai et l'envoyai cul par-dessus tête dans le coffre de quatre cent quatre-vingts litres. Sa tête heurta le fond avec un bruit sourd. Je claquai le hayon et me frottai les mains, comme on le fait souvent à l'issue d'un travail manuel bien fait.

Je retournai au volant. Il n'y avait aucune trace de sang sur le siège, un tapis de billes de bois comme ceux qu'utilisent tous les chauffeurs de taxi à travers le monde. De quoi Ove était-il cané ? Défaillance cardiaque, accident vasculaire cérébral ? Overdose de Dieu sait quoi ? Je conclus que le temps n'était pas au diagnostic d'amateur, m'assis et sentis que de façon assez surprenante les billes étaient toujours chaudes. Ce tapis était la seule chose que j'avais héritée de mon père, il l'avait eu à cause de ses hémorroïdes, et moi pour prévenir l'arnaque au cas où j'y aurais été génétiquement prédisposé. Une douleur soudaine dans une cuisse me fit sursauter et envoyer durement un genou dans le volant. Je m'extirpai de la voiture. La douleur avait déjà disparu, mais j'avais senti une piqûre, aucun doute. Je me penchai sur le siège et écarquillai les yeux, mais sans rien voir d'inhabituel dans l'éclairage tamisé de l'habitacle. Pouvait-ce être une guêpe à moitié morte qui s'était ensuite traînée à couvert ? Pas si tard en automne. Quelque chose brillait entre les rangées de billes de bois. Je me penchai encore un peu. Une fine pointe métallique, presque invisible, pointait vers le haut. Il arrive au cerveau de fonctionner trop vite pour que la conscience puisse suivre. C'est ma seule explication pour le vague pressentiment qui fit battre mon cœur à toute vitesse avant même d'avoir soulevé le tapis et de l'apercevoir.

Effectivement, ç'avait la taille d'un grain de raisin. Et c'était en caoutchouc, comme Greve l'avait expliqué. Pas tout à fait rond : le fond était plat, à l'évidence pour que la pointe soit toujours dirigée vers le haut. Je levai la balle à mon oreille et secouai, mais n'entendis rien. Heureusement pour moi, tout le contenu avait dû être injecté à Ove Kjikerud quand il s'était assis sur la poire en caoutchouc. Je me frottai la fesse et interrogeai mes sensations. La tête me tournait un peu, mais qui aurait pu prétendre le contraire après avoir soulevé le cadavre d'un collègue et pris dans les fesses une saloperie d'aiguille au curare, une arme meurtrière qui m'avait sans doute été destinée ? Je sentis monter l'hilarité, la peur a aussi cet effet sur moi, de temps à autre. Je fermai les yeux et inspirai. Profondément. Me concentrai. Le rire disparut, la colère m'envahit. Bon Dieu, je n'arrivais pas à le croire. À moins que ? Ne pouvait-on pas justement s'attendre à ce qu'un agresseur psychopathe comme Clas Greve s'y prenne de la sorte pour faire disparaître un époux de la circulation ? Je flanquai un bon coup de pied dans le pneu. Une fois, deux fois. La pointe de ma chaussure John Lobb s'orna d'une tache grise.

Mais comment Greve avait-il pu accéder à la voiture ? Quel putain de truchement…

La porte du garage s'ouvrit, et la réponse entra.

CHAPITRE 12

Natacha

Depuis la porte du garage, Diana avait les yeux rivés sur moi. De toute évidence, elle s'était habillée à la hâte, et ses cheveux pointaient tous azimuts. Sa voix était un murmure à peine audible :

« Qu'est-ce qui s'est passé, chéri ? »

Je la fixai, la même question dans la tête. Et je sentis mon cœur déjà brisé voler en éclats encore plus petits aux réponses que j'obtins.

Diana. Ma Diana. Ça ne pouvait être personne d'autre. Elle avait déposé le poison sous le siège. Elle et Greve étaient de mèche.

« J'ai vu cette aiguille pointer du siège au moment où j'allais m'asseoir », répondis-je en levant la petite poire de caoutchouc.

Elle vint vers moi et prit prudemment l'arme du crime. Avec une prudence révélatrice.

« Tu as *vu* cette aiguille ? demanda-t-elle sans cacher le scepticisme dans sa voix.

— J'ai de bons yeux, répondis-je sans penser qu'elle comprendrait cet amer double sens ou s'en soucierait.

— Heureusement que tu ne t'es pas assis dessus, alors, conclut-elle en examinant le machin. Qu'est-ce que c'est, d'ailleurs ? »

Oh oui, elle était professionnelle.

« Je ne sais pas, répondis-je sur un ton léger. Que venais-tu faire ici ? »

Elle me regarda, sa bouche s'ouvrit, et pendant un moment je contemplai le néant absolu.

« Je…

— Oui, chérie ?

— Je t'ai entendu descendre au garage, mais je n'ai pas entendu la voiture démarrer et partir. Bien sûr, je me suis demandé s'il y avait un problème. Ce en quoi je n'avais pas complètement tort.

— Un problème… ce n'est qu'une petite aiguille, chérie.

— Ça peut être dangereux, ces choses-là !

— Ah oui ?

— Tu n'es pas au courant ? HIV, rage, toutes sortes de virus et d'infections. »

Elle fit un pas vers moi, je reconnus les mouvements, la façon dont son regard s'adoucissait, les lèvres qui pointaient : elle allait m'embrasser. Mais le geste fut interrompu, quelque chose l'avait arrêtée, peut-être dans mon regard.

« Ah oui. » Elle regarda la poire en caoutchouc et la posa sur l'établi que je n'utiliserais jamais. Puis fit un pas rapide vers moi, me prit dans ses bras, se courba un peu pour atténuer la différence de taille, posa le menton sur le côté de mon cou et me passa la main dans les cheveux.

« J'ai un peu peur pour toi, tu sais, mon trésor. »

C'était comme l'étreinte de quelqu'un d'autre. Tout en elle était différent, à présent, même l'odeur. Ou bien était-ce son odeur à lui ? C'était écœurant. Sa main avançait et reculait en un mouvement de massage, comme si elle me shampouinait, comme si son enthousiasme pour mes cheveux venait d'atteindre à cet instant précis de nouveaux sommets. J'avais envie de la frapper, du plat de la main. De la paume, pour pouvoir sentir le contact, le claquement de la peau contre la peau, me faire une idée de la douleur et du choc.

Mais je fermai les yeux et la laissai faire, la laissai me masser, m'adoucir, me faire plaisir. Je dois être un homme très malade.

« Il faut que j'aille bosser, intervins-je en constatant qu'elle n'avait pas prévu d'arrêter. La proposition doit être prête pour midi. »

Mais elle ne voulait pas lâcher, et je dus me libérer de son étreinte. Je vis un scintillement au coin de son œil.

« Qu'y a-t-il ? »

Mais elle ne voulut pas répondre, et secoua simplement la tête.

« Diana…

— Bonne journée, chuchota-t-elle d'une voix légèrement tremblante. Je t'aime. »

Et elle disparut.

Je faillis lui courir après, mais restai à ma place. Réconforter sa propre meurtrière, quel sens ça a ? Quel sens avaient les choses ? Je m'installai au volant, poussai un long soupir rauque et me regardai dans le rétroviseur intérieur.

« Survis, Roger, murmurai-je. Ressaisis-toi et survis. »

Je repoussai Rubens sous le ciel de pavillon, fermai, fis démarrer la voiture, entendis la porte se soulever derrière moi, reculai et descendis lentement la succession de virages en direction du centre-ville.

La voiture d'Ove était garée le long du trottoir quatre cents mètres plus bas. Elle pouvait rester là pendant des semaines sans que personne ne réagisse, jusqu'à ce qu'arrivent neige et chasse-neige. J'étais un peu plus inquiet à l'idée du cadavre que j'avais dans la voiture et dont je devais me débarrasser. Je reconsidérai la problématique. De façon assez paradoxale, c'était maintenant que ma prudence dans mes rapports avec Ove Kjikerud pouvait être pleinement récompensée. Dès que j'aurais balancé le cadavre quelque part, personne ne pourrait établir un lien entre nous. Mais où ?

La première solution qui me vint à l'idée fut l'incinérateur à déchets de Grønmo. D'abord, il fallait que je trouve de quoi empaqueter le cadavre pour pouvoir aller en voiture jusqu'à l'incinérateur, ouvrir le hayon et lâcher le cadavre sur la rampe et dans l'océan de flammes crépitantes. Les inconvénients, c'est que je risquais de trouver d'autres personnes venues déposer des déchets, voire des employés qui surveilleraient l'installation. Et si je le brûlais moi-même, à un endroit reculé ? Les corps humains brûlent assez mal. J'avais lu qu'en Inde on compte dix heures pour une crémation ordinaire. Et si je rentrais au garage après le départ de Diana pour la galerie, et que je me servais enfin de cet établi et de l'égoïne que mon beau-père m'avait offerte à Noël sans ironie manifeste ? Découper le cadavre en morceaux de taille appropriée, les emballer dans du plastique avec une pierre et jeter les paquets dans quelques-uns des lacs qui entourent Oslo par centaines ?

Je me donnai quelques rudes coups de poing dans le front. À quoi pensais-je ? Découper, pourquoi donc ? Pour commencer, j'avais vu assez d'épisodes des *Experts* pour savoir que c'était une supplique pour être démasqué. Une tache de sang par ici, une trace de dents de scie qui trahirait l'égoïne du beau-père par là, et je serais beau. Ensuite, pourquoi se donner tant de mal à cacher le corps ? Pourquoi ne pas trouver un pont assez désert au-dessus de l'eau et balancer les restes matériels d'Ove Kjikerud par-dessus la rambarde ? Le cadavre flotterait peut-être et on le découvrirait, et alors ? Rien ne pouvait me relier au meurtre, je ne connaissais aucun Ove Kjikerud, et je ne savais même pas épeler le mot *curare*.

Mon choix tomba sur le Maridal. C'était à seulement dix minutes de voiture de la ville, il y avait tout un tas de lacs et de rivières, et ce serait peu fréquenté un après-midi en semaine. J'appelai Ida-Oda pour l'informer que je serais en retard aujourd'hui.

Je roulai une demi-heure et passai devant quelques millions de stères et deux de ces villages Snøfte Smith jetés à distance honteusement réduite de la capitale. Mais là, sur une allée de gravier, je trouvai le pont que je cherchais. J'arrêtai la voiture et attendis cinq minutes. Je ne voyais ou n'entendais ni gens, ni voitures, ni maisons, seul un oiseau chantait de loin en loin. Un corbeau ? Quelque chose de noir, en tout cas. Aussi noir que l'eau tranquille à un mètre seulement sous le pont de bois. Parfait.

Je sortis et ouvris le hayon. Ove n'avait pas bougé, le visage vers le sol, les bras le long du corps et les hanches cambrées de sorte que son derrière pointait vers le haut. Je lançai un dernier coup d'œil alentour pour m'assurer que j'étais seul. Avant d'agir. Vite et efficacement.

Le bruit du cadavre crevant la surface fut étonnamment discret, presque un clapotis, comme si le lac avait choisi d'être mon conjuré pour cet acte obscur. Je me penchai par-dessus la balustrade et plantai le regard dans l'eau muette, fermée. J'essayai de réfléchir à ce que j'allais faire maintenant. Et ce faisant, j'eus l'impression de voir Ove Kjikerud remonter vers moi : un visage vert pâle aux yeux exorbités qui voulait remonter, un macchabée avec de la vase dans la bouche et des algues dans les cheveux. J'eus le temps de penser que j'avais besoin d'un whisky pour me calmer les nerfs avant que le visage crève la surface et continue à remonter vers moi.

Je hurlai. Et le cadavre hurla, un râle qui parut vider l'air autour de moi de tout oxygène.

Puis ça disparut, de nouveau avalé par l'eau noire.

J'écarquillai les yeux dans les ténèbres. Était-ce arrivé ? Un peu que c'était arrivé, l'écho se répercutait encore au-dessus des cimes.

Je m'élançai par-dessus la rambarde. Bloquai ma respiration, dans l'attente que l'eau glaciale m'entoure de partout. Un choc partit des talons pour rejoindre le sommet du crâne. Et je m'aperçus que j'étais sur la terre ferme, avec de l'eau un peu plus haut que la taille. En fait, je n'étais pas sur la terre vraiment ferme, ça bougeait sous l'un de mes pieds. Je cherchai dans l'eau boueuse, saisis quelque chose que je pris pour des algues avant de sentir le crâne et de tirer. Le visage d'Ove Kjikerud apparut, il cilla pour chasser l'eau de ses yeux, et ce fut de nouveau là, ce râle profond d'un homme qui inspire pour sauver sa peau.

Ça faisait trop. Et pendant un court moment j'eus envie de le lâcher et de me barrer.

Mais je ne pouvais pas, si ?

En tout cas, je me mis à le haler vers la rive à un bout du pont. La conscience d'Ove arriva à un nouveau terme, et je dus me battre pour lui maintenir la tête hors de l'eau. Je manquai plusieurs fois de perdre l'équilibre sur le fond souple et glissant qui ondulait sous mes chaussures John Lobb à présent foutues. Mais, au bout de quelques minutes, je nous avais hissés tous les deux sur le bord, puis dans la voiture.

Je posai le front contre le volant et poussai un gros soupir.

Cet enfoiré d'oiseau croassa ses sarcasmes au moment où les roues patinèrent sur le pont de bois, et nous prîmes la tangente.

Comme je l'ai déjà mentionné, je n'étais jamais allé chez Ove, mais j'avais son adresse. J'ouvris la boîte à gants, en tirai le GPS noir et entrai le nom de la rue et le numéro en évitant de justesse une voiture qui arrivait en sens inverse. Le GPS calcula, raisonna et raccourcit le trajet. Tout dans l'analyse, sans aucun engagement émotionnel. Même la douce voix féminine pleine de maîtrise qui se mit à me guider paraissait tout à fait indifférente aux événements. Il fallait que moi aussi je sois comme cela, me sermonnai-je. Agir correctement, comme une machine, ne pas commettre d'erreurs idiotes.

Une demi-heure plus tard, j'étais à l'adresse voulue. C'était une petite rue tranquille. La vieille maison minuscule d'Ove se trouvait tout en haut, contre un mur vert de sapins sombres. J'arrêtai la voiture devant l'escalier, regardai la maison et me dis qu'aucune vilaine architecture n'est une découverte moderne.

Ove était sur le siège voisin, laid comme un pou lui aussi, blafard et si trempé que ses vêtements gargouillèrent quand je fouillai dans ses poches avant de finir par y trouver un jeu de clés.

Je le secouai pour faire revenir un peu de vie en lui, et il braqua sur moi un regard voilé.

« Tu peux marcher ? » demandai-je.

Il me dévisagea comme une créature inconnue. Sa mâchoire inférieure pointait encore plus que d'habitude, et le faisait ressembler à un mixte de statue de l'île de Pâques et de Bruce Springsteen.

Je fis le tour de la voiture, le traînai dehors et l'appuyai à la portière. Ouvris la porte avec la première clé que je choisis, me dis que la chance était peut-être finalement en train de tourner et le tirai à l'intérieur.

J'avançai dans l'appartement lorsque je m'en souvins. L'alarme. Il était hors de question que des gardiens de Tripolis viennent zonzonner ici, maintenant, ou que parte une retransmission live de moi en compagnie d'un Ove Kjikerud à moitié mort.

« Le mot de passe, qu'est-ce que c'est ? » hurlai-je dans l'oreille d'Ove.

Il sursauta et faillit m'échapper des mains.

« Ove ! Le mot de passe !

— Hein ?

— Il faut que je désactive l'alarme avant qu'elle ne se déclenche.

— Natacha…, murmura-t-il les yeux clos.

— Ove ! Ressaisis-toi !

— Natacha…

— Le mot de passe ! » Je lui flanquai une bonne gifle, et ses yeux s'ouvrirent tout grands :

« C'est bien ce que je te dis, pauvre con ! NATACHA ! »

Je le lâchai, l'entendis s'effondrer sur le sol tandis que je fonçais vers l'entrée. Je trouvai le boîtier de l'alarme dissimulé derrière la porte, j'avais lentement appris où les monteurs Tripolis aimaient les installer. Une petite lumière rouge marquait de son clignotement le compte à rebours avant l'alerte. Je tapai le nom de la pute russe. Et me souvins au moment de taper le dernier A qu'Ove était dyslexique. Allez savoir comment il avait épelé son nom ! Mais mes quinze secondes étaient bientôt écoulées, il était trop tard pour lui demander. Je tapai le A et fermai les yeux, en me préparant au hurlement. Attendis. Aucun bruit. Je rouvris les yeux. La lumière rouge avait cessé de clignoter. Je soufflai et évitai de penser au nombre de secondes de marge qui auraient pu me rester.

Quand je retournai à l'intérieur de l'appartement, Ove avait disparu. Je suivis les traces d'eau jusque dans un salon. Où il était manifeste qu'Ove vivait, travaillait, mangeait et dormait. En tout cas, un lit double était repoussé sous une fenêtre à un bout, un écran plasma était monté au mur opposé, et pile entre les deux, sur une table basse, je vis des restes de pizza dans une boîte en carton. Contre le mur le plus long, sur un établi, j'aperçus un fusil à canons sciés qu'il était apparemment en train de bricoler. Ove avait grimpé sur le lit, et il gémissait. De douleur, supposai-je. Je n'ai pas la moindre idée de ce que le curare fait sur un corps humain, mais je comprends que ce n'est pas idéal.

« Comment ça va ? » demandai-je en approchant. Je shootai dans quelque chose qui roula sur le parquet usé, baissai les yeux et vis que le sol autour du lit était jonché de cartouches vides.

« Je crève, gémit-il. Qu'est-ce qui s'est passé ?

— Tu t'es assis sur une seringue de curare, dans la voiture.

— Du CURARE ! » Il leva les yeux et me regarda. « Tu parles du poison ? Tu me dis que j'ai du putain de curare dans le corps ?

— Oui. Mais pas assez, on dirait.

— Pas assez ?

— Pour t'envoyer *ad patres*. Il a dû se planter sur les doses.

— Il ? Qui ça, “il” ?

— Clas Greve. »

La tête d'Ove retomba sur l'oreiller.

« Bordel ! Ne me dis pas que tu as merdé ! Tu nous as trahis, Brown ?

— Pas du tout, répondis-je en approchant une chaise du pied du lit. Cette seringue dans le siège vient… d'autre chose.

— Autre chose que notre hold-up chez ce mec ? Et ça serait quoi ?

— Je préférerais ne pas en parler. Mais c'était après moi qu'il en avait.

— Du curare, brailla Ove. Il faut que j'aille à l'hôpital, Brown, je claque ! Qu'est-ce qui t'a pris de me ramener ici ? Appelle le 113, maintenant ! »

Il fit un signe de tête vers un objet sur la table de nuit que j'avais tout d'abord pris pour une sculpture en plastique représentant deux femmes nues dans la position dite du 69, mais je compris que c'était aussi un téléphone.

Je déglutis.

« Tu ne peux pas aller à l'hôpital, Ove.

— Ah non ? Il le faut ! Tu n'entends pas que je crève, patate ? Je meurs ! Je succombe !

— Écoute-moi. Quand ils découvriront qu'on t'a injecté du curare, ils appelleront la police dans la minute. Ce n'est pas quelque chose que tu obtiens sur ordonnance. On parle du poison le plus mortel au monde, sur le même plan que le cyanure ou l'anthrax.

Tu vas te retrouver dans une salle d'interrogatoire de chez Kripos.

— Et alors ? Je la ferme, moi.

— Et comment vas-tu expliquer ça, alors ?

— Je trouverai bien quelque chose. »

Je secouai la tête.

« Tu n'as aucune chance, Ove. Pas contre Inbau, Reid et Buckley.

— Hein ?

— Tu vas craquer. Tu dois rester ici, tu piges ? Tu vas déjà mieux.

— Qu'est-ce que tu en sais, Brown ? Tu es médecin, peut-être ? Non, tu es un foutu chasseur de têtes, et mes poumons sont en train de brûler. J'ai des trous dans la rate, et dans une heure mes reins déposeront le bilan. Faut me conduire dans un putain d'hosto MAINTENANT ! »

Il s'était à moitié levé dans le lit, mais je bondis pour le rallonger de force.

« Écoute, je vais aller voir si je trouve un peu de lait au frigo. Le lait, ça neutralise les poisons. Ils ne pourraient rien faire d'autre dans un hôpital.

— Que me faire boire du lait ? »

Il essaya de nouveau de se lever, mais je le repoussai d'une bourrade énergique, et ce fut soudain comme s'il se vidait d'air. Ses pupilles filèrent sous le crâne, sa bouche s'entrouvrit et sa tête retomba sur l'oreiller. Je me penchai vers son visage et sentis une haleine fétide chargée de tabac. Je me mis à tourner dans l'appartement à la recherche de quelque chose susceptible de l'aider contre les douleurs.

Je trouvai des balles et de la poudre. Au sens propre. L'armoire à pharmacie, ornée comme il se doit d'une croix rouge, était pleine de boîtes qui, à en croire les indications, contenaient des cartouches de calibre neuf millimètres. Les tiroirs de la cuisine abritaient d'autres boîtes de munitions, certaines marquées « blanc », ce que nous avions appelé pendant le stage militaire « pets rouges » : cartouches sans balles. Ce devait être celles-là qu'Ove utilisait pour tirer sur les programmes télévisés qu'il n'aimait pas. Le malade. J'ouvris le réfrigérateur, et là — sur la même étagère que la brique de lait écrémé Tine — je vis un pistolet gris brillant. Je le soulevai. Le manche était glacé. La marque — Glock 17 — était gravée dans l'acier. Je soupesai l'arme dans ma main. Elle n'avait manifestement pas de sécurité, mais il n'y en avait pas moins une balle dans la chambre. En d'autres termes, on pouvait simplement ramasser le pistolet et tirer dans le même mouvement, par exemple quand on était dans la cuisine et qu'un invité inattendu et indésirable se pointait. Je levai la tête vers les caméras de surveillance au plafond. Je compris qu'Ove Kjikerud était bien plus paranoïaque que je l'avais cru, que c'était peut-être pathologique pour de bon.

J'emportai le pistolet avec le carton de lait. À la rigueur, je pourrais me servir de l'arme pour le tenir en respect s'il versait de nouveau dans l'indiscipline.

Je passai le coin du salon et m'aperçus qu'il s'était assis dans le lit. Sa perte de connaissance n'avait été que de la comédie. Dans la main, il tenait une petite femme de plastique recroquevillée, langue sortie.

« Il faut que vous envoyiez une ambulance », lança-t-il à haute et intelligible voix dans le combiné en me gratifiant d'un regard de défi. Il devait croire dur comme fer pouvoir se le permettre car il tenait dans l'autre main une arme que je reconnus pour l'avoir vue dans des films. Je pensai *The Hood*, règlement de comptes, criminalité *black on black*. En clair : un Uzi. Un pistolet automatique si petit et maniable, laid et efficacement mortel que ce n'en est même plus drôle. Et il le pointait droit sur moi.

« Non ! criai-je. Ne fais pas ça, Ove ! Ils vont seulement appeler la po… »

Il tira.

Il y eut un bruit de pop-corn dans une sauteuse. J'eus le temps de penser à ça, et que ce serait la musique sur laquelle j'allais mourir. Je sentis quelque chose sur mon ventre et baissai les yeux. Je vis le jet de sang qui jaillissait de mon flanc pour atteindre la brique de lait dans ma main. Du sang blanc ? Je compris que c'était le contraire : c'était dans la brique qu'il y avait des trous. Automatiquement, dans une espèce de résignation, je levai le pistolet, assez étonné de pouvoir encore le faire, et fis feu. Le son décupla ma fureur : la détonation était en tout cas plus puissante que celle de cet Uzi de malheur. Et le pistolet de tapette israélien se tut lui aussi brutalement. Je baissai l'arme, juste à temps pour voir Ove me fixer, une ride sur le front. Et là, juste au-dessus de la ride, il y avait un joli petit trou. Sa tête retomba alors en arrière et atteignit l'oreiller avec un bruit sourd. La fureur s'était évanouie en moi, je cillai et cillai encore, c'était comme avoir une image de télé qui patinait sur la rétine. Quelque chose me disait qu'Ove Kjikerud ne ferait plus de come-back.

CHAPITRE 13

Méthane

Je partis sur l'E6 pied au plancher. La pluie martelait le pare-brise et les essuie-glaces s'activaient désespérément sur la Mercedes 280 SE d'Ove Kjikerud. Il était une heure et quart, il y avait quatre heures que j'étais levé et j'avais déjà eu le temps d'échapper à une tentative de meurtre ourdie par ma femme, de jeter le cadavre de mon partenaire dans un lac, de sauver ledit cadavre, alors bien vif, seulement pour m'apercevoir que le bien vif essayait de me descendre. D'un tir heureux, j'avais veillé à ce qu'il redevienne cadavre et moi meurtrier. Et je n'étais qu'à mi-distance d'Elverum.

La pluie s'élevait de l'asphalte comme de la crème fouettée, et je me penchai instinctivement par-dessus le volant pour ne pas rater le panneau de sortie. Car l'endroit où j'allais à présent n'avait aucune adresse à entrer dans les GPS de Pathfinder.

Tout ce que j'avais fait avant de quitter la maison d'Ove Kjikerud, ç'avait été de passer quelques vêtements secs trouvés dans un placard, chiper les clés de la voiture et vider son portefeuille de liquide et de cartes de crédit. Je le laissai en l'état sur le lit. Si l'alarme devait se déclencher, le lit était en fin de compte l'unique endroit de la maison à ne pas être dans le champ d'une caméra de surveillance. J'emportai aussi le pistolet Glock puisqu'il me paraissait raisonnable de ne pas laisser l'arme du crime sur les lieux. Ainsi que le trousseau de clés de la maison et de notre lieu de rencontre habituel, le chalet près d'Elverum. C'était un endroit pour la contemplation, l'élaboration et les visions. Et où personne ne me chercherait, puisque personne ne savait que je savais que cet endroit existait. Je ne pouvais d'ailleurs me rendre que là, à moins de vouloir impliquer Lotte dans cette histoire. Et cette histoire, quelle était-elle, en fait ? Pour l'instant, j'étais pourchassé par un Néerlandais dément dont la profession consistait justement à traquer les gens. Et bientôt par la police à condition qu'ils soient un tout petit peu plus malins que je ne le pensais. Si je voulais avoir ma chance, il fallait que je leur complique les choses. Par exemple, je devais changer de voiture, car peu de choses identifient quelqu'un aussi formellement qu'une plaque d'immatriculation à sept caractères. Après avoir entendu le bip de l'alarme qui se mettait automatiquement en route tandis que je partais de chez Ove Kjikerud, je pris la direction de mon domicile. J'étais conscient que Greve pouvait m'y attendre, et je me garai donc dans une petite rue à quelque distance. Je rangeai mes vêtements mouillés dans le coffre, sortis Rubens de la garniture et le glissai dans la serviette avant de fermer la voiture et de m'en aller. Je trouvai la voiture d'Ove là où je l'avais vue plus tôt ce matin, posai la serviette à côté de moi et mis le cap sur Elverum.

J'étais à la bifurcation. Elle arriva d'un coup, et je dus me concentrer pour freiner doucement. Visibilité réduite, aquaplanage, c'était vite fait d'envoyer la voiture dans le décor et je n'avais besoin ni des flics ni d'un coup du lapin pour le moment.

Je me retrouvai tout à coup à la campagne. Des touffes de brouillard flottaient au-dessus des exploitations et des champs ondoyant de part et d'autre de la route qui était maintenant plus étroite et plus sinueuse. J'étais dans les projections d'eau des pneus d'un camion vantant les cuisines Sigdal, et ce fut une délivrance quand la bifurcation suivante arriva, me laissant la route pour moi tout seul. Les trous dans l'asphalte se firent plus profonds et plus nombreux, les exploitations plus rares et plus petites. Une troisième bifurcation. Route de terre. Une quatrième. Saloperie de désert. Des branches basses chargées de pluie raclaient la voiture comme les doigts d'un aveugle lorsqu'ils identifient un étranger. Après vingt minutes de tours et de détours, je m'arrêtai. Ça faisait aussi longtemps que je n'avais plus vu de maison.

Je rabattis sur ma tête la capuche du sweat d'Ove et sortis au petit trot sous la pluie, pour passer devant la grange et son annexe qui penchait si bizarrement. À en croire Ove, c'était parce que Sindre Aa, cet ermite grincheux de paysan qui vivait là, était si rapiat qu'il n'avait pas fait de fondations pour l'annexe, et celle-ci avait progressivement sombré dans l'argile, année après année, centimètre par centimètre. Je n'avais jamais discuté avec un paysan, Ove s'en était occupé, mais je l'avais vu de loin à quelques reprises et je reconnus sa silhouette maigre et voûtée sur les marches du bâtiment d'habitation. Dieu sait comment il avait pu entendre la voiture avec cette pluie. Un chat grassouillet se frottait à ses jambes.

« Bonjour ! » criai-je bien avant d'être arrivé au pied des marches.

Pas de réponse.

« Bonjour, Aa ! » répétai-je. Toujours pas de réponse.

Je m'arrêtai sous la pluie près de l'escalier et attendis. Le chat descendit à pas traînants. Et moi qui pensais que les chats détestaient la pluie. Celui-là avait des yeux en amande, les mêmes que Diana, et il vint tout contre moi comme si j'étais une vieille connaissance. Ou peut-être : comme si j'étais un inconnu complet. Le paysan abaissa son vieux fusil. D'après Ove, Aa se servait de la lunette de son arme pour voir qui arrivait parce qu'il était trop avare pour se payer une paire de jumelles correctes. Mais pour la même raison, il n'avait jamais rien déboursé pour des munitions, alors ce devait être tout à fait inoffensif. Je supposai que le petit manège du fusil avait l'effet désiré en diminuant le nombre de visites. Aa cracha par-dessus la rambarde.

« Où est Kjikerud, Brown ? » Sa voix grinça comme une porte mal graissée et il cracha le « Kjikerud » comme une malédiction. J'ignorais complètement comment il connaissait mon nom, mais ce n'était pas par Ove, en tout cas.

« Il arrivera plus tard. Je peux garer ma voiture dans la grange ? »

Aa cracha de nouveau. « Ce n'est pas donné. Et ce n'est pas ta voiture, c'est celle de Kjikerud. Comment il va venir jusqu'ici ? »

J'inspirai à fond. « À ski. Combien veux-tu ?

— Cinq cents par jour.

— Cinq… cents ? »

Il sourit niaisement. « Vous pouvez vous garer gratos en bas, sur la route. »

Je tirai trois billets de deux cents du portefeuille d'Ove, montai jusqu'à Aa qui tendait déjà une main osseuse. Il fourra l'argent dans un portefeuille rebondi et cracha de nouveau.

« Je récupérerai la monnaie plus tard », lançai-je.

Il ne répondit pas, et se contenta de claquer vigoureusement la porte derrière lui en rentrant.

Je reculai la voiture le long de la grange, et dans l'obscurité je manquai de la planter sur le peigne des dents d'acier aiguës d'une herse. Heureusement, cette dernière était en position relevée à l'arrière du Massey Ferguson de Sindre Aa. Alors, au lieu de perforer les ailes arrière ou de crever les pneus, le dessous de la herse plongea dans le hayon et me prévint assez tôt pour que les pointes d'acier ne traversent pas la lunette arrière.

Je me garai à côté du tracteur, pris la serviette et courus vers le chalet. Heureusement, la forêt de sapins était si épaisse qu'elle ne laissait pas passer beaucoup de pluie, et, quand je fus entré dans cette cabane de rondins toute simple, mes cheveux étaient encore étonnamment secs. J'allais faire du feu dans la cheminée, mais rejetai l'idée. Maintenant que j'avais franchi le pas consistant à cacher la voiture, il n'était pas très judicieux de faire savoir par des signaux de fumée que le chalet était occupé.

C'est alors que je sentis à quel point j'avais faim.

Je suspendis la veste en jean d'Ove sur un dossier de chaise dans la cuisine, passai les placards en revue et finis par y trouver une boîte de ragoût de viande en conserve datant de notre dernière visite. Les tiroirs ne contenaient ni couverts ni ouvre-boîte, mais je parvins à faire des trous dans le couvercle en métal à l'aide du canon du pistolet Glock. Je m'assis et me servis de mes doigts pour ingérer le contenu gras et salé de la boîte.

Puis je me mis à observer la pluie qui tombait sur la forêt et le petit terrain entre le chalet et les toilettes extérieures. J'entrai dans la chambre, glissai la serviette du Rubens sous le matelas et m'allongeai sur la couchette inférieure pour réfléchir. Je n'eus pas le temps de penser à grand-chose. Ce devait être toute l'adrénaline produite ce jour-là, car je rouvris soudain les yeux et me rendis compte que j'avais dormi. Je regardai l'heure. Quatre heures de l'après-midi. Je sortis mon téléphone mobile et constatai que huit appels étaient demeurés sans réponse. Quatre de Diana qui devait vouloir jouer les épouses inquiètes, Greve écoutant par-dessus son épaule, et qui me demanderait où j'étais passé. Trois de Ferdinand qui devait attendre la proposition ou, en tout état de cause, des instructions pour poursuivre dans l'affaire Pathfinder. Et un que je ne reconnus pas immédiatement parce que j'avais effacé le numéro de ma liste de contacts. Mais pas de ma mémoire ou de mon cœur, donc. Et, tandis que je regardais les chiffres, je me rendis compte — moi, une personne qui au cours de ses trente et quelques années sur cette planète avait rassemblé assez de copains de classe, d'ex, de collègues et de relations d'affaires pour constituer un réseau de deux mégaoctets sur Outlook — qu'il n'y avait qu'une personne de mes connaissances sur qui je puisse compter. Une fille que je ne connaissais *stricto sensu* que depuis trois semaines. Bon, que j'avais sautée pendant trois semaines. Une Danoise aux yeux bruns qui s'habillait comme une merde, répondait par monosyllabes et avait un nom en cinq lettres. Je ne savais pas pour lequel de nous deux c'était le plus tragique.

J'appelai les renseignements et leur demandai un numéro à l'étranger. La plupart des standards norvégiens sont fermés à quatre heures — pas aberrant puisque la plupart des gens sont rentrés chez eux, statistiquement pour retrouver un époux malade, dans le pays où le temps de travail est le plus court au monde, qui a le plus gros budget de santé et où le volume de congés maladie est le plus important. Le standard de chez Hote répondit comme si c'était la chose la plus naturelle au monde. Je n'avais ni nom ni département, mais je tentai ma chance.

« Pouvez-vous me passer le nouveau, s'il vous plaît ?

— Le nouveau, monsieur ?

— Oui. Le patron de la division technique.

— Felsenbrink est tout ce qu'il y a de plus nouveau, monsieur.

— C'est ça. Est-il là ? »

Quatre secondes plus tard, j'avais un Hollandais qui non seulement était au boulot, mais paraissait en outre dispos et poli en dépit de l'heure : quatre heures moins une.

« *I'm Roger Brown from Alfa Recruiting.* » Vrai. « *Mister Clas Greve has given us your name as a reference.* » Mensonge.

« *Right,* répondit l'homme sans trahir la moindre surprise. *Clas Greve is the best manager I've ever worked with.*

— *So you…*, commençai-je.

— *Yes, sir, my most sincere recommandations. He is the perfect man for Pathfinder. Or any other company for that matter.* »

J'hésitai. Mais changeai d'avis. « *Thank you, mister Fenselbrink.*

— *Felsenbrink. Any time.* »

Je fourrai le téléphone dans ma poche de pantalon. Sans savoir pourquoi, quelque chose me disait que je venais de faire une boulette.

Dehors, le déluge se poursuivait, et en désespoir de cause je sortis le tableau de Rubens pour l'étudier à la lumière de la cuisine. Le visage furieux du chasseur Méléagre tandis qu'il transperçait la bête. Et je compris à qui il m'avait fait penser la première fois que j'avais vu le tableau : Clas Greve. Je fus frappé. Une coïncidence, naturellement, mais Diana m'avait expliqué un jour que son nom venait de la déesse romaine des chasseurs et des accouchements, celle qu'on appelait en grec Artémis. Et c'était bien Artémis qui avait envoyé le chasseur Méléagre, non ? Je bâillai et m'inventai une place dans le tableau avant de m'apercevoir que je mélangeais tout. Que c'était le contraire : la bête avait été envoyée par Artémis. Je me frottai les yeux, j'étais toujours fatigué.

Je me rendis soudain compte qu'il s'était passé quelque chose, un changement, mais j'avais été si absorbé par le tableau que je ne l'avais pas remarqué. Je jetai un coup d'œil par la fenêtre. C'était le bruit. Il avait cessé de pleuvoir.

Je rangeai le tableau dans la serviette et décidai de le cacher quelque part. Je devais quitter le chalet pour aller faire quelques courses, et je ne comptais pas une seule seconde sur ce fouinard de Sindre Aa.

Je regardai autour de moi et mes yeux tombèrent de l'autre côté de la fenêtre, sur les toilettes extérieures. Le plafond était fait de planches amovibles. En traversant la cour, je songeai que j'aurais dû prendre ma veste. Les premières gelées nocturnes pouvaient survenir n'importe quand.

Les toilettes extérieures étaient une remise ne

comportant que le strict nécessaire : quatre murs de planches disjointes qui assuraient une ventilation naturelle, et une caisse en bois dans laquelle on avait pratiqué un trou rond sous un couvercle carré grossièrement taillé. Je déplaçai trois trognons de rouleaux de papier hygiénique, un *Se og Hør* présentant la photo d'un Rune Rudberg aux pupilles grosses comme des trous d'épingle et grimpai sur la caisse. M'étirai vers les planches posées en travers des poutres, en regrettant pour la neuf millionième fois de ne pas mesurer quelques centimètres de plus. Mais je pus faire bouger une planche, fourrer la serviette dans la cavité et remettre la planche en place. Et là, debout, les jambes écartées au-dessus des toilettes, je me figeai, le regard fixe entre deux planches.

Le calme était complet, on n'entendait que les gouttes qui tombaient au loin d'arbres lourds de pluie. Pourtant, je n'avais pas perçu le moindre bruit. Pas une seule branche qui craquait, pas un seul pas gargouillant sur le sentier boueux. Ou ne serait-ce qu'un gémissement du clebs qui attendait à côté de son maître à la lisière de la forêt. Si j'avais été dans le chalet, je ne les aurais pas vus, ils étaient dans un angle mort depuis les fenêtres. Le clébard ressemblait à une compilation de muscles, de mâchoires et de dents emballés dans la carrosserie d'un boxer, à ceci près qu'il était plus petit et bien plus trapu. Laissez-moi le répéter : je déteste les clebs. Clas Greve portait un poncho à motifs de camouflage et un bonnet vert. Il n'avait pas d'arme dans les mains, je ne pouvais que deviner ce qu'il avait sous son poncho. Je compris tout à coup que c'était l'endroit parfait pour Greve. Désert, pas de témoin, un jeu d'enfant pour planquer le cadavre.

Subitement, maître et chien se mirent en mouvement, synchronisés comme s'ils agissaient sur ordre.

Mon cœur tambourinait de peur, mais je ne pus m'empêcher d'observer avec fascination la rapidité et le silence complet quand ils quittèrent la lisière du bois pour rejoindre la paroi la plus longue du chalet puis la porte qu'ils passèrent sans hésiter en la laissant grande ouverte.

Je savais que Greve ne mettrait que quelques secondes à découvrir que le chalet était vide. À trouver la veste sur le dossier de chaise, qui trahissait ma présence à proximité. Et… Merde ! … à voir le Glock abandonné sur le plan de travail de la cuisine à côté de la boîte de ragoût vide. Ma cervelle patinait et ne parvint qu'à cette conclusion : il me manquait tout. Arme, possibilités de fuite, plan, temps. Si je me mettais à courir, en dix minutes max, j'aurais vingt kilos de nietherterrier sur les talons et neuf millimètres de plomb dans l'arrière du crâne. En bref, c'était la merde. Mon cerveau proposa par conséquent de céder à la panique. Mais, au lieu de cela, il fit quelque chose dont je ne l'aurais pas cru capable. Il s'arrêta tout simplement et fit un pas en arrière. Jusqu'à « la merde ».

Un plan. Un plan désespéré et en tout point révoltant. Mais un plan quand même, qui avait un point positif essentiel : c'était le seul.

Je saisis l'un des trognons de papier toilette et me le fichai dans la bouche. J'appréciai à quel point je pouvais le tenir de façon hermétique entre les lèvres. Puis j'ouvris le couvercle des toilettes. La puanteur m'assaillit. Il y avait un mètre et demi pour arriver à la cuve pleine d'un mélange assez liquide d'excréments, d'urine, de papier toilette et d'eau de pluie qui dégoulinait à l'intérieur des murs. Porter la cuve jusqu'à un endroit où la vider dans la forêt nécessitait au moins deux personnes, et c'était un boulot cauchemardesque. Au sens premier. Ove et moi n'avions eu le courage de le faire qu'une fois, et les trois nuits suivantes j'avais rêvé de clapotis de merde. Et Aa y avait manifestement renoncé lui aussi : la cuve profonde d'un mètre et demi était pleine à ras bord. Ce qui, dans le cas présent, convenait à merveille. Même un nietherterrier ne sentirait que de la crotte là-dedans.

Je posai le couvercle en équilibre sur ma tête, plaquai les paumes de chaque côté du trou et me laissai descendre doucement.

Ce fut une sensation étrange que de couler dans la merde, sentir la pression légère d'excréments humains contre le corps tandis que je m'enfonçais à la force des poignets. Le couvercle s'arrêta au moment où ma tête passa l'ouverture. Mon odorat devait déjà avoir été surchargé, en tout cas, il avait tout simplement pris des vacances, et je ne notai qu'une intensification de l'activité dans mes canaux lacrymaux. La couche supérieure de la cuve, la plus liquide, était glacée, mais plus bas il faisait assez chaud, peut-être à cause de divers processus chimiques. N'avais-je point lu que du méthane se formait dans les toilettes extérieures de ce genre, que l'on pouvait mourir empoisonné quand on en inhalait trop ? Je sentis un support dur sous mes pieds et m'accroupis légèrement. Les larmes jaillirent sur mes joues, mon nez se mit à couler. Je renversai la tête en arrière en veillant à ce que le trognon de papier hygiénique soit bien vertical, fermai les yeux et essayai de me détendre pour maîtriser la nausée. Et je continuai à m'accroupir. Mes conduits auditifs s'emplirent de merde et de silence. Je m'obligeai à respirer par le tube de carton. Ça fonctionnait. Pas plus bas. Ç'aurait bien sûr été une façon lourde de symboles que de mourir en ayant la bouche et la gorge remplie, de me noyer dans nos vieux excréments à Ove et à moi, mais je ne ressentais pas le besoin d'une mort ironique. Je voulais vivre.

Comme de très loin, j'entendis la porte s'ouvrir.

Ça venait.

Je sentis les vibrations de pas lourds. Un piétinement. Puis le silence. Des pas traînants. Le clebs. Le couvercle fut retiré. Je sus qu'à cet instant précis Greve me regardait. Regardait en moi. Il regardait l'ouverture d'un tube de carton menant tout droit dans mes entrailles. Je respirai aussi calmement que je le pouvais. Le carton s'était humidifié et ramolli, je savais qu'il ne tarderait pas à être gondolé, à ne plus être étanche et à se plier.

Puis il y eut un bruit de choc. Qu'est-ce que c'était ?

Le son suivant fut sans équivoque. Une explosion soudaine se changeant en note intestinale sifflante qui finit par s'éteindre. La cerise sur le gâteau, ce fut un gémissement de bien-être.

Et merde, songeai-je.

Tout juste. Quelques secondes plus tard, j'entendis un claquement mouillé et je sentis un nouveau poids sur mon visage tourné vers le ciel. Pendant un instant, la mort apparut malgré tout comme une alternative acceptable, mais pas longtemps. En somme, c'était un paradoxe : jamais je n'avais eu moins pour vivre, et je ne l'avais jamais désiré aussi ardemment.

Un gémissement plus prolongé, à présent, il devait pousser. Il ne devait pas atteindre l'ouverture ! Je sentis monter la panique, la sensation de ne plus recevoir assez d'air à travers le trognon de papier toilette. Un nouveau claquement.

La tête me tournait, et les muscles de mes cuisses me faisaient déjà mal à cause de ma position recroquevillée. Je me redressai imperceptiblement. Mon visage creva la surface. Je cillai, cillai encore. Mon regard se planta sur le derrière blanc et poilu de Clas Greve. Et sur cette peau blanche se dessinait une bite costaude, oui, plus que costaude, impressionnante. Et puisque même la peur de mourir ne peut refouler la jalousie génitale chez un homme, je pensai à Diana. À cet instant précis, je sus que si Clas Greve ne me tuait pas avant, moi, je le tuerais. Greve se releva, la lumière passa par le trou et je vis qu'il y avait un problème, qu'il manquait quelque chose. Je fermai les yeux et me baissai de nouveau. Le vertige fut presque complet. Étais-je sur le point de mourir d'une intoxication au méthane ?

Le silence dura un bon moment. Est-ce que tout était terminé ? J'étais au milieu d'une inspiration quand je sentis qu'il n'y avait plus rien, que j'inspirais que dalle. L'apport en oxygène avait été interrompu. Les peurs primaires reprirent le dessus et je me mis à battre des bras. Il fallait que je remonte ! Mon visage creva la surface, et en même temps j'entendis un bruit de choc. Je cillai, cillai encore. Il faisait sombre au-dessus de moi. J'entendis des pas lourds, la porte qui s'ouvrait, les pas traînants et la porte qui se refermait. Je crachai le tube de carton et vis ce qui s'était passé. Quelque chose de blanc s'était déposé sur l'ouverture : le papier hygiénique avec lequel Greve s'était essuyé.

Je me hissai hors de la cuve et regardai par les interstices entre les planches, juste à temps pour voir Greve envoyer son chien dans la forêt pendant que lui entrait dans le chalet. Le clebs partit vers le haut, vers le sommet de la montagne. Je le suivis du regard jusqu'à ce qu'il soit avalé par les bois. Et au même instant — peut-être parce que je laissai momentanément venir le soulagement, l'espoir de m'en sortir — un sanglot involontaire m'échappa. Non, pensai-je. N'espère pas. Ne ressens pas. Pas d'engagement émotionnel. Analyse. Allez, Brown. Réfléchis. Nombres premiers. Vue d'ensemble de l'échiquier. OK. Comment Greve m'avait-il trouvé ? Comment pouvait-il savoir, nom de Dieu ? Diana n'avait jamais entendu parler de cet endroit. Avec qui avait-il discuté ? Pas de réponse. Bon. Quelles possibilités avais-je ? Je devais me tailler, et j'avais deux avantages : la nuit tombait. Et avec un costume intégral d'excréments, mon odeur serait camouflée. Mais j'avais mal à la tête et mes vertiges empiraient. Je ne pouvais pas attendre qu'il fasse assez sombre.

Je me laissai glisser sur le côté de la cuve, et mes pieds atterrirent sur le talus à l'arrière des toilettes extérieures. Je m'accroupis et visai la lisière du bois. De là, je pourrais redescendre vers la grange et filer avec la voiture. Car j'avais les clés dans la poche, n'est-ce pas ? Je tâtai. Dans ma poche gauche, je n'avais que quelques billets, la carte de crédit d'Ove et la mienne, en plus des clés de maison d'Ove. La droite. Je poussai un soupir de soulagement quand mes doigts trouvèrent les clés de voiture sous mon téléphone mobile.

Le téléphone mobile.

Évidemment.

Les téléphones mobiles sont pistés par des stations de base. Sur une zone donnée, d'accord, pas à un endroit précis, mais quand l'une des bases Telenor avait enregistré mon téléphone ici, il n'y avait pas eu beaucoup de possibilités : la maison de Sindre Aa était la seule à des kilomètres à la ronde. Ce qui voulait dire que Clas Greve avait un contact dans les unités d'exploitation de chez Telenor. Mais plus rien ne me surprenait. Je commençais tout juste à comprendre. Et Felsenbrink, qui avait paru attendre un coup de fil de ma part, avait confirmé mes soupçons. Il ne s'agissait pas d'un drame conjugal m'impliquant avec ma femme et un Néerlandais excité. Si je ne me trompais pas, j'étais plus dans la panade que j'avais jamais été en mesure de l'imaginer.

CHAPITRE 14

Massey Ferguson

Je pointai prudemment la tête et regardai vers le chalet. Les vitres noires ne dévoilaient rien. Il n'avait donc pas allumé. Bon. Je ne pouvais pas rester ici. J'attendis que le vent fasse bruire les branches, et partis en courant. Sept secondes plus tard, j'étais à l'abri derrière les arbres, à l'orée de la forêt. Mais ces sept secondes m'avaient pratiquement mis KO, mes poumons me faisaient mal, ma tête battait et j'avais autant le tournis que quand mon père m'avait emmené à la fête foraine pour la première fois. C'était le jour de mon neuvième anniversaire, c'était mon cadeau, et papa et moi avions été les seuls visiteurs hormis trois adolescents à moitié ronds qui partageaient un Coca mélangé à quelque chose de transparent. Dans son norvégien cassé et furibard, mon père avait marchandé le prix de l'unique attraction ouverte : une machine infernale dont la caractéristique évidente était de vous balancer tous azimuts jusqu'à ce que vous vomissiez votre barbe à papa et que vos parents vous réconfortent éventuellement en vous achetant pop-corn et soda. J'avais refusé de mettre ma vie en jeu dans cette machine branlante, mais mon père avait insisté et avait lui-même contribué à serrer les courroies censées me sauver. Et à présent, un quart de siècle plus tard, j'étais de retour dans ce sale parc d'attractions surréaliste où tout puait l'urine et la triche, où j'avais tout le temps peur et l'envie de vomir.

Un ruisseau murmurait à côté de moi. Je sortis mon mobile de ma poche et le lâchai dans l'eau. Traque-moi, maintenant, Sioux urbain de mes deux. Je trottinai alors sur le sol souple de la forêt en direction de la ferme. L'obscurité était déjà tombée entre les pins, mais il n'y avait pas d'autre végétation, c'était facile d'avancer. Au bout de quelques minutes seulement, je vis la lampe extérieure du bâtiment principal. Je descendis encore un peu pour avoir la grange entre moi et la maison avant de sortir d'entre les arbres. Il y avait tout lieu de penser qu'Aa exigerait une explication s'il me voyait dans cet état, et qu'un coup de téléphone aux forces de l'ordre locales constituerait l'étape suivante.

Je me glissai jusqu'à la porte de la grange et soulevai la clenche. Ouvris les portes et entrai. La tête. Les poumons. Je clignai des yeux dans le noir, parvins tout juste à distinguer la voiture et le tracteur. Qu'est-ce que ça faisait, cette saloperie de méthane ? On devenait aveugle ? Méthane. Méthanol. Pas inintéressant.

Un halètement et le son léger, presque inaudible, de pattes derrière moi. Puis le silence. Je compris ce que c'était, mais n'eus pas le temps de me retourner. Il avait sauté. Tout était silencieux, même mon cœur s'était arrêté de battre. La seconde suivante, je plongeai en avant. Je ne sais pas si un nietherterrier aurait réussi à sauter assez haut pour planter ses dents dans la nuque d'un joueur de basket de taille standard. Or, je l'ai peut-être déjà mentionné, je suis tout sauf un joueur de basket. Je partis donc vers l'avant tandis que la douleur explosait dans mon cerveau. Des griffes me raclèrent le dos, et j'entendis le son de la chair qui cédait de façon pitoyable, d'os qui craquaient. Mes os. Je tentai d'attraper l'animal, mais mes membres n'obéissaient plus, c'était comme si la mâchoire refermée sur ma nuque avait bloqué toute communication depuis le cerveau, les ordres n'arrivaient tout simplement pas. Allongé sur le ventre, je n'arrivais même pas à cracher la sciure qui était entrée dans ma bouche. La pression sur la carotide. Le cerveau se vidait d'oxygène. Mon champ de vision se rétrécissait. Je ne tarderais pas à perdre connaissance. C'était donc ainsi que j'allais mourir, dans la gueule d'un vilain clébard adipeux. C'était pour le moins attristant. Oui, c'était à écumer. Une brûlure m'emplit la tête, une chaleur glaciale envahit mon corps, se propagea jusqu'au bout de mes doigts. Une joie pleine de jurons, et une force subite, frémissante, qui apportait la vie et promettait la mort.

Je me relevai, le chien accroché à ma nuque et à mon dos comme une étole vivante. En titubant, je me mis à faire des moulinets avec les bras, toujours sans parvenir à l'attraper. Je savais que l'apport d'énergie représentait la dernière tentative désespérée de mon corps, que c'était ma dernière chance et que je serais bientôt KO. Mon champ de vision s'était maintenant réduit au début d'un film de James Bond, quand ils passent l'intro — ou, dans mon cas, l'*outro* — et quand tout est noir hormis un petit trou rond dans lequel vous voyez un type en smoking vous prendre dans sa ligne de mire. Et à travers ce trou, je voyais un tracteur Massey Ferguson bleu. Une dernière pensée atteignit mon cerveau : je déteste les clebs.

Je tournai en chancelant le dos au tracteur, laissai le

poids du chien me faire basculer de la pointe sur les talons et fis un pas énergique vers l'arrière. Je tombai. Les pointes d'acier acérées de la herse nous accueillirent. Et au son de la peau de chien qui se déchirait, je compris que je ne quitterais pas ce monde seul. Mon champ de vision se referma, et le monde sombra dans les ténèbres.

Je dus rester inconscient un moment.

Allongé sur le dos, j'avais les yeux braqués sur une gueule de chien béante. Le corps de l'animal paraissait flotter en l'air, recroquevillé en position fœtale. Deux pointes d'acier plongeaient dans son dos. Je me levai, la pièce se mit à tourner et je dus faire un pas pour conserver mon équilibre. Je posai une main sur ma nuque et sentis un écoulement frais de sang à l'endroit où les dents du clébard m'avaient perforé. Et je compris que j'étais en train de basculer dans la démence car, au lieu de monter dans la voiture, je continuais à regarder, fasciné. C'était une œuvre d'art que j'avais réalisée. Le clebs de Calydon sur des épieux. C'était réellement beau. Surtout parce qu'il continuait à béer dans la mort. Le choc avait peut-être bloqué les mâchoires, ou ce genre de chien ne mourait que de la sorte. Quoi qu'il en soit, je contemplai son expression à la fois furibarde et interloquée, comme si en plus d'avoir vécu une vie de clebs bien trop courte, il avait dû connaître ce dernier outrage, ce trépas ignominieux. Je voulus lui cracher dessus, mais ma bouche était trop sèche.

Je tirai plutôt les clés de ma poche et titubai jusqu'à la voiture d'Ove, l'ouvris et tournai vigoureusement la clé dans le démarreur. Aucune réaction. J'essayai de nouveau en appuyant sur la pédale d'accélérateur.

Que dalle. Je plissai les yeux et regardai à travers le pare-brise. Gémis. Puis je sortis pour ouvrir le capot. Il faisait à présent si sombre que je distinguai tout juste les câbles sectionnés qui pointaient vers le haut. Je n'avais pas la moindre idée de leur fonction, je savais seulement qu'ils devaient être indispensables au miracle qui fait que les voitures fonctionnent et roulent. Enfoiré de demi-Allemand ! Il fallait espérer que Clas Greve serait toujours dans le chalet et attendrait que je revienne. Mais il devait commencer à se demander ce qu'était devenue sa bestiole. Du calme, Brown. OK, le seul moyen dont je disposais pour prendre le large, c'était le tracteur de Sindre Aa. Ça n'irait pas vite, Greve me rattraperait facilement. Je devais donc trouver sa voiture à lui — la Lexus gris argent était sûrement garée quelque part sur la route — et la neutraliser comme il avait neutralisé la Mercedes.

Je remontai à pas rapides au bâtiment d'habitation en m'attendant à ce que Sindre Aa sorte sur les marches, je voyais la porte entrebâillée. Mais il ne le fit pas. Je frappai et poussai la porte. Dans le tambour, je vis le fusil à lunette posé le long du mur à côté d'une paire de bottes en caoutchouc sales.

« Aa ? »

Ça ne ressemblait pas à un nom, mais à une demande de ma part de connaître la suite d'une histoire. Ce qui n'était pas tout à fait hors contexte. Je poursuivis alors vers l'intérieur de la maison en répétant avec entêtement ma syllabe idiote. Il me sembla voir un mouvement, et je me retournai. Ce qui me restait de sang gela. Un monstre bipède noir et animal s'était arrêté en même temps que moi, et me regardait maintenant de deux yeux blancs grands ouverts qui se détachaient dans tout ce noir. Je levai la main droite. Il leva la gauche. Je levai la gauche, lui la droite. C'était un miroir. Je laissai échapper un soupir de soulagement. La merde avait séché et me recouvrait complètement : les chaussures, le corps, le visage, les cheveux. Je poursuivis. Poussai la porte du salon.

Il était assis dans son fauteuil à bascule et souriait largement. Son chat gras était couché sur ses genoux et plissait dans ma direction les yeux de putain de Diana. Il se leva et sauta. Ses pattes atteignirent doucement le sol, et il vint en roulant des mécaniques avant de s'arrêter d'un coup. Je ne sentais donc ni les roses ni la lavande. Mais, au bout d'un court instant, il vint malgré tout vers moi en produisant un ronronnement profond et séducteur. Des animaux adaptables, les chats, ils savent quand ils ont besoin d'un nouveau maître nourricier. L'ancien était mort…

Le sourire de Sindre Aa tenait au prolongement sanglant dont les coins de sa bouche avaient fait l'objet. Une langue bleu-noir pointait par l'ouverture dans la joue, et je voyais les gencives et les dents de la mâchoire inférieure. Le paysan aigri faisait penser à ce bon vieux Pac-Man, mais ce n'était probablement pas ce sourire d'une oreille à l'autre qui avait occasionné le décès. Deux traits similaires, bordés de sang, dessinaient un X sur sa gorge. Étranglement par-derrière avec un garrot, une fine cordelette de nylon ou un câble d'acier. Je soufflai violemment par le nez tandis que mon cerveau reconstituait vite et sans qu'on lui ait demandé : Clas Greve était passé en voiture devant la ferme, il avait vu mes traces de pneus montant sur le pré boueux. Il avait peut-être continué, s'était garé un peu plus loin, était revenu, avait jeté un coup d'œil dans la grange et eu la confirmation que ma voiture était bien là. Sindre Aa était certainement sur ses marches. Soupçonneux, malin. Il avait craché et répondu évasivement quand Greve avait demandé après moi. Greve lui avait-il proposé de l'argent ? Étaient-ils entrés ? En tout cas, Aa devait être toujours sur ses gardes, car quand Greve lui avait passé le garrot par-dessus la tête, par-derrière, il avait eu le temps de se pencher en avant et le garrot ne s'était pas enroulé autour de son cou. Ils s'étaient battus, le fil avait glissé dans la gueule et Greve avait tiré jusqu'à ce que les joues d'Aa se déchirent. Mais Greve était fort, et il avait fini par passer le fil mortifère autour de la gorge du vieux désespéré. Un témoin muet, un meurtre silencieux. Mais pourquoi Greve n'était-il pas allé vers la simplicité, en se servant d'un pistolet ? Il y avait des kilomètres jusqu'au premier voisin. Peut-être pour ne pas m'avertir de son arrivée. L'évidence me frappa : il n'avait tout simplement pas d'arme à feu. Je jurai intérieurement. Car à présent il en avait une, je lui avais servi une nouvelle arme en laissant le Glock sur la table de la cuisine dans le chalet ; pouvait-on être plus stupide ?

Je pris conscience d'un bruit d'eau qui gouttait et du chat qui s'était immobilisé entre mes jambes. Sa langue rose entrait et sortait pendant qu'il avalait le sang qui dégoulinait d'un pan de ma chemise sur le sol. Une lassitude étourdissante avait commencé à m'envahir. Je respirai profondément à trois reprises. Je devais réussir à me concentrer. Continuer à réfléchir, c'était la seule chose susceptible de tenir à distance la peur paralysante. Pour commencer, je devais trouver les clés du tracteur. Je passai d'une pièce à l'autre, sans méthode, en ouvrant les tiroirs à la volée. Dans la chambre, je trouvai une unique boîte de cartouches vides. Dans l'entrée, une écharpe que j'enroulai autour de ma nuque, et l'écoulement de sang s'arrêta. Mais pas de clés de tracteur. Je regardai l'heure. Greve devait commencer à s'inquiéter pour son clebs. Je revins au salon, me penchai sur le cadavre de Aa et examinai ses poches. Là ! Le porte-clés était même marqué Massey Ferguson. J'avais peu de temps, mais je ne pouvais pas me permettre la moindre négligence, je devais tout bien faire. Donc : quand on retrouverait Aa, l'endroit deviendrait une scène de crime, et ils chercheraient des traces ADN. Je filai dans la cuisine, mouillai une serviette et essuyai mon sang sur le sol de toutes les pièces où j'étais passé. Des empreintes éventuelles partout où j'avais posé les mains. Une fois dans le tambour, alors que je m'apprêtais à partir, je vis le fusil. Et si j'avais un peu de chance, s'il y avait une cartouche dans la chambre ? Je saisis l'arme et fis ce que je crus être « charger », poussai et tirai au cliquetis du verrou ou de la culasse ou de Dieu sait comment ça s'appelle, jusqu'à ce que je parvienne à ouvrir la chambre dont s'échappa un petit nuage de rouille. Pas de cartouche. J'entendis du bruit et levai les yeux. Depuis la porte de la cuisine, le chat me regardait avec un mélange de tristesse et de reproche : je ne pouvais quand même pas l'abandonner ici ? En poussant un juron, j'envoyai un coup de pied vers l'animal sans foi qui esquiva et disparut vers le salon. J'essuyai rapidement le fusil, le reposai à sa place, sortis et claquai la porte d'un autre coup de pied.

Le tracteur démarra dans un rugissement. Et continua de hurler quand je le fis sortir de la grange. Je ne pris pas la peine de fermer la porte derrière moi. Car j'entendais ce que meuglait le tracteur : « Clas Greve ! Brown essaie de s'enfuir ! Dépêche-toi, dépêche-toi ! »

J'écrasai l'accélérateur. Partis par où j'étais arrivé. L'obscurité était complète, et la lumière des phares du tracteur dansait sur la route bosselée. Je cherchai en vain la Lexus, il avait bien fallu qu'elle soit garée dans le coin ! Non, je pédalais dans la semoule, il avait pu la laisser plus haut. Je me giflai. Cligner des yeux, respirer, pas fatigué, pas à la masse. Comme ça.

Pied au plancher. Un hurlement insistant, persistant. Où ? Loin.

La lumière des phares faiblit, les ténèbres bondirent. Vision en tunnel, de nouveau. La conscience me trahirait bientôt. J'inspirai aussi profondément que je le pus. De l'oxygène pour le cerveau. La peur, l'éveil, la vie !

Le rugissement monotone du moteur avait trouvé une seconde voix.

Je savais ce que c'était et étreignis le volant de plus belle.

Un autre moteur.

La lumière atteignit mon rétroviseur.

La voiture approchait par-derrière, sans se presser. Et pourquoi ? Nous étions seuls au milieu de nulle part, nous avions tout notre temps.

Mon seul espoir, c'était de le tenir derrière moi pour qu'il ne puisse me bloquer. Je gagnai le milieu de la route de terre tout en me recroquevillant sur mon volant pour constituer la plus petite cible possible pour le Glock. Nous sortîmes d'un virage, et la route partit tout droit en s'élargissant. Et comme si Greve connaissait parfaitement le coin, il avait déjà accéléré pour arriver à mon niveau. Je lançai le tracteur vers la droite pour l'envoyer dans le fossé. Mais trop tard, il accéléra et m'évita. J'allais droit sur le fossé, je tournai désespérément le volant et dérapai sur le gravier.

J'étais toujours sur la route. Mais une lumière bleue brillait. Et deux rouges. Les feux stop de la voiture devant moi indiquaient qu'elle s'était arrêtée. Je m'arrêtai à mon tour, mais laissai le moteur tourner. Je ne voulais pas mourir ici, seul dans cette fichue campagne, comme un mouton muet. Ma seule chance, à présent, c'était de le faire sortir de voiture et de lui passer dessus, le prendre sous les monstrueuses roues arrière, en faire de la pâte à gâteau sous le dessin grossier des pneus.

La portière s'ouvrit du côté conducteur. Je donnai un petit coup de la pointe de ma chaussure sur l'accélérateur pour voir à quelle vitesse il réagissait. Pas vite. La tête me tournait, ma vision flottait de nouveau, mais je vis une silhouette venir vers moi. Je visai en me cramponnant à ma conscience. Grand, mince. Grand, mince ? Clas Greve n'était pas grand et mince.

« Sindre ?

— *What ?* » répondis-je bien que mon père m'ait seriné que l'on disait « *I beg your pardon ?* », « *Sorry, sir ?* » ou « *How can I accomodate you, madame ?* ». Je glissai un peu sur mon siège. Il avait refusé que maman me prenne sur ses genoux. En disant que ça ramollirait le gosse. Tu me vois, à présent, papa ? Suis-je mou ? Je peux m'asseoir sur tes genoux, maintenant, papa ?

J'entendis un délicieux accent norvégien chanter avec une légère hésitation dans le noir :

« *Are you from the*… euh, l'asile ?

— L'asile ? » répétai-je.

Il était arrivé à côté du tracteur, et je lui lançai un coup d'œil de biais sans desserrer les mains du volant.

« Oh, excusez-moi. Vous ressembliez à… une espèce de… Vous êtes tombé dans la fosse à purin ?

— J'ai eu un accident, oui.

— Ça, je vois. Je vous ai arrêté parce que j'ai vu que c'était le tracteur de Sindre. Et parce qu'il y a un clébard accroché à la herse. »

Ma concentration n'avait pas tenu, en fin de compte. Ha, ha. J'avais tout simplement oublié cette saloperie de chien, tu entends, papa ? Trop peu de sang dans le cerveau. Trop…

Je perdis toute sensibilité dans les doigts, les vis glisser du volant. Puis je m'évanouis.

CHAPITRE 15

Heures de visite

Je me réveillai au ciel. Tout était blanc, et un ange me regardait gentiment sur mon nuage en me demandant si je savais où j'étais. Je hochai la tête, et elle me raconta que quelqu'un voulait me voir, mais que rien ne pressait, il pouvait attendre. Oui, me dis-je, il peut attendre. Car quand il entendra ce que j'ai fait, il va me jeter dehors séance tenante, hors de toute cette douce blancheur délicieuse, et je vais tomber jusqu'à l'endroit où je suis vraiment chez moi, à la forge, à la fonderie, dans le bain d'acide éternel de mes péchés.

Je fermai les yeux et chuchotai que je préférais ne pas être dérangé pour l'instant.

L'ange acquiesça, compréhensif, borda un peu mieux le nuage autour de moi et disparut dans un claquement de sabots. Le bruit de voix dans le couloir me parvint avant que la porte ne se referme derrière elle.

Je tâtai le bandage autour de mon cou. Quelques instants déconnectés me revinrent en mémoire. Le visage du grand type mince au-dessus de moi, la banquette arrière d'une voiture qui roulait à toute allure dans les virages, deux hommes en blouse d'infirmier qui m'aidaient à grimper sur une civière. La douche.

J'avais pris une douche allongé ! De l'eau chaude, exquise, et j'avais de nouveau perdu connaissance.

J'avais envie de recommencer, mais mon cerveau me faisait savoir que ce luxe était des plus temporaires, que le sablier filait toujours, la planète tournait encore, le cours des événements était inévitable. Qu'ils avaient seulement choisi d'attendre un peu, de retenir leur souffle un instant.

Réfléchir.

Oh oui, ça fait mal de réfléchir, c'est plus facile de ne pas le faire, de céder, de ne pas se rebeller contre le poids du destin. Simplement, il y a quelque chose de si agaçant dans le cours trivial, idiot, des choses, que l'on enrage, tout bonnement.

Quelqu'un pense.

Il était exclu que ce soit Clas Greve qui attende dehors, mais ce pouvait être la police. Je regardai l'heure. Huit heures du matin. Si la police avait déjà découvert le cadavre de Sindre Aa et me soupçonnait, il était peu probable qu'ils aient envoyé un seul type qui attendait, en plus poliment, dans le couloir. C'était peut-être un officier qui voulait seulement savoir ce qui s'était passé, il était peut-être question de ce tracteur arrêté au milieu de la route, peut-être… J'espérais sans doute que ce serait la police. J'avais probablement mon compte, et la seule chose qui restait, c'était sauver sa peau, je devais peut-être leur raconter les choses comme elles étaient. Je me tâtai. Et sentis le rire bouillonner en moi. Oui, VRAIMENT !

Au même moment, la porte s'ouvrit, les sons du couloir me parvinrent et un homme en blouse blanche entra. Il plissa les yeux sur un bloc.

« Morsure de chien ? » demanda-t-il avant de lever la tête et de me regarder en souriant.

Je le reconnus immédiatement. La porte se referma derrière lui, et nous fûmes seuls.

« Désolé, je ne pouvais plus attendre », chuchota-t-il.

La blouse blanche allait bien à Clas Greve. Dieu seul sait où il se l'était procurée. Dieu seul sait comment il m'avait retrouvé ; à ce que j'en savais, mon téléphone mobile était dans un ruisseau. Mais Dieu aussi bien que moi savions ce qui se préparait. Et comme en confirmation, Greve plongea la main dans sa poche de blouson et en tira un pistolet. Mon pistolet. Ou plus exactement : le pistolet d'Ove. Pour être d'une pénible précision : un Glock 17 chargé de balles en plomb de neuf millimètres qui se déforment en touchant les tissus, se désagrègent de sorte que la masse totale de plomb emporte une quantité de chair, de muscles, d'os et de masse cérébrale non proportionnelle qui va se coller au mur derrière vous — après être passée au travers de votre corps — et forme ce qui n'est pas sans rappeler un tableau de Barnaby Furnas. La gueule du canon pointait vers moi. On dit souvent que votre bouche s'assèche dans ce genre de situation. C'est le cas.

« J'espère que ça ne pose pas de problème si je me sers de ton pistolet, Roger, s'excusa Clas Greve. Je n'ai pas pris le mien pour venir en Norvège. C'est un tel bazar, les armes à feu et les avions, en ce moment, et je ne pouvais pas prévoir… » Il fit un large geste avec les bras. « … ça. En plus, ce n'est pas plus mal qu'on ne puisse pas remonter jusqu'à moi grâce à la balle, n'est-ce pas, Roger ? »

Je ne répondis pas.

« N'est-ce pas ? répéta-t-il.

— Pourquoi… », commençai-je d'une voix rauque comme un fœhn.

Clas Greve attendit la suite, une expression d'authentique curiosité sur le visage.

« Pourquoi fais-tu tout ça ? chuchotai-je. Seulement à cause d'une femme que tu viens de rencontrer ? »

Il plissa le front.

« Tu parles de Diana ? Tu savais qu'elle et moi avons…

— Oui », l'interrompis-je pour éviter d'avoir à entendre la suite.

Il émit un petit rire.

« Tu es idiot, Roger ? Tu crois vraiment qu'il s'agit d'elle, de moi et de toi ? »

Je ne répondis pas. J'avais compris. Il ne s'agissait pas de choses aussi triviales que la vie, les sentiments et les gens que l'on aime.

« Diana n'est qu'un moyen, Roger. Il a fallu que je me serve d'elle pour t'approcher. Puisque tu n'as pas mordu au premier hameçon.

— M'approcher ?

— Toi, oui. Ça fait plus de quatre mois que nous préparons ça, depuis que nous savions que Pathfinder allait se chercher un nouveau directeur.

— Nous ?

— Devine.

— Hote ?

— Et nos nouveaux propriétaires américains. Nous étions un peu à bout de forces économiquement, si on peut dire, quand ils sont venus nous trouver au printemps. On a dû accepter quelques conditions pour ce qui ressemblait peut-être à un rachat, mais qui était en réalité une action de sauvetage. L'une de ces conditions, c'était que nous devions aussi leur offrir Pathfinder.

— Leur offrir Pathfinder ? Et comment ?

— Tu sais ce que je sais, Roger. Que même si, formellement parlant, ce sont les actionnaires et le conseil d'administration qui décident dans une société, c'est le directeur exécutif qui dirige. Qui décide en toute dernière instance si le capital doit être cédé, et à qui. J'ai moi-même géré Hote en donnant volontairement si peu d'informations au directoire et avec si peu d'assurance qu'ils ont toujours choisi de s'en remettre à moi. Ce en quoi ils auraient plutôt gagné, d'ailleurs. L'essentiel, c'est que n'importe quel directeur un tant soit peu compétent qui a la confiance du directoire pourra toujours manipuler et convaincre un groupe de propriétaires pas trop bien informés de faire exactement ce qu'il veut.

— Tu exagères.

— Ah oui ? À ce que j'en sais, ton gagne-pain, c'est justement d'aller parler devant ces soi-disant directions. »

Il avait raison, évidemment. Et cela confirma les soupçons que j'avais eus en entendant M. Felsenbrink, de Hote, conseiller avec un tel aplomb Greve pour diriger le pire concurrent de Hote.

« Alors Hote veut…, commençai-je.

— Oui, Hote veut mettre la main sur Pathfinder.

— Parce que les Américains l'ont posé comme condition pour vous tirer de ce mauvais pas ?

— L'argent que nous avons reçu en tant que propriétaires de Hote est bloqué sur un compte jusqu'à ce que la condition du rachat soit remplie. Sans que ce dont nous parlons en ce moment soit écrit, bien sûr. »

Je hochai lentement la tête.

« Alors toute cette histoire selon laquelle tu as démissionné en protestation contre tes nouveaux propriétaires, c'était seulement une mise en scène pour te faire passer pour un candidat crédible et reprendre la barre de Pathfinder ?

— C'est ça.

— Et une fois que tu avais obtenu le poste de directeur exécutif chez Pathfinder, ta mission était de faire passer de force la société entre des mains américaines ?

— De force, si on veut. Dans quelques mois, quand Pathfinder découvrira que sa technologie n'est plus un secret pour Hote, il reconnaîtra qu'il n'a aucune chance de s'en sortir seul, que la collaboration est la meilleure solution.

— Parce que dans le plus grand secret tu auras laissé filtrer cette technologie jusque chez Hote ? »

Greve afficha un sourire aussi mince et blanc qu'un ver solitaire.

« Je l'ai dit, c'est le mariage parfait.

— Le mariage forcé parfait, tu veux dire ?

— Si tu veux. Mais, en combinant les technologies de Hote et de Pathfinder, nous ramasserions tous les contrats de défense en matière de GPS dans le bloc occidental. Une partie de l'oriental, aussi… Ça vaut bien quelques manipulations, tu ne trouves pas ?

— Et comme ça, vous aviez prévu que ce serait moi qui te fournirais le poste ?

— En tout cas, j'aurais été un candidat de poids, tu ne crois pas ? »

Greve s'était placé au pied du lit, le pistolet à hauteur de hanche et dos à la porte.

« Mais nous voulions être sûrs à cent pour cent. Nous avons trouvé rapidement à quelles boîtes de recrutement ils s'étaient adressés et nous avons fait quelques recherches. Il est apparu que tu as une jolie renommée, Roger Brown. À partir du moment où tu recommandes un candidat, il en est ainsi, à ce que l'on dit. Tu dois avoir une espèce de record. Alors nous voulions naturellement passer par toi.

— Je suis honoré. Mais pourquoi n'as-tu pas tout simplement contacté Pathfinder, en leur disant que tu étais intéressé ?

— Roger, enfin ! Je suis l'ex-directeur du grand méchant loup acheteur, tu as oublié ? Toutes les sirènes d'alarme se seraient déchaînées si j'étais allé les trouver. Il fallait qu'on me trouve. Un chasseur de têtes, par exemple. Et il fallait me convaincre. C'était le seul moyen qui puisse paraître vraisemblable, que j'arrive jusqu'à Pathfinder sans mauvaises intentions.

— Je vois. Mais pourquoi se servir de Diana, pourquoi ne pas prendre directement contact avec moi ?

— Tu joues les nigauds, Roger. Tu aurais eu les mêmes soupçons si je m'étais présenté, tu ne m'aurais pas pris avec des pincettes. »

Il avait raison, je jouais les nigauds. En le prenant pour un nigaud. Nigaud et si fier de ses plans géniaux et condamnables qu'il ne pourrait résister à la tentation de frimer avec jusqu'à ce que quelqu'un passe cette satanée porte. Car il faudrait bien que quelqu'un vienne à un moment ou un autre ; j'étais blessé, quand même !

« Tu m'attribues des motivations nobles dans le cadre professionnel, Clas », repris-je en me disant qu'on n'exécute pas des gens que l'on appelle par leur prénom. « Je présente des candidats dont je pense qu'ils décrocheront le poste, et pas nécessairement ceux qui à mon avis sont les meilleurs pour l'entreprise.

— Pourtant..., commença Greve en plissant le front. Même un chasseur de têtes comme toi n'est pas aussi amoral, si ?

— Tu connais peu de chose sur les chasseurs de têtes, à ce que je vois. Tu aurais dû tenir Diana hors de tout ça.

— Ah oui ? répondit Greve, que la remarque semblait amuser.

— Comment l'as-tu ferrée ?

— Tu veux vraiment le savoir, Roger ? » Il avait légèrement levé le pistolet. Un mètre. Entre les yeux ? « Je crève d'envie de le savoir, Clas.

— Comme tu veux. » Il baissa un peu le pistolet. « Je suis passé plusieurs fois à sa galerie. J'ai acheté deux ou trois bricoles. Sur ses conseils, au fur et à mesure. Je l'ai invitée à boire un café. Nous avons parlé de tout et n'importe quoi, de choses très personnelles, comme ne peuvent le faire que deux inconnus complets. De problèmes conjugaux…

— Vous avez parlé de notre couple ? m'entendis-je demander.

— Oh oui. Je suis un homme divorcé, tu sais, très compréhensif. Je comprends par exemple qu'une belle femme tout à fait mûre et fertile comme Diana ne puisse pas encaisser que son époux ne veuille pas lui faire d'enfant. Ou qu'il la persuade d'avorter parce que l'enfant est trisomique. » Clas Greve fit un aussi large sourire qu'Aa dans son fauteuil à bascule. « Surtout parce que j'adore les enfants, moi. »

Le sang et le bon sens abandonnèrent ma tête en ne laissant qu'une seule idée : tuer le gars que j'avais devant moi. « Tu… tu lui as dit que tu voulais des enfants.

— Non, répondit Greve à voix basse. J'ai dit que je voulais *son* enfant. »

Je dus faire un effort de concentration pour parler d'une voix maîtrisée :

« Diana ne m'aurait jamais quitté pour un charlatan comme…

— Je l'ai emmenée dans l'appartement et lui ai montré mon prétendu Rubens. »

Je perdis les pédales. « Prétendu ?

— Oui, le tableau n'est pas authentique, évidemment, ce n'est qu'une vieille et bonne copie peinte à l'époque de Rubens. En fait, les Allemands ont cru longtemps qu'elle était authentique. Ma grand-mère me le montrait déjà quand j'étais plus jeune et que j'habitais là. Désolé d'avoir dû vous mentir quant à son authenticité. »

La nouvelle aurait peut-être dû me faire quelque chose, mais j'étais déjà si dévasté émotionnellement que je ne fis que l'enregistrer. En même temps que je compris que Greve avait découvert la substitution.

« Quoi qu'il en soit, la copie a joué son rôle, poursuivit Greve. Quand Diana a vu ce qu'elle pense toujours être un Rubens, elle a dû conclure que je ne souhaitais pas seulement lui faire un enfant, mais aussi subvenir à leurs besoins à tous les deux d'une façon des plus adéquates. En clair : lui offrir la vie dont elle rêve.

— Et elle…

— Elle a évidemment accepté de veiller à ce que son époux à venir puisse obtenir un poste de directeur qui lui confère la respectabilité qui va nécessairement avec l'argent.

— Tu dis… ce soir-là, à la galerie… c'était de la comédie du début à la fin ?

— Évidemment. Si ce n'est que nous ne sommes pas arrivés au but aussi facilement que nous l'espérions. Quand Diana m'a appelé pour me dire que tu avais décidé de ne pas me présenter… » Il leva exagérément les yeux au ciel. « Tu imagines le choc, Roger ? La déception ? La colère ? Je ne comprenais tout simplement pas pourquoi tu ne m'aimais pas. Pourquoi, Roger, pourquoi, que t'avais-je fait ? »

Je déglutis. Il paraissait démesurément détendu, comme s'il avait tout son temps pour m'envoyer une balle dans le crâne, le cœur ou n'importe quelle autre partie de mon anatomie qui avait retenu son choix.

« Tu es trop petit, lançai-je.

— Plaît-il ?

— Alors, tu as demandé à Diana de déposer la petite poire pleine de curare dans ma voiture ? Elle devait me supprimer pour que je ne puisse pas écrire la décision dans laquelle je t'excluais ? »

Greve plissa le front.

« Du curare ? C'est intéressant que tu sois convaincu que ta femme aurait bien voulu tuer pour un enfant et du pognon. Et à ce que j'en sais, tu n'as pas tort. Mais ce n'est pas ce que je lui ai demandé. La poire contenait un mélange de Ketalar et de Dormicum, un anesthésique rapide suffisamment puissant pour ne pas être sans aucun danger, c'est vrai. L'idée était que tu sois anesthésié au moment de t'asseoir dans la voiture ce matin-là, et que Diana t'emmène à un endroit convenu.

— Quel genre d'endroit ?

— Un chalet que j'avais loué. Assez semblable à celui où je comptais te trouver hier soir, en fait. Mais avec un bailleur plus sympathique et moins curieux, quand même.

— Et là, je devais…

— Être convaincu.

— Comment ?

— Tu sais. Être un peu appâté. Gentiment menacé, au besoin.

— Torture ?

— La torture aurait eu ses côtés divertissants, mais pour commencer je déteste causer des douleurs physiques à autrui. Et en second lieu, passé un certain stade, c'est moins efficace qu'on le croit. Alors non, pas beaucoup de torture. Juste ce qu'il aurait fallu pour que tu y aies goûté, assez pour éveiller la peur insensée de la douleur que nous portons en chacun de nous. C'est la peur, pas la douleur, qui te rend conciliant. Voilà pourquoi l'interrogateur déterminé, professionnel, ne progresse pas grâce à la torture légère et associative… » Il sourit de toutes ses dents. « … en tout cas d'après les manuels de la CIA. Mieux que le modèle du FBI que tu utilises, hein, Roger ? »

Je sentis que la sueur était apparue sous le bandage de ma gorge.

« Et que voulais-tu obtenir ?

— Que tu rédiges et signes une proposition telle que nous la voulions. Nous l'aurions même affranchie et postée pour toi.

— Et si j'avais refusé ? Encore un peu de torture ?

— Nous ne sommes pas des monstres, Roger. Si tu refusais, nous te retenions là-bas. Jusqu'à ce qu'Alfa charge un de tes collègues de rédiger la décision. Ça aurait vraisemblablement été ton collègue. Ferdinand, ce n'est pas comme cela qu'il s'appelle ?

— Ferdy, répondis-je vertement.

— C'est ça. Il a eu l'air assez positif. Tout comme le directeur exécutif et le responsable de l'information. Ça ne correspond pas à ton impression, Roger ? Tu n'es pas d'accord si je dis que la seule chose qui pouvait m'arrêter, dans le fond, c'était un avis négatif, et le cas échéant seulement de Roger Brown en personne ? Comme tu le comprends, nous n'aurions pas eu besoin de te faire du mal.

— Tu mens.

— Tiens donc ?

— Tu ne prévoyais absolument pas de me laisser vivre. Pourquoi me libérer après, en prenant le risque que je te dénonce ?

— Je t'aurais fait une bonne offre. La vie éternelle contre le silence éternel.

— Les époux éconduits ne sont pas des partenaires d'affaires fiables, Greve. Et tu le sais. »

Greve se passa le canon du pistolet sur le menton.

« Pas faux. Oui, tu as raison. Nous t'aurions sûrement tué. Mais en tout cas, c'est le plan tel que je l'ai détaillé à Diana. Et elle m'a cru.

— Parce qu'elle voulait le croire.

— Les œstrogènes rendent aveugle, Roger. »

Je ne trouvai rien à répondre. Pourquoi personne ne passait cette p…

« J'ai trouvé un panonceau NE PAS DÉRANGER dans le même vestiaire que cette blouse, m'informa Greve comme s'il avait lu mes pensées. Je crois qu'ils suspendent ce panonceau au-dehors quand le patient se sert du bassin. »

Le canon pointait droit vers moi, à présent, et je vis son doigt se recroqueviller sur la détente. Il n'avait pas levé son arme, il allait manifestement tirer de la hanche comme James Cagney l'avait fait avec une précision surréaliste dans les films de gangsters des années 1940 et 1950. Malheureusement, quelque chose me disait que Clas Greve aussi savait faire preuve d'une précision surréaliste.

« Ça m'a semblé approprié, compléta Greve en fermant déjà un peu les yeux dans l'attente de la détonation. La mort, c'est une affaire personnelle, en fin de compte, non ? »

Je fermai les yeux. J'avais raison depuis le début : j'étais au ciel.

« Désolé, docteur ! »

La voix résonna dans la pièce.

J'ouvris les yeux. Et vis trois personnes derrière Greve, juste derrière la porte qui se refermait lentement derrière eux.

« Nous sommes de la police, poursuivit la voix de l'homme en civil. Il s'agit d'une affaire de meurtre, alors nous avons dû ignorer le panneau sur la porte. »

Je constatai que mon ange du salut avait effectivement un petit côté James Cagney. Mais c'était peut-être seulement dû au cache-poussière gris. Ou aux médicaments qu'on m'avait administrés, car ses deux collègues en uniforme noir à bandes réfléchissantes en damier (qui faisaient penser à des combinaisons rembourrées pour enfants) avaient l'air au moins aussi invraisemblables : identiques comme deux gouttes d'eau, gras comme des pourceaux, grands comme des tours.

Greve s'était figé et il me regarda avec fureur sans se retourner. Le pistolet, que les policiers ne pouvaient pas voir, était toujours braqué sur moi.

« J'espère que nous ne dérangeons pas avec ce petit meurtre, docteur ? s'enquit le type en civil sans cacher son agacement devant le mépris total dont faisait preuve la blouse blanche.

— Oh non, répondit Greve en leur tournant toujours le dos. Le patient et moi venions de terminer. » Il écarta un pan de sa blouse et glissa le pistolet dans la ceinture de son pantalon, sur le devant.

« Je… Je…, commençai-je avant d’être interrompu par Greve.

— Calmez-vous. Je tiendrai votre femme Diana au courant de votre état. Vous pouvez nous la confier sans crainte. Compris ? »

Je cillai, cillai encore. Greve s’inclina vers moi et me tapota le genou à travers la couverture.

« On va faire ça doucement, compris ? »

Je hochai la tête. Plus de doute, c’étaient les médicaments ; ce genre de choses n’arrivait pas.

Greve se redressa et sourit :

« D’ailleurs, Diana a raison. Vous avez vraiment de beaux cheveux. »

Greve se retourna, pencha la tête en avant, les yeux rivés sur la feuille de son bloc.

« Il est à vous, glissa-t-il à voix basse en passant devant les policiers. Jusqu’à nouvel ordre. »

Quand la porte se fut refermée derrière Greve, James Cagney avança :

« Je m’appelle Sunded. »

Je hochai lentement la tête et sentis le bandage pénétrer dans la peau de ma gorge :

« Vous êtes tombés à pic, Sundet.

— Sunded, répéta-t-il gravement. “Ded”, à la fin. Je suis enquêteur à la police criminelle, et on m’a fait venir de Kripos, à Oslo. C’est…

— Je sais ce qu’est Kripos.

— Bien. Voici Endride et Eskild Monsen, de la police d’Elverum. »

Je les toisai, impressionné. Deux morses jumeaux dans un uniforme identique et avec les mêmes moustaches à l’impériale. Ça faisait tout simplement trop de police pour pas un rond.

« Je vais vous expliquer vos droits, commença Sunded.

— Attendez ! l'interrompis-je. Qu'est-ce que ça signifie ? »

Il fit un sourire las.

« Ça signifie, monsieur Kjikerud, que vous êtes en état d'arrestation.

— Kji… » Je me mordis la langue. Il agitait ce que je reconnus être une carte de crédit. Une carte de crédit bleue. Celle d'Ove. Trouvée dans ma poche. Sunded haussa un sourcil interrogateur.

« Zut. Pourquoi m'arrêtez-vous ?

— Pour le meurtre de Sindre Aa. »

Je ne quittai pas Sunded des yeux tandis qu'il m'expliquait en termes courants et choisis par ses soins — au lieu de la rengaine « Miranda » tirée des films américains — mon droit à un avocat et à la boucler. Il conclut en déclarant que le médecin-chef avait donné le feu vert pour qu'ils m'emmènent dès mon réveil. Au fond, je n'avais que quelques points de suture à la nuque.

« C'est bon, répondis-je avant qu'il ait terminé ses explications. Je vous suis plus que volontiers. »

CHAPITRE 16

Voiture zéro un

L'hôpital était en pleine campagne à quelque distance d'Elverum, apparut-il. C'est avec soulagement que je vis disparaître derrière nous les bâtiments blancs aux allures de matelas. D'autant plus que je ne voyais de Lexus gris argent nulle part.

Notre voiture était une vieille Volvo bien entretenue dont le moteur faisait un bruit si exquis que je la soupçonnai d'avoir été une voiture de blouson noir avant d'être repeinte aux couleurs de la police.

« Où sommes-nous ? » demandai-je depuis la banquette arrière, où j'étais coincé entre les deux impressionnants spécimens Endride et Eskild Monsen. Mes vêtements, c'est-à-dire ceux d'Ove, avaient été envoyés au lavage, mais un infirmier avait apporté une paire de tennis et un survêtement vert frappé des initiales de l'hôpital, en faisant savoir expressément qu'il devait être rendu propre. En outre, j'avais récupéré toutes les clés et le portefeuille d'Ove.

« Hedmark », répondit Sunded depuis ce qu'on appelle *the gunshot seat* dans le milieu des gangs afro-américains : le siège passager.

« Et où allons-nous ?

— Ça ne vous regarde pas », feula le jeune boutonneux au volant en m'envoyant un regard glacial à travers son rétroviseur intérieur. *Bad cop*. Blouson noir en nylon fin avec une inscription jaune dans le dos. « Elverum Ko-daw-ying Club. » Je supposai qu'il s'agissait d'un sport de combat très mystérieux, tout neuf et pourtant antédiluvien. Et que c'était la frénésie avec laquelle il mâchait son chewing-gum qui avait développé les muscles de sa mâchoire surdimensionnée par rapport au reste de son corps. Il était si frêle et chétif que ses bras dessinaient un V quand il tenait les mains sur le volant comme maintenant.

« Garde les yeux sur la route », commanda Sunded à voix basse.

L'acnéique bougonna quelques mots et planta un regard mauvais sur la bande d'asphalte bien droite qui traversait un paysage agricole tout plat.

« Nous allons au commissariat d'Elverum, Kjikerud, m'apprit Sunded. Je suis venu d'Oslo pour t'interroger aujourd'hui et, si nécessaire, demain. Et après-demain. J'espère que tu ne feras pas d'histoires, je n'aime pas le Hedmark. »

Il tambourina sur une petite valise pareille à un vanity-case qu'Endride avait dû lui passer à l'avant parce qu'il n'y avait plus de place à l'arrière.

« Je ne ferai pas d'histoires », répondis-je en sentant que mes deux bras s'endormaient. Les jumeaux Monsen respiraient en rythme, ce qui voulait dire que j'étais pressé comme un tube de mayonnaise toutes les quatre secondes. J'envisageai de leur demander de modifier leur fréquence respiratoire, mais m'abstins. Après m'être retrouvé devant le pistolet de Greve, ça donnait une impression de sécurité. Cela me ramena à mon enfance, un jour où j'avais pu accompagner papa à son travail parce que maman était malade, et j'étais installé entre deux adultes sérieux mais gentils sur la banquette arrière de la limousine de l'ambassade. Tout le monde était bien habillé, mais pas aussi bien que papa, avec sa casquette de chauffeur et sa conduite si calme et élégante. Plus tard, papa m'avait acheté une glace en disant que je m'étais comporté en vrai gentleman.

La radio crachota.

« Chut ! réagit le boutonneux en déchirant le silence dans l'habitacle.

— Avis à tous les véhicules de patrouille, crépita une voix féminine nasale.

— Aux deux véhicules de patrouille, rectifia furoncle en montant le son.

— Egmon Karlsen a déclaré le vol de son camion… »

Le reste du message fut noyé dans les rires de furoncle et des jumeaux Monsen. Leurs corps tressautaient, tremblaient en me faisant un massage pas désagréable du tout. Je crois que les médicaments faisaient toujours effet.

Le boutonneux attrapa le micro :

« Est-ce que Karlsen paraissait à jeun ? *Over*.

— Pas trop, non, répondit la voix de femme.

— Alors il a conduit en état d'ébriété et l'a oublié. Appelle le Bamse Pub, le camion est sûrement garé devant. Dix-huit roues, marqué Sigdal Kjøkken sur le côté. *Over and out*. »

Il raccrocha le micro, et il me sembla que l'ambiance dans la voiture était bien plus joyeuse. Je profitai de l'occasion :

« J'ai cru comprendre que quelqu'un a été assassiné. Mais est-ce que j'ai le droit de demander quel rapport ça a avec moi ? »

La question fut accueillie dans le silence, mais je

vis réfléchir Sunded. Il se tourna d'un coup vers le siège arrière en plantant son regard dans le mien.

« Bon, on peut aussi bien expédier ça maintenant. Nous savons que c'est vous qui l'avez fait, monsieur Kjikerud, et vous n'avez pas la moindre chance de vous en tirer. Nous avons un corps, une scène de crime et des preuves qui vous lient à l'un comme à l'autre. »

J'aurais dû être choqué, horrifié, sentir mon cœur bondir, tomber ou ce que ça fait quand vous entendez un policier victorieux dire qu'ils ont des preuves susceptibles de vous envoyer finir vos jours derrière les barreaux. Mais ce n'était pas le cas. Car je n'entendais pas un policier victorieux, j'entendais Inbau, Reid et Buckley. Première étape. Confrontation directe. Ou, comme il est écrit dans le manuel : Au début de l'interrogatoire, l'enquêteur doit faire clairement comprendre que la police sait tout. Dites « nous » et « la police », jamais « je ». Et « savoir », pas « croire ». Déformez l'image que le sujet a de lui, donnez du « monsieur » aux personnes de rang inférieur et appelez les autres par leur prénom.

« Et soit dit entre nous, continua Sunded en baissant la voix pour bien donner une impression de confidentialité, à ce que j'ai entendu, la mort de Sindre Aa n'est pas une grosse perte. Si vous n'aviez pas seringué le vieux grigou, quelqu'un d'autre l'aurait fait à votre place. »

J'étouffai un bâillement. Étape deux. Sympathiser avec le suspect en normalisant l'événement.

Voyant que je ne répondais pas, Sunded poursuivit :

« La bonne nouvelle, c'est qu'avec des aveux rapides je peux vous avoir un allégement de peine. »

Aïe donc, la Promesse Concrète ! C'était une tactique

qu'Inbau, Reid et Buckley proscrivaient totalement, un piège juridique dont n'usaient que les plus désespérés. Ce type avait réellement envie de plaquer le Hedmark au plus vite pour regagner ses pénates.

« Alors pourquoi avez-vous fait ça, Kjikerud ? »

Je regardai de l'autre côté de ma vitre. Des champs. Des fermes. Des champs. Des fermes. Des champs. Un ruisseau. Des champs. Délicieusement soporifique.

« Alors, Kjikerud ? » J'entendis les doigts de Sunded marteler le vanity-case.

« Vous mentez. »

Le martèlement s'interrompit. « Répétez.

— Vous mentez, Sunded. Je n'ai aucune idée de qui est Sindre Aa, et vous n'avez rien contre moi. »

Sunded laissa échapper un petit rire de tondeuse à gazon. « Ah non ? Alors racontez-moi ce que vous avez fait ces dernières vingt-quatre heures. Vous voulez bien nous rendre ce service, Kjikerud ?

— Peut-être. Si vous me dites de quoi il s'agit.

— Mets-lui une tarte ! cracha le boutonneux. Endride, mets…

— Ta gueule », l'interrompit calmement Sunded avant de se tourner vers moi. « Et pourquoi nous vous dirions ça, Kjikerud ?

— Parce qu'à ce moment-là j'accepterai peut-être de vous parler. Sinon, je la ferme jusqu'à l'arrivée de mon avocat. D'Oslo. » Je vis la bouche de Sunded se crisper, et ajoutai : « Dans la journée de demain, si nous avons de la chance… »

Sunded pencha la tête sur le côté et m'étudia comme un insecte qu'il hésitait à intégrer à sa collection ou à écraser sans plus de cérémonie.

« Très bien, Kjikerud. Ç'a commencé quand un voisin, là, a reçu un appel téléphonique concernant un tracteur abandonné arrêté en pleine route. Ils ont trouvé le tracteur et la nuée de corneilles qui déjeunaient sur la herse. Elles avaient déjà dévoré les parties tendres d'un clebs. Le tracteur appartenait à Sindre Aa, mais pour des raisons assez naturelles il n'a évidemment pas répondu quand on l'a appelé, alors quelqu'un est monté voir et l'a trouvé dans le fauteuil à bascule où tu l'avais assis. Dans la grange, on a trouvé une Mercedes avec un moteur flingué et immatriculée à ton nom, Kjikerud. Le commissariat d'Elverum a fini par relier le chien mort à un rapport de routine de l'hôpital disant qu'un homme à moitié inconscient couvert de merde avait été admis pour une vilaine morsure de chien. Ils ont appelé, ils avaient trouvé une carte de crédit au nom d'Ove Kjikerud dans sa poche. Et paf ! Nous voilà. »

Je hochai la tête. Je savais comment ils m'avaient retrouvé. Mais au nom du ciel, comment Greve y était arrivé, lui ? La question tournait dans mon cerveau certes engourdi, à tel point que l'idée désagréable ne m'était pas venue avant : Greve pouvait-il avoir aussi des contacts dans la police locale ? Quelqu'un qui ait pu veiller à ce qu'il arrive à l'hôpital avant eux ? Non ! Ils étaient entrés à l'improviste dans la chambre et m'avaient sauvé. Faux ! C'était Sunded qui l'avait fait, le tiers issu des rangs de Kripos, à Oslo. Je sentis la céphalée couver pendant que l'idée suivante se profilait : si les choses étaient telles que je le craignais, quelle sécurité présentait une cellule de détention provisoire ? Tout à coup, la respiration synchronisée des jumeaux Monsen ne me parut plus aussi réconfortante. J'eus la sensation de ne plus pouvoir compter sur personne au monde. Personne. Hormis un homme, peut-être. Le tiers. L'homme au vanity-case. Je devais jouer cartes sur table, tout raconter à Sunded, veiller à ce qu'il me fasse conduire dans un autre commissariat. Pas de doute, Elverum était corrompu, il devait y avoir au moins un sous-marin dans cette voiture de police.

La radio crépita de nouveau. « Voiture zéro un, à vous. »

Le boutonneux saisit le micro. « Oui, Lise ?

— Il n'y a pas de camion devant le Bamse pub. *Over.* »

Tout raconter à Sunded impliquait naturellement que je doive me dénoncer comme voleur d'œuvres d'art. Et comment allais-je leur expliquer que j'avais buté Ove en état de légitime défense, oui, presque par accident ? Un homme tellement shooté à l'anesthésique de Greve que ses yeux devaient se croiser.

« Ressaisis-toi, Lise. Renseigne-toi. Personne n'arrivera à planquer dix-huit mètres de camion dans ce patelin, OK ? »

La voix qui répondit exprimait la mauvaise humeur :

« Karlsen dit que tu lui retrouves souvent son bahut, toi qui es policier et son beau-frère. *Over.*

— Je t'en fous ! Oublie, Lise.

— Il dit que ce n'est pas beaucoup demander, tu as eu la moins laide de ses sœurs. »

Je fus secoué par le rire retentissant des jumeaux Monsen.

« Raconte à cet abruti qu'aujourd'hui on a du vrai travail de policier, pour une fois, siffla le boutonneux. *Over and out.* »

Je n'avais pas la moindre idée de la façon dont j'allais jouer ce jeu. Ils ne tarderaient pas à découvrir que je n'étais pas celui pour qui je me faisais passer. Devais-je le leur révéler tout de suite, ou était-ce une carte de marchandage que je pourrais faire valoir plus tard ?

« Et c'est à toi, Kjikerud, continua Sunded. Je me suis renseigné un peu sur toi. Tu es une vieille connaissance. Et à en croire nos papiers, tu n'es pas marié. Alors à quoi le médecin faisait-il allusion en disant qu'il allait s'occuper de ta femme ? Diana, c'est bien ça ? »

Trois cartes tombaient. Je soupirai et regardai par la vitre. Terres en friche, terres cultivées. Pas de voiture en sens inverse, pas de maison, seulement le nuage de poussière soulevé par un tracteur ou une voiture dans le lointain.

« Je ne sais pas », répondis-je. Je devais penser plus clairement. Plus clairement. Je devais voir l'échiquier.

« Quelles étaient tes relations avec Sindre Aa, Kjikerud ? »

Je commençais à fatiguer de m'entendre appeler par ce nom étranger. Et j'allais répondre quand je m'aperçus que je m'étais trompé. Une nouvelle fois. La police me prenait pour Ove Kjikerud ! D'après ce qu'ils savaient, c'était le nom du gars qui était à l'hôpital. Mais s'ils avaient transmis à Clas Greve, pourquoi celui-ci était-il allé voir ce prétendu Kjikerud à l'hôpital ? Il n'avait jamais entendu parler d'un Kjikerud, personne au monde ne savait qu'Ove Kjikerud m'était lié d'une quelconque manière, moi, Roger Brown ! Ça ne collait pas. Il avait dû me trouver autrement.

Je vis le nuage de poussière dans les champs se rapprocher.

« Tu as entendu ma question, Kjikerud ? »

Pour commencer, Greve m'avait retrouvé au chalet.

Puis à l'hôpital. Même si je n'avais pas mon téléphone mobile. Greve n'avait aucun contact, que ce soit chez Telenor ou dans la police. Mais comment était-ce possible ?

« Kjikerud ! Ohé ? »

Le nuage de poussière sur la route secondaire avançait plus vite qu'il n'en donnait l'impression à distance. Je vis l'intersection loin devant, et me dis tout à coup qu'il nous venait dessus, que nous allions à la collision. Il fallait espérer que l'autre voiture saurait que nous étions sur une route prioritaire.

Mais le boutonneux devait peut-être lui mettre la puce à l'oreille ou donner un coup d'avertisseur ? Lui donner un indice. Se servir de l'avertisseur. Qu'avait dit Greve à l'hôpital ? « Diana a raison. Tu as vraiment de beaux cheveux. » Je fermai les yeux et sentis ses mains à travers mes cheveux, dans le garage. L'odeur. Ce n'était pas la même que d'habitude. Elle avait son odeur, celle de Greve. Non, pas Greve. Celle de Hote. Droit sur nous. Et comme au ralenti, tout trouva sa place. Pourquoi ne l'avais-je pas compris avant ? J'ouvris les yeux.

« Nous sommes en danger de mort, Sunded.

— Le seul à être en danger ici, c'est toi, Kjikerud. Ou quel que soit ton nom.

— Quoi ? »

Sunded jeta un coup d'œil dans le rétroviseur et leva la carte de crédit qu'il m'avait montrée à l'hôpital.

« Tu ne ressembles pas au dénommé Kjikerud sur cette photo. Et quand je suis allé chercher à Kjikerud dans les archives d'assainissement, j'ai vu qu'il mesurait un mètre soixante-treize. Et toi… combien ? Un soixante-cinq ? »

Le silence régnait dans la voiture. Je ne quittais pas

des yeux le nuage de poussière qui approchait rapidement. Ce n'était pas une voiture. C'était un poids lourd avec une remorque. Il était si près que je pus lire l'inscription sur son flanc. SIGDAL KJØKKEN.

« Un soixante-huit, répondis-je.

— Alors qui es-tu, bon Dieu ? gronda Sunded.

— Je suis Roger Brown. Et à gauche, il y a le camion qu'on a volé à Karlsen. »

Toutes les têtes se tournèrent vers la gauche.

« Qu'est-ce qui se passe, nom de Dieu ? grogna Sunded.

— Ce qui se passe, c'est que ce camion est conduit par un type qui s'appelle Clas Greve. Il sait que je suis dans cette voiture, et il a l'intention de me tuer.

— Comment…

— Un dispositif GPS lui permet de me retrouver où que je sois. Et c'est ce qu'il a fait depuis que ma femme m'a caressé les cheveux dans le garage ce matin. Avec la main pleine d'une gelée qui contient des émetteurs microscopiques et si bien fixés aux cheveux qu'ils sont impossibles à faire partir au lavage.

— Arrête ces conneries ! grinça l'enquêteur de chez Kripos.

— Sunded…, commença le furoncle. C'est le camion de Karlsen.

— Nous devons arrêter cette voiture et faire demi-tour. Ou il va tous nous tuer. Stop !

— Continue, ordonna Sunded.

— Vous ne comprenez pas ce qui se passe ?! criai-je. Tu es bientôt mort, Sunded. »

Sunded partit de son rire de tondeuse, mais l'herbe paraissait trop haute. Car il le voyait, lui aussi, à présent : il était déjà trop tard.

CHAPITRE 17

Sigdal Kjøkken

Une collision entre deux véhicules, c'est de la physique simple. Les hasards régissent l'ensemble, mais on peut les expliquer en disant que l'équation *force x temps* revient à multiplier de la masse par une variation de vitesse. Introduisez les hasards sous forme de chiffres pour les variables, et vous obtenez un récit simple, vrai et impitoyable. Il raconte par exemple ce qui se passe quand un camion de vingt-cinq tonnes plein à craquer lancé à une vitesse de quatre-vingts kilomètres à l'heure heurte une voiture de tourisme d'une tonne huit (jumeaux Monsen compris) roulant à la même vitesse. En se fondant sur les hasards en matière de point d'impact, de qualité des carrosseries et d'angle des corps entre eux, on obtient une infinité de variantes à ce récit, mais elles ont deux points communs. Ce sont des tragédies, et c'est la voiture de tourisme qui est en position délicate.

À dix heures treize, quand le camion conduit par Clas Greve heurta la voiture zéro un, une Volvo 740 modèle 1989, un peu en avant du siège conducteur, le bloc-moteur, les deux roues avant et les jambes du boutonneux furent repoussés sur le côté et passèrent à travers la carrosserie en même temps que la voiture était projetée dans les airs. Aucun airbag ne se déplia puisqu'ils ne furent pas installés dans les Volvo avant 1990. La voiture de police — déjà réduite à l'état d'épave — vola au-dessus de la route, passa la glissière de sécurité et tomba vers les denses massifs de sapins le long de la rivière au fond du ravin. Avant que la voiture zéro un ne passe à travers les premières cimes, elle avait réalisé deux saltos arrière et une demi-vrille. Aucun témoin ne peut confirmer mes dires, mais c'est un fait : c'est exactement ce qui s'est passé. Encore une fois, c'est de la physique simple. Tout comme ceci : le camion poursuivit sans grand dommage à travers le carrefour avant de s'arrêter dans un hurlement de métal nu. Il souffla comme un dragon quand les freins furent enfin relâchés, mais l'odeur de gomme brûlée et de revêtement de plaquettes de frein cuit flotta encore quelques minutes dans les airs.

À dix heures quatorze, les sapins avaient cessé de se balancer, la poussière retombait, le camion tournait au point mort pendant que le soleil continuait à luire imperturbablement sur les champs du Hedmark.

À dix heures quinze, la première voiture passa sur les lieux de l'accident, apparemment sans que le conducteur remarque autre chose que le camion sur le bas-côté et ce qui pouvait être des tessons qui craquaient sous ses roues. Il ne vit par exemple rien qui indiquât qu'il y avait une voiture de police retournée sous les arbres le long de la rivière.

Je sais tout cela car ma position me permettait d'affirmer que nous étions sur le toit et dissimulés depuis la route par les arbres en bordure de la rivière. Les horaires sont donnés sous réserve que la montre de Sunded, qui tictaquait juste devant moi, ait indiqué l'heure juste. En tout cas, je crois que c'était la sienne, elle était attachée au poignet d'un bras arraché qui pointait d'un morceau de cache-poussière gris.

Un souffle de vent apporta l'odeur chimique de revêtement de plaquettes de frein et le son d'un moteur Diesel au ralenti.

Le soleil jouait dans les arbres depuis un ciel sans nuages, mais autour de moi il pleuvait. De l'essence, de l'huile et du sang. Qui coulaient et disparaissaient. Tout le monde était mort. Le boutonneux n'avait plus de furoncles. Ou de visage, en l'occurrence. Ce qui restait de Sunded était plié comme une figurine de papier, je le voyais regarder entre ses propres jambes. Les jumeaux paraissaient relativement entiers, mais ils avaient cessé de respirer. Je ne devais ma survie qu'aux dispositions de la famille Monsen à créer de la masse corporelle et de la modeler en airbags parfaits. Mais ces corps qui m'avaient sauvé la vie étaient en train de me la reprendre. La carrosserie complète était écrasée, et j'étais assis la tête en bas. L'un de mes bras était libre, mais j'étais si serré entre les deux policiers que je ne pouvais ni bouger ni respirer. Malheureusement, mes sens fonctionnaient pour l'instant admirablement bien. Je voyais donc l'essence jaillir, je la sentais couler dans ma jambe de pantalon, le long de mon corps et ressortir par mon col de chemise. J'entendais le camion en haut sur la route, je l'entendais cracher, tousser et claquer pendant qu'il attendait. Et je compris qu'il était là-haut, Clas Greve, et qu'il réfléchissait, pesait le pour et le contre. En voyant sur son dispositif GPS que je ne bougeais pas. Il se disait qu'il devait quand même peut-être aller vérifier que tout le monde était bien mort. D'un autre côté, il était difficile de descendre le talus, et encore plus de le remonter. Et personne ne pouvait avoir survécu au crash. Mais on dormait tellement mieux quand on savait, quand on l'avait vu de ses propres yeux…

Démarre, priai-je. Démarre.

Car le plus ennuyeux en étant conscient, c'était que je pouvais imaginer ce qui arriverait quand il me trouverait trempé d'essence.

Démarre, démarre !

Le moteur du camion caquetait, en pleine discussion avec lui-même.

Tout ce qui s'était passé m'apparaissait clairement. Greve n'avait pas rejoint Sindre Aa dans l'escalier pour lui demander où j'étais, il le voyait sur l'écran de son GPS. Aa devait disparaître de la circulation tout simplement parce qu'il avait vu Greve et sa voiture. Mais tandis que Greve montait au chalet, j'avais gagné les toilettes extérieures, et en ne me trouvant pas au chalet, il avait de nouveau consulté son appareil. Et découvert avec surprise que le signal que j'envoyais avait disparu. Parce qu'à ce moment-là les émetteurs dans mes cheveux étaient noyés dans la merde et, comme on le sait, les émetteurs de chez Hote n'envoient pas de signaux assez puissants pour passer au travers. Moi, l'idiot, j'avais eu plus de chance que j'en méritais.

Greve avait envoyé son clebs pour me retrouver tandis que lui attendait. Toujours sans signaux. Car la merde qui avait séché autour des émetteurs continuait de les bloquer pendant que j'allais voir dans la grange, découvrais le cadavre de Sindre Aa et fuyais avec le tracteur. Le GPS de Greve n'avait pas reçu de nouveaux signaux avant le milieu de la nuit. À ce moment-là, j'étais sur un brancard dans une douche de l'hôpital, et on me lavait les cheveux. Greve avait sauté dans sa voiture et avait été à son poste à l'hôpital dès le petit jour. Dieu sait comment il avait volé le camion, mais en tout cas il n'avait eu aucun problème pour me retrouver, ce faiblard et geignard de Brown qui demandait purement et simplement qu'on le chope.

Les doigts au bout du bras arraché de Sunded étreignaient toujours la poignée du vanity-case. La montre tictaquait à son poignet. Dix heures seize. Dans une minute, j'aurais perdu connaissance. Dans deux, je serais étouffé. Décide-toi, Greve.

C'est ce qu'il fit.

J'entendis le camion roter. Le régime baissa. Il avait coupé le contact, il allait descendre !

Ou bien… avait-il passé une vitesse ?

Un grondement sourd. Le crissement du gravier sous des pneus qui portent vingt-cinq tonnes. Le grondement enfla. Et encore. Avant de faiblir. De disparaître dans le paysage. Complètement.

Je fermai les yeux et remerciai. Parce que je n'allais pas brûler, seulement mourir d'asphyxie. Car de loin ce n'est pas la pire façon de mourir. Le cerveau ferme toutes les pièces l'une après l'autre. On somnole, on est anesthésié, on arrête de penser, et les problèmes disparaissent. D'une certaine façon, ça fait penser à une série de cocktails musclés. Oui, me dis-je : c'est vivable de mourir ainsi.

L'idée me fit presque rire.

Moi qui avais passé ma vie entière à prendre le contrepied de mon père, j'allais donc finir mes jours dans une épave de voiture, comme lui. Et à quel point étais-je différent de lui ? Quand j'avais été trop âgé pour que cet enfoiré d'alcoolo puisse me taper dessus, c'est moi qui avais commencé à le bastonner. Comme il avait battu maman, sans laisser de traces manifestes. Par exemple, j'avais poliment décliné quand il m'avait proposé la conduite accompagnée, en lui faisant savoir que le permis ne m'intéressait pas. J'avais dragué ce laideron gâté de fille de l'ambassadeur que papa conduisait chaque jour à l'école, rien que pour pouvoir l'inviter à dîner et humilier mon père. Je l'avais regretté en découvrant que maman pleurait dans la cuisine entre le plat principal et le dessert. J'avais pu entrer dans une école londonienne dont papa disait que c'était une école de snobinards pour les voyous de la société. Mais il n'en fut pas aussi affecté que je l'avais espéré. Il avait même réussi à sourire avec une fierté apparente quand je le lui avais dit, ce démon calculateur. Alors plus tard cet automne, quand il m'avait demandé s'il pouvait venir me voir sur le campus avec maman, j'avais refusé au motif que je ne voulais pas que mes condisciples découvrent que mon père n'était absolument pas quelqu'un de haut placé dans la diplomatie, mais un simple chauffeur. Je crus constater que j'avais touché un point sensible chez lui. Pas comme dans sensiblerie, bien sûr, mais douloureux.

J'avais appelé maman quinze jours avant les noces pour lui dire que j'allais me marier avec une fille rencontrée là-bas et que ce serait tout simple, juste nous, les deux fiancés. Mais que maman était la bienvenue si elle venait sans papa. Elle s'était mise en colère et avait répondu qu'elle ne viendrait pas sans lui, naturellement. Les âmes nobles et fidèles sont souvent handicapées par leur loyauté envers même les personnes les plus infâmes. Oui, surtout envers les plus infâmes.

Diana devait voir mes parents après la fin du semestre cet été-là, mais trois semaines avant notre départ de Londres j'appris l'accident de voiture. En revenant du chalet, m'avait dit le policier à travers la ligne crachotante. Le soir, la pluie, la voiture roulait trop vite. La vieille route avait été temporairement déviée, travaux sur l'autoroute. Un nouveau virage, peut-être un peu illogique, mais indiqué par des panneaux de danger. L'asphalte fraîchement posé absorbait la lumière, cela ne faisait aucun doute. Un engin de chantier garé. J'avais interrompu le policier en lui conseillant de mesurer l'alcoolémie de mon père. Juste pour qu'ils aient la confirmation de ce que je savais déjà : il avait tué maman.

Ce soir-là, seul dans un pub de Baron's Court, ce fut la première fois que je bus de l'alcool. Et pleurai en public. Plus tard, en essuyant mes larmes dans des toilettes pestilentielles, c'est le visage mou et alcoolisé de mon père que je vis dans le miroir fêlé. Je me souvins de la lueur calme et attentive dans ses yeux quand il avait balayé les pièces du jeu d'échecs, envoyé la reine qui avait virevolté dans les airs — deux saltos arrière et demi — avant de toucher le sol. Puis il m'avait frappé. Cette seule et unique fois. Du plat de la main, sous l'oreille. Et je l'avais vu à cet instant, dans son regard : ce que maman appelait la Maladie. C'était un monstre hideux, gracieux et assoiffé de sang qui vivait derrière ses yeux. Mais c'était aussi lui : mon père, ma chair et mon sang.

Du sang.

Quelque chose de très profond, enfoui sous bien des couches de déni, remontait vers la surface. Le souvenir flottant d'une idée consciente qui ne voulait plus rester au fond. Sa forme se précisait. Elle s'articulait douloureusement. En vérité. La vérité que j'avais réussi jusque-là à tenir à bout de bras en me mentant. Car ce n'était pas la peur d'être chassé par un enfant qui me conduisait à ne pas en vouloir. C'était la peur de la Maladie. La peur que moi, le fils, je l'aie aussi. Qu'elle soit là, derrière mes yeux. J'avais menti à tout le monde. J'avais dit à Lotte que je ne voulais pas de cet enfant parce qu'il avait des carences, un syndrome, un défaut chromosomique. Mais la vérité, c'était que les défauts étaient chez moi.

Tout flottait, à présent. Ma vie avait été une succession, mon cerveau avait bâché les meubles, fermé les portes, s'était préparé à couper le courant. Ça gouttait et ça coulait, de mes yeux, sur mon front, dans mes cheveux. Être étouffé par deux ballons humains. Je pensai à Lotte. Et là, sur le seuil, je compris. Je vis la lumière. Je vis… Diana ? Que faisait cette traîtresse, à l'heure qu'il était ? Des ballons…

Ma main libre et ballante alla jusqu'au vanity-case. Mes doigts engourdis détachèrent ceux de Sunded autour de la poignée et ouvrirent. De l'essence coulait de mes doigts dans la valisette pendant que je fouillais, tirai une chemise, une paire de chaussettes, un slip et une trousse de toilette. C'était tout. De ma main libre, j'ouvris la trousse de toilette et en vidai le contenu sur le pavillon. Du dentifrice, un rasoir électrique, des pansements, du shampooing, un sac plastique transparent qui servait sans aucun doute pour les contrôles de sécurité dans les aéroports, de la vaseline… là ! Des ciseaux, le genre de petites choses pointues un peu recourbées, que certaines personnes préfèrent pour une raison obscure aux coupe-ongles modernes.

Je remontai une main sur l'un des jumeaux, sur la bedaine, la poitrine, à la recherche d'une fermeture Éclair ou de boutons. Mais j'étais en train de perdre la sensibilité et mes doigts ne voulaient plus ni obéir aux ordres du cerveau ni lui envoyer des informations. Je saisis donc les ciseaux et les plantai dans la bedaine de… moui, disons que c'était Endride.

La toile de nylon céda dans un craquement libéré, se retroussa en dévoilant un ventre proéminent enveloppé dans le tissu bleu clair de la chemise d'uniforme. Je découpai rapidement la chemise et de la chair couverte de peau blanche poilue apparut. J'en étais au point redouté. Mais l'idée de la récompense potentielle — pouvoir vivre, respirer — refoula toutes les autres, et je plantai les ciseaux de toutes mes forces et les enfonçai dans le ventre, juste au-dessus du nombril. Les en retirai. Il ne se passa rien.

Étrange. Il y avait bien un trou dans le ventre, mais rien n'en sortait, rien qui, je l'espérais, aurait pu alléger un peu la pression sur moi. Le ballon était toujours aussi gonflé.

Je frappai de nouveau. Un nouveau trou. Un nouveau puits sec.

Je maniai les ciseaux comme un possédé. Floup, floup. Rien. De quoi étaient faits ces jumeaux, nom d'un chien ? Ce n'était que de la graisse d'un bout à l'autre ? La vague d'obésité allait-elle m'emporter moi aussi ?

Une autre voiture passa sur la route.

J'essayai de hurler, mais je n'avais pas d'air.

Mobilisant mes dernières forces, je plongeai de nouveau les ciseaux dans la bedaine, mais sans les en ressortir cette fois. Je n'en avais tout bonnement plus le courage. Au bout d'un moment, je me mis à les remuer. En écartant le pouce et l'index, puis en resserrant. En taillant vers l'intérieur. C'était étonnamment facile. Et il se passa quelque chose. Un fil de sang coula hors du trou, sur le ventre, disparut sous les vêtements, réapparut dans la gorge barbue, courut sur le menton, les lèvres et s'enfonça dans une narine. Je continuai à couper. Frénétiquement, à présent. Et je constatai qu'en réalité l'homme est une créature fragile, car il s'ouvrit, comme je l'avais vu faire quand ils découpaient des baleines à la télé. Rien qu'avec de petits ciseaux ! Je n'arrêtai pas avant que le corps soit fendu de la taille au sternum. Mais les masses d'entrailles et de sang que j'espérais voir sortir se faisaient attendre. Mon bras s'endormit tout à coup, et une vieille connaissance, la vision en tunnel, fit son retour. À travers l'orifice, je vis le pavillon. Il représentait un damier dans les tons gris. Les pièces détruites étaient éparpillées autour de moi. Je renonçai. Fermai les yeux. C'était exquis d'avoir renoncé. Je sentis la pesanteur me tirer vers les entrailles de la terre, la tête la première, comme un enfant en train de sortir de la couveuse de sa mère, j'allais être expulsé, la mort était une nouvelle naissance. Je sentais même les spasmes, des secousses qui me massaient. Je vis la reine blanche. Entendis le son du liquide amniotique qui atteignait le sol.

Et l'odeur.

Seigneur, cette odeur !

Je naquis, et ma vie débuta par une chute, un coup sur la tête et le noir complet.

Le noir complet.

Le noir.

De l'oxygène ?

Éclairage.

J'ouvris les yeux. J'étais étendu sur le dos et, au-dessus de moi, je voyais le siège arrière où moi et les jumeaux avions été serrés les uns contre les autres. J'étais donc sur le pavillon, sur l'échiquier. Et je respirais. Ça puait la mort, les entrailles humaines. Je regardai autour de moi. Je me serais cru dans un abattoir, une fabrique de saucisses. Mais ce qui est étrange, c'est qu'au lieu de faire ce qui est dans ma nature — refouler, nier, fuir — ce fut comme si mon cerveau se dilatait pour englober l'ensemble des perceptions sensorielles. Je décidai d'être là. J'inspirai. Je regardai. J'écoutai. Ramassai les pièces sur le sol. Pour les remettre à leur place sur l'échiquier : une par une. Je terminai par la reine blanche abîmée. L'observai. Avant de la poser juste devant le roi noir.

QUATRIÈME PARTIE

LA SÉLECTION

CHAPITRE 18

Reine blanche

Je regardais le rasoir électrique. On pense à des choses étranges. La reine blanche était fichue. Celle dont je m'étais servi pour mettre mon père, mon histoire, oui, toute ma vie jusqu'alors en échec. Celle qui avait dit m'aimer, et à qui j'avais juré que, même si c'était un mensonge, une partie de moi l'aimerait toujours rien que pour l'avoir dit. Celle que j'avais appelée ma meilleure moitié parce que j'avais sincèrement cru qu'elle était mon visage de Janus : la bonne partie. Mais je m'étais trompé. Et je la détestais. Non, même pas : Diana Strom-Eliassen n'existait plus pour moi. Pourtant, j'étais dans une épave entouré de quatre cadavres, un rasoir électrique en main et une seule pensée en tête :

Diana pourra-t-elle m'aimer sans mes cheveux ?

Encore une fois, on pense à des choses étranges. Je repoussai l'idée et abaissai l'interrupteur. L'engin — qui avait appartenu à l'homme répondant au joli nom de Sunded — se mit à vibrer dans ma main.

J'allais changer. Je voulais changer. L'ancien Roger Brown n'existait plus lui non plus. Je commençai.

Un quart d'heure plus tard, je me regardais dans ce qui restait du rétroviseur. Comme je le redoutais, ce n'était pas beau à voir. Ma tête ressemblait à une cacahuète dans sa gangue, allongée et un peu courbe dans sa partie centrale. Le crâne rasé se détachait en blanc pâlichon au-dessus de la peau plus bronzée du visage. Mais j'étais moi : le nouveau Roger Brown.

Les mèches de cheveux étaient tombées entre mes jambes. Je les fourrai dans le sac plastique, que je glissai dans la poche revolver du pantalon d'Eskild Monsen. J'y trouvai également un portefeuille. Qui contenait un peu d'argent et une carte de crédit. Et puisque je ne prévoyais pas de me laisser pister en me servant de la carte de crédit d'Ove Kjikerud, je résolus d'emporter ce portefeuille. J'avais déjà trouvé un briquet dans la poche de la veste en nylon noir du boutonneux, et je me demandai encore une fois si j'allais mettre le feu à cette carcasse automobile bien imbibée d'essence. Cela retarderait le travail d'identification des corps et m'apporterait peut-être vingt-quatre heures de tranquillité. D'un autre côté, la fumée donnerait l'alerte avant que j'aie quitté le secteur, alors que sans ce nuage et avec un peu de chance, de nombreuses heures pouvaient s'écouler avant qu'on ne découvre l'épave. Je regardai la surface charnue où s'était naguère trouvé le visage du boutonneux et pris une décision. Il me fallut presque vingt minutes pour lui retirer son blouson et son pantalon, puis le rhabiller avec mon survêtement vert. Et c'est bizarre de constater avec quelle aisance on s'habitue à tailler et à découper dans la chair humaine. Quand je découpai la peau de ses deux index (je ne me rappelais plus si on prenait les empreintes de la main droite ou de la gauche), ce fut avec l'efficacité concentrée d'un chirurgien. Je finis en entaillant un peu le pouce aussi, pour que les blessures de ses mains paraissent un peu plus naturelles. Quand j'eus terminé, je m'éloignai de deux pas de l'épave et admirai le résultat. Du sang, de la mort, du silence. Même la rivière brune en bordure du bosquet paraissait gelée dans une immobilité muette. C'était une mise en scène digne de Morten Viskum ; si j'avais eu un appareil, j'aurais fait la photo pour l'envoyer à Diana en lui proposant de l'afficher dans sa galerie. Comme un avertissement de ce qui arrivait. Car qu'avait dit Greve ? C'est la peur, pas la douleur, qui vous rend conciliant.

Je longeais la route. Je risquais évidemment que Clas Greve y passe et me voie. Mais cela ne m'inquiétait pas. Pour commencer, il ne reconnaîtrait pas ce mec rasé en blouson de nylon noir marqué Elverum Ko-daw-ying Club. Ensuite, cette personne marchait autrement que le Roger Brown qu'il avait rencontré : plus droit, plus lentement. Troisièmement, son dispositif GPS montrait clairement que je me trouvais dans l'épave et n'avais pas bougé d'un mètre. Compréhensible ; j'étais mort, après tout.

Je passai à la hauteur d'une ferme, mais sans m'arrêter. Une voiture survint, freina un peu, le conducteur se demandait peut-être qui j'étais, mais le véhicule accéléra et disparut dans la lumière automnale crue.

Ça sentait bon, ici. La terre et l'herbe, les résineux et la bouse. La blessure dans mon cou me faisait un peu souffrir, mais la raideur dans mon corps disparaissait à mesure que j'avançais. J'allongeai le pas et respirai, profondément, le souffle plein de vie.

Au bout d'une demi-heure de marche, je me trouvais toujours sur le même champ illimité, mais je distinguai un panneau bleu et une remise dans le lointain. Un arrêt de bus.

Un quart d'heure plus tard, je grimpai dans un Nettbus gris, payai avec les espèces trouvées dans le portefeuille d'Eskild Monsen et appris que le bus allait à Elverum, d'où partaient des trains pour Oslo. Je m'assis face à deux nanas trentenaires blond platine. Aucune ne me gratifia d'un regard.

Je commençai à somnoler, mais me réveillai en entendant une sirène et en sentant le bus ralentir pour serrer à droite. Une voiture de police nous dépassa, gyrophare allumé. Voiture zéro deux, me dis-je, et je notai qu'une des deux filles me regardait. Quand je croisai son regard, je remarquai qu'elle voulait instinctivement baisser les yeux, que c'était trop direct, qu'elle me trouvait laid. Mais elle n'y parvint pas. Je lui fis un sourire en coin et me tournai vers la fenêtre.

Le soleil luisait aussi sur le foyer de l'ancien Roger Brown lorsque le nouveau descendit du train à quinze heures dix. Mais un vent glacial soufflait dans la gueule béante du tigre en bronze devant la gare centrale d'Oslo au moment où je traversai la place et poursuivis vers Skippergata.

Les dealers et les putes de Tollbugata me regardèrent, mais ne me crièrent pas leurs offres comme à l'ancien Roger Brown. Je m'arrêtai devant l'entrée de l'hôtel Leon et levai les yeux sur la façade, où l'enduit était tombé en laissant des plaies blanches. Sous une fenêtre, un panneau promettait une chambre pour quatre cents couronnes la nuit.

J'entrai et allai à la réception. Ou la RECPÉTION, comme indiquait la pancarte au-dessus du type derrière le comptoir.

« Oui ? » lança-t-il en lieu et place de l'habituel « Bienvenue » auquel j'étais habitué dans les hôtels fréquentés par l'ancien Roger Brown. Le visage du réceptionniste était couvert d'un vernis de transpiration, comme s'il avait travaillé dur. Bu trop de café. Ou simplement s'il était nerveux de nature. Son regard fuyant allait plutôt vers la troisième hypothèse.

« Vous avez une chambre simple ? demandai-je.

— Oui. Combien de temps ?

— Vingt-quatre heures.

— Tout ça ? »

Je n'étais jamais entré au Leon, mais j'étais passé devant plusieurs fois. Je me doutais qu'ils proposaient des chambres à l'heure pour ceux qui faisaient l'amour professionnellement. Donc des femmes qui n'avaient ni la beauté ni le bon sens de se trouver une maison dessinée par Ove Bang et une galerie en propre à Frogner.

Je hochai la tête.

« Quatre cents, répondit le bonhomme. Payable d'avance. » Il avait une espèce d'accent suédois, le genre que préfèrent pour une raison inconnue les prédicateurs et les chanteurs de dancing.

Je balançai sur le comptoir la combinaison de carte bancaire et de crédit ayant appartenu à Eskild Monsen. L'expérience m'a appris que les hôtels se moquent éperdument de la ressemblance de la signature, mais pour plus de sûreté je m'étais entraîné dans le train pour obtenir une copie exploitable. Le problème, c'était la photo. Elle montrait un type à la mâchoire carrée et aux longs cheveux bouclés au-dessus d'une barbe noire. Même le mauvais éclairage ne pouvait dissimuler qu'elle ne ressemblait absolument pas à l'homme qu'il avait devant lui, avec son visage étroit et son crâne rasé de frais. Le réceptionniste étudia la carte.

« Vous ne ressemblez pas au type sur la photo », constata-t-il sans lever les yeux de la carte.

J'attendis. Jusqu'à ce qu'il doive lever les yeux et croiser mon regard.

« Cancer, répondis-je.

— Quoi ?

— Chimiothérapie. »

Il cligna trois fois des yeux.

« Trois séances », complétai-je.

Sa pomme d'Adam sauta quand il déglutit. Je pus le voir tituber dans sa conviction. Allez ! Il allait bientôt falloir que je m'allonge dans un lit, ma nuque me faisait souffrir le martyre. Je ne le quittai pas des yeux. Mais lui le fit.

« Désolé. » Il leva la carte devant moi. « Je ne peux pas me permettre de chercher les ennuis, ils me surveillent. Vous avez du cash ? »

Je secouai la tête. Après l'achat de mon billet de train, il ne me restait qu'un billet de deux cents et une pièce de dix.

« Désolé », répéta-t-il en tendant complètement le bras — presque en geste de prière — pour que la carte touche ma poitrine.

Je la saisis et sortis au pas de charge.

Il ne servait à rien de tenter d'autres hôtels ; si on me refusait ma carte au Leon, on le ferait ailleurs aussi. Et au pire, ils sonneraient le tocsin.

Je passai au plan B.

J'étais nouveau, un étranger en ville. Sans argent, sans ami, sans passé ni identité. Les façades, les rues et les gens qui les parcouraient ne se conduisaient pas vis-à-vis de moi comme avec Roger Brown. Une fine couche nuageuse avait voilé le soleil, et la température avait encore baissé de quelques degrés.

À la gare centrale, je réfléchis pour savoir quel bus m'emmènerait à Tonsenhagen, et quand je montai dans le bus, allez savoir pourquoi, le chauffeur s'adressa à moi en anglais.

Entre l'arrêt de Tonsenhagen et la maison d'Ove, il y avait quelques jolis raidillons, mais malgré tout je grelottais en arrivant enfin à destination. Je tournai quelques minutes dans les parages pour m'assurer que la police n'était pas à proximité. Puis je gagnai rapidement la porte et entrai.

Il faisait chaud, ici. Radiateurs à thermostat et minuterie.

Je tapai « Natacha » pour désactiver l'alarme et entrai dans le combiné salon-chambre à coucher. L'odeur était la même que la dernière fois. Vieille vaisselle en attente, linge de lit sale, huile pour armes et soufre. Ove était étendu sur le lit, comme je l'avais laissé la veille. J'avais l'impression que c'était vieux d'une semaine.

Je trouvai la télécommande, m'allongeai dans le lit à côté d'Ove et allumai la télé. Feuilletai le télétexte, mais ne vis rien concernant une voiture de police disparue ou des policiers morts. À l'évidence, la police d'Elverum soupçonnait quelque chose depuis longtemps et ils avaient lancé des recherches, mais ils attendraient sûrement un bon moment avant de révéler au public qu'un véhicule de police avait disparu au cas où ce ne serait qu'un malentendu. Mais tôt ou tard ils le découvriraient. Ensuite, combien de temps leur faudrait-il pour s'apercevoir que le cadavre en survêtement vert et sans empreintes digitales n'était pas Ove Kjikerud ? Vingt-quatre heures, minimum. Quarante-huit, dernier carat.

C'étaient des choses dont je ne savais naturellement rien de rien. Le nouveau Roger Brown n'en savait pas davantage sur les procédures de police, mais il comprenait au moins que la situation réclamait son lot de décisions fermes fondées sur des informations incertaines, jouer avec le risque plutôt qu'hésiter jusqu'à ce qu'il soit trop tard, laisser venir assez de peur pour être affûté, mais pas assez pour être paralysé.

Voilà pourquoi je fermai les yeux et dormis.

À mon réveil, l'horloge du télétexte indiquait vingt heures trois. Et en dessous : une ligne informant qu'au moins quatre personnes, dont trois policiers, étaient mortes dans un accident de la circulation près d'Elverum. La voiture de police avait été portée disparue ce matin, et retrouvée cet après-midi dans un petit bois sur la Trekkelva. Une cinquième personne, un policier, était introuvable. La police pensait qu'il avait pu être éjecté de la voiture et avoir atterri dans la rivière, où des recherches avaient été entamées. Elle demandait au public des renseignements sur le conducteur d'un camion volé portant l'inscription Sigdal Kjøkken et retrouvé garé sur une route forestière à vingt kilomètres des lieux de l'accident.

En comprenant que c'était Kjikerud, alors en état d'arrestation, qui avait disparu, ils viendraient ici, tôt ou tard. Il fallait que je me trouve un autre endroit où dormir cette nuit.

J'inspirai. Puis me penchai sur le cadavre d'Ove, saisis le téléphone sur la table de chevet et composai l'unique numéro que je connaisse par cœur.

Elle décrocha à la troisième sonnerie.

Au lieu de son habituel « Salut » gêné mais chaleureux, Lotte répondit par un « Oui ? » presque inaudible.

J'allai droit au but. Je ne voulais savoir qu'une chose : si elle était chez elle. Il fallait espérer qu'elle le serait plus tard dans la soirée aussi.

J'éteignis la télé et me levai.

Deux minutes de recherches me suffirent pour trouver deux pistolets : un dans le placard de la salle de bains et un coincé derrière la télé. Je choisis le petit noir derrière la télé et allai voir dans le tiroir de la cuisine. J'en sortis deux boîtes, l'une de balles réelles et l'autre marquée *Blanc*, remplis le chargeur de balles réelles, chargeai le pistolet et le verrouillai. Je le glissai ensuite dans la ceinture de mon pantalon comme j'avais vu Greve le faire. Je retournai à la salle de bains et reposai le premier pistolet. Après avoir refermé le placard, je m'observai dans le miroir. La forme fine du visage et ses lignes marquées, la nudité brutale de la tête, l'éclat intense, presque fiévreux du regard, et la bouche : détendue et décidée, muette et éloquente.

Quel que soit l'endroit où je me réveillerais le lendemain matin, ce serait avec un meurtre sur la conscience. Un meurtre *prémédité*.

CHAPITRE 19

Meurtre prémédité

Vous marchez dans votre rue. Vous vous arrêtez dans l'obscurité vespérale sous un groupe d'arbres et regardez vers votre maison, les lumières aux fenêtres, un mouvement derrière les rideaux, peut-être votre femme. Un voisin qui sort son setter irlandais passe devant vous et vous regarde, voit un inconnu dans une rue où presque tout le monde se connaît. L'homme est soupçonneux, le setter grogne faiblement, ils sentent l'un comme l'autre que vous détestez les clébards. Car les animaux, comme les êtres humains, s'unissent contre les intrus et les indésirables au point le plus haut de la colline où ils se sont retranchés, loin au-dessus du trouble de la ville et du mélange tumultueux d'intérêts et d'agendas. Ici, ils veulent seulement que les choses continuent à être ce qu'elles sont, car elles sont bien, ça va, on ne doit pas redistribuer les cartes. Non, laissez les as et les rois dans les mains qui les ont reçus, l'incertitude est néfaste à la volonté d'investir, des accords-cadres assurent une productivité qui sert à son tour la société. Il faut créer avant de pouvoir partager.

C'est curieux de penser que la personne la plus conservatrice sur le plan politique que j'aie jamais connue ait été un chauffeur qui véhiculait des gens dont les revenus pesaient quatre fois les siens et qui s'adressaient à lui avec la condescendance que seule peut exprimer la politesse la plus péniblement correcte.

Un jour, papa m'a dit que si je devenais socialiste, je n'étais plus le bienvenu chez lui, et que c'était aussi valable pour ma mère. D'accord, il n'était pas à jeun quand il avait dit ça, mais il y a d'autant plus lieu de penser qu'il le prenait au pied de la lettre. Il trouvait que le système de castes en Inde avait beaucoup d'avantages, que nous étions nés par la volonté de Dieu dans un milieu donné et que c'était notre foutu devoir que d'y passer nos misérables vies. Ou, comme le sacristain répond quand le prêtre Sigismund lui propose qu'ils se tutoient : « Les sacristains sont les sacristains. Et les prêtres sont les prêtres. »

Ma révolte, celle du fils de chauffeur, était donc devenue éducation, fille d'un homme aisé, costumes de chez Ferner Jacobsen et maison à Voksenkollen. C'était raté. Papa avait eu l'effronterie de me pardonner, et avait même été assez machiavélique pour simuler de la fierté. Et je sus, tandis que je sanglotais comme un enfant lors des obsèques, que ce n'était pas de chagrin pour ma mère, mais de fureur contre mon père.

Le setter et le voisin (bizarre, je ne me souvenais pas de son nom) furent avalés par l'obscurité et je traversai la rue. Je ne voyais aucune voiture inconnue à proximité et, en appuyant mon visage au carreau de la porte du garage, je vis que celui-ci aussi était vide.

Je me glissai prestement dans les ténèbres brutes, presque palpables du jardin, et allai me poster sous les pommiers, car je savais qu'on y était invisible depuis le salon.

Mais moi, je la voyais.

Diana faisait les cent pas. Ses gestes impatients associés au téléphone Prada collé à son oreille me firent penser qu'elle essayait de joindre quelqu'un qui ne répondait pas. Elle portait un jean. Personne ne portait le jean comme Diana. Malgré le pull de laine blanche, elle avait refermé son bras libre sur sa poitrine, comme si elle avait froid. Les grandes maisons des années 1930 mettent du temps à chauffer lors des chutes soudaines de température, même si vous allumez tous les radiateurs.

J'attendis d'être tout à fait sûr qu'elle était seule. Palpai le pistolet dans la ceinture de mon pantalon. Inspirai à fond. Ce serait la chose la plus difficile que j'aie jamais faite. Mais je savais que j'y arriverais. C'est peut-être pour cela que les sanglots montèrent, parce que l'issue était déjà connue. Je laissai venir les larmes. Elles coulèrent comme des caresses chaudes sur mes joues tandis que je me concentrais pour rester calme, ne pas perdre le contrôle de ma respiration, ne pas sangloter. Au bout de cinq minutes, j'étais vide et je séchai mes joues. Puis j'allai rapidement à la porte et entrai aussi silencieusement que je le pus. À l'intérieur, dans le couloir, je m'arrêtai pour écouter. La maison paraissait retenir son souffle ; la seule chose qui rompait le silence, c'était le claquement de ses pas sur le parquet du salon, à l'étage. Et bientôt, ils s'arrêteraient eux aussi.

Il était dix heures du soir, et derrière la porte entrebâillée je distinguai un visage blafard et des yeux bruns.

« Je peux dormir ici ? » demandai-je.

Lotte ne répondit pas. Elle ne le faisait jamais. Mais

elle me regardait fixement, comme si j'étais un fantôme. Elle n'avait pas souvent l'air terrifiée, et elle fixait rarement les gens.

Je fis un sourire en coin et passai une main sur mon crâne lisse.

« Je me suis débarrassé de… » Je cherchai le mot. « … tout. »

Elle cligna deux fois des yeux. Puis elle ouvrit, et je me glissai à l'intérieur.

CHAPITRE 20

Résurrection

Je me réveillai et regardai l'heure. Huit heures. Il était temps de s'y mettre. J'avais ce que l'on appelle une grosse journée devant moi. Lotte était allongée à côté de moi, enroulée dans les draps qu'elle préférait à l'édredon. Je me levai du lit et m'habillai en hâte. Il faisait un froid de canard, et j'étais gelé jusqu'à la moelle. Je sortis silencieusement dans le couloir, passai mon blouson, mon bonnet et mes gants avant d'aller dans la cuisine. Dans un des tiroirs, je trouvai un sac plastique que je fourrai dans ma poche. Puis j'ouvris le réfrigérateur et me dis que c'était le premier jour où je me réveillais comme meurtrier. Un homme qui avait abattu une femme. Ça ressemblait à ce qu'on voyait dans les journaux, le genre de choses que je ne lisais jamais car c'était toujours mauvais et banal. Je sortis une brique de jus de pamplemousse rose et m'apprêtai à la porter à ma bouche. Mais changeai d'avis et allai chercher un verre dans le placard. Pas besoin de tout laisser s'effondrer parce qu'on est devenu un meurtrier. Après avoir bu, rincé le verre et remis le jus de fruits à sa place, j'allai au salon et m'assis dans le canapé. Le petit pistolet noir dans ma poche de veste me piqua le ventre, et je le sortis. Il sentait encore, et je sus que cette odeur me rappellerait toujours le meurtre. L'exécution. Un coup avait suffi. À bout portant, au moment où elle allait m'embrasser. J'avais tiré entre ses bras ouverts et l'avais atteinte à l'œil gauche. Était-ce conscient ? Peut-être. Je voulais peut-être lui prendre quelque chose, comme elle avait essayé de tout me prendre. Et cette menteuse traîtresse avait embrassé le plomb, la balle en forme de phallus l'avait perforée comme je l'avais naguère fait. Jamais plus. À présent, elle était morte. Les idées arrivaient ainsi, en phrases courtes qui constataient des choses factuelles. Bien, je devais continuer à penser de la sorte, rester froid, ne pas laisser approcher les sentiments. J'avais toujours quelque chose à perdre.

Je levai la télécommande et allumai la télé. Rien de neuf dans le télétexte, la rédaction ne devait pas être en poste de si bonne heure. On lisait toujours que les quatre cadavres seraient identifiés demain dans la journée, aujourd'hui, donc, et qu'on recherchait toujours une personne.

Une personne. Ce n'était plus « un policier » comme ça l'avait été, non ? Le cas échéant, cela voulait-il dire qu'on savait que le disparu était la personne interpellée ? Peut-être, peut-être pas, il n'y avait pas d'avis de recherche.

Je me penchai par-dessus l'accoudoir et saisis le combiné de son téléphone fixe jaune, celui que j'imaginais toujours tout près des lèvres rouges de Lotte quand j'appelais. La pointe de sa langue juste à côté de mon oreille quand elle les humectait. Je composai le 1881, demandai deux numéros et l'interrompis quand elle me dit qu'on allait me les communiquer :

« Je préférerais que vous me les donniez personnellement, au cas où j'aurais des réserves quant à la clarté du message. »

J'obtins les deux numéros, les mémorisai et lui demandai de me connecter au premier. Le standard de Kripos répondit à la seconde sonnerie.

Je me présentai comme Runar Bratli et déclarai être un proche d'Endride et Eskild Monsen, que la famille m'avait chargé de passer chercher leurs vêtements. Mais personne ne m'avait dit où me présenter, ni qui demander.

« Un instant », pria la standardiste avant de me mettre en attente.

J'écoutai une version surprenante à la flûte de Pan de *Wonderwall* et songeai à Runar Bratli. C'était un candidat que je n'avais pas proposé pour un poste de dirigeant même s'il était sans aucun doute le plus qualifié. Et grand. Si grand que pendant le dernier entretien il s'était plaint de devoir conduire sa Ferrari plié en deux ; avec un sourire enfantin, il avait admis que cet investissement avait été une idée puérile, qu'il s'agissait sûrement de la crise du quadra et j'en passe. J'avais noté : OUVERT, ASSEZ DE CONFIANCE EN SOI POUR EXPOSER SA FOLIE. En d'autres termes, tout était parfait. Hormis le commentaire qui avait suivi : « Quand je me tape la tête dans le plafond de la voiture, c'est tout juste si je n'env... »

Il avait interrompu sa phrase, cessé de me regarder pour s'adresser à l'un des représentants du client pour dire que la Ferrari devait être troquée contre un gros 4 × 4, le genre de véhicule qu'on laisse sa femme conduire. Tout le monde avait ri autour de la table. Moi aussi. Et pas le moindre tressaillement ne trahit que j'avais terminé sa phrase pour lui : « ... envie pas les gens tout petits comme vous. » Et que je venais de l'exclure de la proposition. Malheureusement, il ne possédait pas d'œuvre d'art intéressante.

« Ils sont à la médecine légale. » C'était de nouveau la voix de la réceptionniste. « À l'hôpital civil d'Oslo, donc.

— Ah ? répondis-je en essayant de ne pas trop forcer sur la candeur. Pourquoi ?

— C'est la routine quand on soupçonne quelque chose de criminel. On dirait que la voiture a été torpillée par ce camion.

— Je comprends. Ce doit être pour cela qu'ils m'ont demandé mon aide. J'habite à Oslo, vous comprenez. »

La nana ne répondit pas. Je l'imaginai levant les yeux au ciel et tambourinant impatiemment de ses longs ongles soigneusement laqués sur sa table. Mais je pouvais me tromper, bien sûr. Être chasseur de têtes, ça ne veut pas automatiquement dire que l'on est très psychologue ou d'une empathie particulière. Si on veut aller au sommet dans cette branche, je crois au contraire que ça peut être un inconvénient.

« Pouvez-vous faire savoir aux intéressés à la médecine légale que je vais passer les voir ? demandai-je. Runar Bratli, donc. »

J'entendis son hésitation. L'exercice ne faisait de toute évidence pas partie des compétences requises pour son poste. Dans le public, les descriptions de poste sont très souvent mal faites ; croyez-moi, je passe mon temps à les éliminer.

« Je ne suis pas concerné, j'aide, c'est tout, poursuivis-je. Alors je pars du principe qu'on me recevra et qu'on pourra se débarrasser rapidement de ça.

— Je vais essayer. »

Je raccrochai et composai le second numéro. Il répondit à la cinquième sonnerie.

« Oui ? » Sa voix était impatiente, presque agacée.

Au bruit de fond, j'essayai de déterminer où il se trouvait. Dans ma maison ou dans son propre appartement.

« Bouh !! » aboyai-je avant de raccrocher.

Clas Greve était averti.

Je ne savais pas ce qu'il ferait, mais en tout cas il allumerait son GPS pour savoir où était le fantôme.

Je retournai à la porte. Dans l'obscurité de la chambre, je ne faisais que distinguer les contours de son corps sous le drap. Je combattis une pulsion subite : me déshabiller, me glisser sous les draps et m'allonger tout contre elle. Mais une sensation étrange m'informa que tout ce qui s'était passé ne tournait pas autour de Diana, mais de moi. Je refermai silencieusement la porte de la chambre et m'en allai. Comme à mon arrivée, je ne croisai personne dans l'escalier à qui dire « bonjour » ou « bonsoir ». Dans la rue non plus, personne ne répondit à mes aimables signes de tête, personne ne me regarda ou confirma d'une autre façon mon existence. Car je venais de comprendre ce qu'était cette sensation : je n'existais pas.

Il était temps d'y mettre un terme.

L'hôpital civil est juché sur l'une des nombreuses collines basses d'Oslo, au-dessus de la ville. Avant sa construction, il n'y avait qu'un petit asile à cet endroit. Un nom qui fut changé en institution pour personnes âgées. Puis en hôpital psychiatrique, et enfin en Centre hospitalier spécialisé. Et ainsi de suite à mesure que les gens comprenaient que le nouveau nom désignait la folie tout à fait banale, lui aussi. Personnellement, je n'ai jamais compris ces jeux de mots ; seulement que les décisionnaires doivent penser que le commun des mortels est un idiot plein de préjugés, qu'il faut tromper autant que faire se peut. Non que ce soit injustifié, mais en tout cas ce fut libérateur que d'entendre la femme derrière sa paroi de verre :

« Vous pouvez descendre à la morgue, Bratli. »

Être un cadavre, ce n'est de toute évidence pas trop mal. Personne ne dénonce ce que l'appellation cadavre a de révoltant, qu'il y a quand même d'autres qualités chez un macchabée que celle d'être mort, que ce terme les réduit à un bout de viande dans lequel le cœur ne bat plus, et alors ? Ou c'est peut-être dû à ce que les cadavres ne peuvent pas briguer le statut de minorité, ils sont une bien triste majorité.

« En bas de l'escalier, là-bas, indiqua-t-elle en tendant un doigt. Je vais appeler pour dire que vous arrivez. »

Je suivis ses conseils. Mes pas résonnaient entre les murs blancs et vides, et le silence était presque total par ailleurs. À l'étage inférieur, loin devant, dans un long couloir étroit peint en blanc, un pied dans l'ouverture d'une porte, je vis un homme portant les vêtements verts de l'hôpital. Ce pouvait être un chirurgien, mais quelque chose dans son maintien exagérément décontracté, ou peut-être sa moustache, m'indiqua qu'il fallait le chercher plus bas dans la hiérarchie.

« Bratli ? » cria-t-il si fort que ça passait pour une provocation vis-à-vis des assoupis de l'étage. L'écho se répercuta, menaçant, d'un bout à l'autre du couloir.

« Oui », répondis-je avant de le rejoindre au plus vite pour mettre un terme à ces hurlements.

Il me tint la porte ouverte, et j'entrai. C'était une

sorte de vestiaire. L'homme me précéda jusqu'à un placard, qu'il ouvrit.

« Kripos a appelé pour dire que vous veniez chercher les affaires des Monsen », m'informa-t-il sans se départir de cette voix exagérément puissante.

Je hochai la tête. Mon pouls battait plus fort que je l'avais craint. C'était une phase critique, quand même, le point faible de mon plan.

« Et qui êtes-vous ?

— Cousin au troisième degré, répondis-je sur un ton badin. Les proches m'ont demandé de venir chercher leurs vêtements. Juste les vêtements, pas les objets de valeur. »

J'avais consciencieusement veillé à employer « proches ». D'accord, ça pouvait paraître étonnamment formel, mais puisque je ne savais pas si les jumeaux Monsen avaient été mariés ou avaient des parents en vie, je devais employer des mots qui couvraient toutes les possibilités.

« Pourquoi Mme Monsen ne veut pas les emporter elle-même ? demanda le garçon de salle. Elle vient vers midi. »

Je déglutis. « Elle ne doit pas supporter l'idée de tout ce sang.

— Mais vous, si ? rétorqua-t-il avec un grand sourire niais.

— Oui », répondis-je simplement, en espérant de toutes mes forces que toutes ces questions allaient s'arrêter.

Le garçon de salle haussa les épaules et me tendit une feuille A4 sur un bloc. « Signez pour le retrait. »

Je gribouillai un R suivi par une espèce de vague, puis un B et le même genre de ligne, en terminant par un point au-dessus du *i*.

Le garçon de salle contempla pensivement ma signature.

« Vous avez une pièce d'identité, par la même occasion, Bratli ? »

J'avais redouté cette question. Mon plan grinçait aux jointures.

Je palpai mes poches et affichai un sourire d'excuse : « J'ai dû la laisser dans la voiture, en bas, au parking.

— En haut, au parking, vous voulez dire.

— Non, en bas. Je suis au Centre de recherches.

— Tout là-bas ? »

Je vis son hésitation. Naturellement, j'avais envisagé ce scénario. Si on me congédiait pour aller chercher ma pièce d'identité, je partirais et ne reviendrais pas. Pas catastrophique, mais je préférais obtenir ce pour quoi j'étais venu. J'attendis. Et entendis aux deux premiers mots que sa décision n'allait pas dans mon sens :

« Désolé, Bratli, mais nous devons être sûrs. Ne le prenez pas mal, mais les affaires de meurtre attirent tout un tas d'individus étranges. Dont les centres d'intérêt sont très curieux. »

Je jouai les ébahis.

« Vous voulez dire que… que les gens collectionnent les vêtements des morts ?

— Vous ne croiriez pas ce que certains vont inventer. Si ça se trouve, vous n'avez jamais rencontré les Monsen, vous avez juste lu les journaux. Désolé, mais c'est comme ça, aujourd'hui.

— D'accord, je reviens tout de suite. » Je me dirigeai vers la porte. Où je m'arrêtai, comme si je venais de me rappeler quelque chose, et jouai ma dernière carte. Ou plus exactement : ma carte de crédit.

« Pendant que j'y pense, commençai-je en plongeant

la main dans ma poche revolver. La dernière fois qu'Endride est venu à la maison, il a oublié sa carte de crédit. Vous pouvez peut-être la donner à sa mère, quand elle viendra… »

Je la tendis au garçon de salle qui la saisit et jeta un coup d'œil au nom et à la photo du jeune homme barbu. Je pris mon temps, mais j'avais presque passé la porte quand j'entendis sa voix derrière moi :

« Ça me suffit, Bratli. Tenez, prenez les affaires. »

Je me retournai, soulagé. Sortis le sac plastique de ma poche de pantalon et fourrai les vêtements dedans.

« Vous avez tout ? »

Je tâtai la poche revolver du pantalon d'uniforme d'Endride. Et sentis qu'il y était toujours, le sac plastique contenant mes cheveux coupés. Je hochai la tête.

Je dus me maîtriser pour ne pas partir en courant. J'étais déjà ressuscité, j'existais de nouveau, ce qui provoquait une curieuse joie intérieure. Les roues tournaient, le cœur battait, le sang et le destin étaient partis dans l'autre sens. Je grimpai les marches quatre à quatre et passai d'un pas léger devant la femme derrière sa paroi de verre. J'avais posé la main sur la poignée de la porte quand j'entendis une voix derrière moi.

« Hé, là, monsieur ! Attendez. »

Évidemment. Ç'avait été trop facile.

Je me retournai lentement. Un homme, connu lui aussi, arrivait vers moi. Il tenait une carte professionnelle. Le coup de foudre secret de Diana. Et l'idée hérétique me vint : je suis fichu.

« Kripos », annonça l'homme d'une voix grave de capitaine de bord. Boucan aérien, faux contacts. « Puis-je vous parler un instant, mis-er ? » Comme une machine à écrire dont certaines lettres sont usées.

On dit que nous nous imaginons inconsciemment les gens que nous voyons à la télé ou au cinéma plus grands qu'en réalité. Ce n'était pas le cas avec Brede Sperre. Il était encore plus grand que je le pensais. Je me contraignis à rester tranquille tandis qu'il me rejoignait. Et il me domina. De très haut, sous une frange blonde de gamin, coupée et domptée pour paraître malencontreusement sauvage, deux yeux gris acier me regardaient. L'une des choses que j'avais notées sur Sperre était qu'il aurait entretenu une relation avec un politique norvégien aussi célèbre que masculin. Aujourd'hui, les rumeurs d'homosexualité sont évidemment la preuve ultime qu'on est quelqu'un, les lettres de noblesse, pour ainsi dire. Simplement, la personne qui m'avait raconté ça — l'un des jeunes modèles du baron von Bulldog qui s'étaient incrustés à un vernissage de Diana — prétendait qu'il s'était lui-même laissé sodomiser par le « Dieu de la police », comme il l'avait très respectueusement appelé.

« Ce n'est pas moi qui vous en empêcherai, répondis-je avec un sourire crispé en espérant que la crainte de la pénétration n'était pas visible dans mes yeux.

— Bien, mister. Je viens d'en-endre que vous êtes cousin au troisième degré avec les Monsen et que vous les connaissez bien. Vous pouvez peut-être nous aider à iden-ifier les corps ? »

Je déglutis. Le vouvoiement et l'audace du « mister » dans la même phrase. Mais le regard de Sperre était neutre. Jouait-il au jeu des statues, ou le faisait-il machinalement, presque comme une déformation professionnelle ? Je m'entendis répéter « identifier » d'une voix bredouillante, comme si le concept m'était tout à fait inconnu.

« Leur mère sera ici dans quelques heures, poursuivit Sperre. Mais tout le temps que nous pouvons gagner… Nous apprécierions, ça sera fait en quelques secondes. »

Je ne voulais pas. Mon corps refusait, et mon cerveau exigeait que je décline avant de fiche le camp. Car j'avais bien été réveillé à la vie. Je — c'est-à-dire le sac plastique contenant mes cheveux — étais de nouveau une personne en mouvement sur le GPS de Clas Greve. Il n'allait pas tarder à se remettre en chasse, je flairais déjà l'odeur d'un clebs, je sentais la panique piétiner. Mais une autre partie de mon cerveau, celle qui avait la voix du nouveau, me disait que je ne pouvais pas refuser. Que ça éveillerait les soupçons. Que ça ne prendrait que quelques secondes.

« Bien sûr », répondis-je et je faillis sourire avant de me dire que ce serait perçu comme une réaction déplacée au moment d'identifier les corps de ses proches.

Nous repartîmes vers l'endroit d'où je venais.

Le garçon de salle m'adressa un signe de tête et un sourire crétin quand nous entrâmes dans le vestiaire.

« Vous devez savoir que les cadavres ont été bien abîmés », prévint Sperre en ouvrant une lourde porte métallique. Nous entrâmes dans la salle des corps. Je frissonnai. Tout dans la pièce faisait penser à l'intérieur d'un frigo : murs, plafond et sol blancs, seulement quelques degrés au-dessus de zéro et viande périmée.

Les quatre cadavres étaient alignés chacun sur une paillasse métallique. Les pieds pointaient de sous des draps blancs, et je constatai que la convention cinématographique était ancrée dans la réalité : ils portaient effectivement chacun une plaque métallique au gros orteil.

« Prêt ? » voulut savoir Sperre.

J'acquiesçai.

Il ôta deux draps, avec la rapidité et l'élégance d'un prestidigitateur. « Accident de la route, précisa le policier en basculant sur les talons. Le pire. Difficiles à identifier, comme vous voyez. » Je me rendis brusquement compte que Sperre parlait anormalement lentement. « Ils auraient dû être cinq dans la voiture, mais nous n'avons trouvé que ces quatre corps. Le cinquième a vraisemblablement atterri dans la rivière, qui l'a emporté. »

Le regard fixe, je déglutis et soufflai lourdement par le nez. Théâtre, bien entendu. Car même nus les jumeaux Monsen avaient meilleure mine que dans l'épave de la voiture. En plus, ça ne sentait rien, ici. Pas de merde pleine de gaz, pas d'odeur de sang, d'essence ou la puanteur des entrailles humaines. Je m'étais aperçu que la perception visuelle est surestimée, que les sons ou les odeurs terrorisent l'appareil sensitif d'une façon beaucoup plus efficace. Comme le craquement quand l'occiput d'une morte, à qui l'on vient de tirer dans l'œil, touche le parquet.

« Ce sont les jumeaux Monsen, murmurai-je.

— Oui, nous étions arrivés à cette conclusion, nous aussi. La question, c'est simplement… »

Sperre ménagea — soigneusement — ses effets.

« Qui est Endride, et qui est Eskild ? »

Malgré la température hivernale dans la pièce, j'étais trempé de sueur sous mes vêtements. Parlait-il si lentement à dessein ? Était-ce une nouvelle méthode d'interrogatoire, dont je n'avais pas connaissance ?

Mon regard parcourut les corps nus et trouva la trace que j'avais laissée. La blessure qui partait du sternum et traversait le ventre était toujours ouverte, et des croûtes de sang noires s'étaient formées le long des bords.

« Ça, c'est Endride, affirmai-je en tendant un doigt. L'autre, c'est Eskild.

— Mmm, répondit Sperre avec satisfaction avant de noter. Vous deviez très bien connaître les jumeaux. Même leurs collègues qui sont passés n'ont pas réussi à voir de différence. »

Je répondis d'un hochement de tête grave.

« Les jumeaux et moi étions très proches. Surtout ces derniers temps. Je peux y aller, maintenant ?

— Bien sûr. » Mais Sperre continuait de prendre des notes d'une façon qui me laissait entendre que je ne pouvais pas prendre congé.

Je regardai l'heure derrière sa tête.

« Jumeaux monozygotes, murmura Sperre sans cesser d'écrire. Quelle ironie, n'est-ce pas ? » Et qu'écrivait-il, nom d'un chien ? L'un était Endride, l'autre Eskild ; de combien de mots avait-il réellement besoin ?

Je savais qu'il ne fallait pas, mais je ne pus m'en empêcher.

« Pourquoi de l'ironie ? »

Sperre arrêta d'écrire et me regarda.

« Nés à la même seconde, du même œuf. Morts à la même seconde dans la même voiture.

— Il ne devait pas y avoir beaucoup d'ironie là-dedans.

— Ah non ?

— À ce que j'en vois, absolument aucune.

— Mmm. Vous avez raison. C'est le mot paradoxe que je devais chercher. » Sperre sourit.

Je sentais mon sang commencer à bouillir. « Ce n'est pas un paradoxe non plus.

— Mais en tout cas, c'est bizarre. Il y a une sorte de logique comique, vous ne trouvez pas ? »

Je perdis la maîtrise de moi, mes phalanges blanchirent quand je serrai le sac dans ma main, et j'entendis ma voix trembler :

« Pas d'ironie, pas de parodie, pas de logique comique. » Le volume enfla. « Seulement une symétrie fortuite de la vie et de la mort, qui n'est même pas si fortuite que ça puisque comme beaucoup d'autres jumeaux monozygotes, ils ont choisi de passer beaucoup de temps à proximité immédiate l'un de l'autre. L'éclair a frappé, ils étaient ensemble. Point final. »

J'avais presque crié ces derniers mots.

Sperre me regarda pensivement. Il avait posé le pouce sur un coin de sa bouche et l'index sur l'autre, et il tirait à présent vers le bas. Je connaissais ce regard. Il faisait partie des rares. Il avait le regard de l'interrogateur, ce regard qui décelait le mensonge.

« Allons, Bratli. Y a-t-il quelque chose qui vous tourmente ? voulut-il savoir.

— Désolé », répondis-je avec un sourire fané. Je savais que je devais dire quelque chose de vrai, qui n'apparaisse pas sur le détecteur de mensonge qui ne me quittait pas des yeux. « Je me suis disputé avec ma femme, hier soir, et maintenant, cet accident. Je ne suis plus complètement moi-même. Vraiment désolé. Je vais m'en aller. »

Je tournai les talons et partis.

Sperre prononça quelques mots, peut-être un adieu, mais ils furent assourdis par la porte métallique qui se referma derrière moi en lançant une basse retentissante à travers la pièce.

CHAPITRE 21

Invitation

Je montai dans le tram à l'arrêt devant l'hôpital, payai le chauffeur en espèces en précisant « centre-ville ». Il me rendit la monnaie avec un sourire en coin, le prix devait être le même quelle que soit la distance parcourue. Bien sûr, j'avais déjà pris le tramway, petit, mais je n'avais pas un souvenir très précis des procédures. Sortez par l'arrière, tenez votre billet à disposition pour le contrôle, appuyez sur le bouton d'arrêt à temps, ne parlez pas au conducteur. Beaucoup de choses avaient changé. Le fracas des rails était moins présent, les textes publicitaires sur les parois plus agressifs. Les voyageurs plus introvertis.

En centre-ville, je changeai de moyen de locomotion pour un bus qui m'emmena vers le nord-est. On m'apprit que mon billet de tram me permettait de continuer. Fantastique. Pour trois fois rien, je parcourais la ville d'une manière que je n'aurais pas crue possible. J'étais en mouvement. Un point clignotant sur le machin GPS de Clas Greve, il me semblait pouvoir percevoir son trouble : qu'est-ce qui se passe, nom d'un chien ? Ils déplacent le cadavre ?

Je descendis du bus à Årvoll et commençai à remonter les buttes vers Tonsenhagen. J'aurais pu descendre plus près de chez Ove, mais tout ce que je faisais à présent avait un but. La matinée était calme dans ces zones résidentielles. Une vieille voûtée avançait péniblement sur le trottoir en tirant une charrette de marché aux roues qui hurlaient leur manque de graisse. Elle ne m'en sourit pas moins, comme si c'était une journée exquise, un monde de rêve, une vie délicieuse. Que pensait Clas Greve, maintenant ? Que ce devait être un corbillard qui conduisait Roger Brown dans sa maison d'enfance ou quelque chose comme ça, mais que ça avançait si lentement d'un seul coup… Y avait-il des embouteillages ?

Deux ados arrivaient vers moi, leur sac de cours sur le dos. Elles étaient lourdement maquillées, mâchaient du chewing-gum et portaient des pantalons moulants qui faisaient remonter et avancer les problèmes de surpoids. Elles me jetèrent un bref regard de biais, mais ne cessèrent pas de parler fort de quelque chose qui les indignait manifestement. En passant à leur hauteur, j'attrapai un « … pas juste, tu vois ! ». Je pariai qu'elles séchaient, descendaient dans une pâtisserie d'Årvoll, et que l'injustice ne concernait pas le fait que quatre-vingts pour cent des ados dans le monde n'avaient pas les moyens de s'offrir les beignets qu'elles n'allaient pas tarder à engloutir. Je me rendis compte que si Diana et moi avions mis cet enfant en route, à l'époque, elle — j'étais persuadé que c'était une fille, même si Diana l'avait baptisé Eyolf — m'aurait regardé un jour avec les mêmes yeux lourds de mascara, en criant que c'était injuste, tu vois, elle et son amie voulaient partir à Ibiza et elles allaient au lycée, quand même ! Et que je… J'aurais pu le supporter, je crois.

La route passa devant un parc autour d'un grand

étang, et j'empruntai l'un des sentiers bruns qui montaient vers un groupe d'arbres sur l'autre rive. Pas parce que c'était un raccourci, mais pour que le point sur le GPS de Greve se déplace hors des routes de sa carte. Les cadavres se déplacent peut-être en voiture, mais ils ne peuvent pas couper à travers champs. C'était la confirmation du soupçon que mon réveil téléphonique depuis chez Lotte, ce matin, avait semé dans la tête du chasseur de têtes néerlandais : Roger Brown était ressuscité d'entre les morts. Brown n'était pas à la morgue de l'hôpital civil comme le GPS avait pu le laisser penser, mais probablement dans un lit pour les malades du même bâtiment. Mais ils avaient annoncé aux infos que tous les passagers de la voiture étaient morts, comment… ?

Je ne fais peut-être pas preuve de beaucoup d'empathie, mais je sais estimer l'intelligence, à tel point qu'on m'utilise pour recruter les directeurs des plus grandes entreprises norvégiennes. Alors, tandis que je faisais le tour de l'étang, je devinai le raisonnement vraisemblable de Clas Greve à cet instant précis. Qui était simple. Il devait se lancer à ma poursuite, même si ça impliquait désormais un risque bien plus élevé qu'avant. Car je n'étais plus seulement quelqu'un qui pouvait interrompre les plans de Hote pour mettre la main sur Pathfinder, j'étais un témoin qui pouvait le faire plonger pour le meurtre de Sindre Aa. S'il m'était donné de vivre assez longtemps pour que cette affaire passe devant les tribunaux, s'entend.

En bref, je lui avais envoyé une invitation qu'il ne pouvait refuser.

J'étais arrivé de l'autre côté du parc et, au moment où je passai le bosquet de bouleaux, je caressai la fine écorce blanche qui se décollait. J'appuyai mes doigts pour éprouver la dureté du tronc, les courbant pour que les ongles grattent la surface. Je reniflai le bout de mes doigts, m'arrêtai et fermai les yeux en inhalant l'odeur, tandis que déferlaient des souvenirs d'enfance, de jeu, de rires, d'étonnement, de terreur pleine de joie et de découverte. Toutes ces choses minuscules que je pensais avoir perdues mais qui étaient encore là, évidemment, encapsulées ; elles ne disparaissaient pas, elles étaient des enfants d'eau. L'ancien Roger Brown n'avait pas été en mesure de les retrouver, mais le nouveau le pouvait. Combien de temps allait-il vivre ? Plus longtemps. Mais ça ne faisait rien, il allait vivre ses dernières heures plus intensément que l'ancien avait vécu ses trente-cinq années.

J'avais chaud quand j'aperçus enfin la maison d'Ove Kjikerud. Je montai jusqu'à la lisière du bois et m'assis sur une souche d'où j'avais une bonne vue sur la rue et les alignements de maisons et d'immeubles. Je conclus que les gens de l'Østkant n'ont pas une perspective très différente de ceux du Vestkant. Nous voyions tous l'immeuble des postes et le Plaza Hotel. La ville n'avait l'air ni plus laide ni plus belle. La seule différence, c'était finalement que d'ici on voyait le Vestkant. Ce qui me fit penser à Gustave Eiffel et sa célèbre tour construite lors de l'Exposition universelle de 1889, à Paris : les critiques avaient dit que la plus belle vue de Paris, on l'avait depuis la tour Eiffel, parce que de là on ne pouvait pas la voir. Je me dis que c'était peut-être cela, Clas Greve : pour lui, le monde devait apparaître comme un endroit un peu moins hideux. Parce qu'il ne pouvait pas se voir à travers les yeux des autres. Les miens, par exemple. Je le voyais. Et je le détestais. Avec ce genre de force et d'intensité si stupéfiantes que j'en avais presque peur. Mais ce n'était pas une haine trouble, au contraire, c'était une haine pure, sincère, presque innocente, et j'imaginai que c'était ainsi que les croisés avaient détesté les auteurs de sacrilèges. Je pouvais donc condamner Greve à mort avec la haine neutre et naïve des chrétiens américains convaincus quand ils envoient leur prochain sur l'étal de boucherie. Cette haine était par bien des aspects une sensation clarifiante.

Elle me faisait par exemple comprendre que ce que j'avais ressenti pour papa n'était pas de la haine. De la colère ? Oui. Du mépris ? Peut-être. De la compassion ? Sans plus de doute. Et pourquoi ? Pour bien des raisons, certainement. Mais je voyais maintenant que ma fureur tenait à ma certitude d'être comme lui, de devoir devenir exactement comme lui : un pochard fauché qui battait sa femme et pensait que l'est était l'est et ne pourrait jamais devenir l'ouest. J'étais donc devenu comme lui, enfin, totalement.

Le rire bouillonnait en moi et je ne fis rien pour l'arrêter. Pas avant qu'il ne résonne entre les troncs ; un oiseau s'envola au-dessus de moi et je vis une voiture arriver dans la rue en contrebas.

Une Lexus GS 430 gris argent.

Il était venu plus vite que prévu.

Je me levai rapidement et descendis jusqu'à la maison d'Ove Kjikerud. Arrivé sur les marches, au moment de glisser la clé dans la serrure, je regardai ma main. La vibration était presque imperceptible, mais je la voyais.

C'étaient les instincts, la peur ancestrale. Clas Greve était le genre d'animal qui fait peur aux autres animaux.

J'atteignis le trou de serrure à la première tentative. Tournai, ouvris la porte et entrai rapidement. Toujours aucune odeur. Je m'assis sur le lit et reculai jusqu'à avoir le dos contre le cadre de lit et la fenêtre. Je vérifiai que l'édredon recouvrait Ove, à côté de moi.

J'attendis. Les secondes filaient. Mon cœur aussi. Deux battements à la seconde.

Clas Greve était prudent, naturellement. Il voulait s'assurer que j'étais seul. Et même si j'étais seul, il savait maintenant que je n'étais pas aussi inoffensif que prévu. Pour commencer, j'avais sûrement joué un rôle dans la disparition de son clébard. En second lieu, il avait dû y aller, la trouver morte, et il savait que j'étais capable de tuer.

Je n'entendis pas la porte. Ni ses pas. Je le vis seulement devant moi, tout à coup. Sa voix était douce et son sourire exprimait des excuses sincères :

« Désolé de débouler comme ça, Roger. »

Clas Greve était vêtu en noir. Pantalon noir, chaussures noires, pull-over à col montant noir, gants noirs. Un bonnet de laine noir sur la tête. La seule chose à ne pas être de la même couleur, c'était le Glock argenté.

« Pas de problème, répondis-je. C'est l'heure des visites. »

CHAPITRE 22

Film muet

On dit que la perception du temps chez les mouches, la raison pour laquelle elles voient une main qui s'abat sur elles arriver à une vitesse ridicule, c'est que les données transmises par les yeux à facettes leur apportent une telle quantité d'informations que la nature a dû équiper la mouche d'un processeur très rapide pour pouvoir tout traiter en continu.

Pendant quelques secondes, un silence total régna sur le salon. Je ne sais pas combien. J'étais une mouche et la main était partie. Le pistolet Glock d'Ove Kjikerud était braqué sur ma poitrine. Le regard de Clas Greve sur mon crâne brillant.

« Ah ah », lâcha-t-il enfin.

Cette simple exclamation contenait tout. Sur la façon dont les humains ont pu soumettre la terre, maîtriser les éléments, tuer des créatures qui nous sont supérieures en rapidité et en force. Capacité de processeur. Le « ah ah » de Clas Greve venait à la fin d'un déluge de pensées, de recherches et d'un ruissellement d'hypothèses, de déductions impitoyables qui amenèrent toutes à une conclusion inévitable : « Tu t'es coupé les cheveux, Roger. »

Comme je l'ai évoqué plus haut, Clas Greve était

quelqu'un d'intelligent. Évidemment, il avait fait bien plus qu'affirmer simplement que mes cheveux avaient disparu, et avait aussi demandé quand, où et pourquoi c'était arrivé. Parce que ça tuait le moindre doute, ça répondait à toutes les questions. Voilà pourquoi il ajouta, plus comme un point final que comme une question :

« Dans l'épave de la voiture. »

J'acquiesçai.

Il s'assit dans le fauteuil au pied du lit, le bascula contre le mur sans que le canon du pistolet ne dévie d'un millimètre.

« Et puis ? Tu as mis les cheveux sur l'un des cadavres ? »

Je plongeai la main gauche dans ma poche de blouson.

« Arrête ! » cria-t-il, et je vis son doigt enfoncer la détente. Pas de chien dressé. Glock 17. Une nénette.

« C'est la main gauche, observai-je.

— OK. Lentement. »

Je ressortis doucement la main et jetai le sac plastique contenant mes cheveux sur la table. Greve hocha lentement la tête, sans me quitter des yeux.

« Alors tu as compris. Que les émetteurs étaient dans tes cheveux. Et que c'était elle qui les y avait placés pour moi. C'est pour cela que tu l'as tuée, n'est-ce pas ?

— Tu l'as ressenti comme une perte, Clas ? » demandai-je en me renversant en arrière. Mon cœur battait la chamade, mais je me sentais curieusement détendu pour cette séance d'adieux. Les affres de la mort du sexe et la paix de l'esprit.

Il ne répondit pas.

« Ou bien était-elle — comment as-tu dit ? — un

moyen pour atteindre ton objectif ? Une perte pour atteindre des profits ?

— Pourquoi veux-tu le savoir, Roger ?

— Parce que je veux savoir si les gens comme toi existent, ou s'ils ne sont que fiction.

— Les gens comme moi ?

— Les gens qui ne sont pas capables d'aimer. »

Greve rit.

« Si tu veux la réponse, tu n'as qu'à te regarder dans un miroir, Roger.

— J'ai aimé quelqu'un.

— Tu as peut-être imité l'amour. Mais as-tu véritablement aimé ? Tu en as la preuve ? Je ne vois que la preuve du contraire, tu as refusé à Diana la seule chose qu'elle voulait en plus de toi : un enfant.

— Je le lui aurais donné. »

Il rit de nouveau. « Tu as changé d'avis, alors ? Quand ? Quand es-tu devenu l'époux repentant ? Quand tu as découvert qu'elle baisait avec un autre homme ?

— Je crois au repentir, répondis-je calmement. Au repentir. Et au pardon.

— Et maintenant, il est trop tard. Diana n'a obtenu ni ton pardon ni tes enfants.

— Les tiens non plus.

— Je n'ai jamais eu l'intention de lui faire des enfants, Roger.

— Non, mais si tu l'avais voulu, tu n'aurais pas été capable de lui en faire, n'est-ce pas ?

— Bien sûr que si. Tu me croyais impuissant ? »

Il le dit très vite. Si vite que seule une mouche saisit la nanoseconde d'hésitation. J'inspirai.

« Je t'ai vu, Clas Greve. Je t'ai vu… en contre-plongée.

— Qu'est-ce que tu racontes, Brown ?

— J'ai vu tes organes génitaux de plus près que je l'aurais jamais souhaité. »

Je vis sa bouche s'ouvrir lentement, et poursuivis :

« Dans des toilettes extérieures, près d'Elverum. »

La bouche de Greve sembla formuler quelque chose, mais rien n'en sortit.

« C'est comme ça qu'ils t'ont fait parler, dans cette cave au Surinam ? Ils s'en sont pris à tes testicules ? Des coups ? Un couteau ? Ils n'ont pas ôté le désir, seulement la capacité de procréer, n'est-ce pas ? Ce qui restait de tes roupettes paraissait avoir été recousu au fil grossier. »

La bouche de Greve était close, à présent. Un trait bien droit dans un visage pétrifié.

« Ça explique la traque fantastique dans la jungle de celui qui, d'après tes dires, n'était qu'un trafiquant de drogue insignifiant. Soixante-cinq jours, ce n'était pas ça ? Car c'était lui, hein ? C'était lui qui avait découpé ta masculinité. T'avait enlevé la capacité à fabriquer des copies de toi. Il t'avait tout pris. Presque. Alors tu l'as buté. Et je le comprends. »

Oh oui, c'était le sous-point trois de la deuxième étape d'Inbau, Reid et Buckley : proposer un mobile moralement acceptable du crime. Mais je n'avais plus besoin de ses aveux. En revanche, il obtint les miens. D'avance.

« Je comprends, Clas, parce que j'ai pensé te tuer pour la même raison. Tu m'as tout pris. Presque. »

La bouche de Greve produisit un son censé être un rire, me sembla-t-il.

« Qui a le pistolet, ici, Roger ?

— Je te tuerai comme j'ai tué ta saloperie de clébard. »

Je vis les muscles de sa mâchoire se contracter quand il serra les dents, les phalanges blanchirent.

« Tu ne l'as jamais vu, si ? Il a fini ses jours en chair à corbeaux. Empalé sur la herse du tracteur d'Aa.

— Tu me files la nausée, Roger Brown. Tu joues les moralisateurs alors que tu es un tueur d'animaux et un assassin d'enfants.

— Tu as raison. Mais tort quant à ce que tu m'as dit à l'hôpital. Que notre enfant était trisomique. Au contraire, toutes les analyses ont montré qu'il était en parfaite santé. J'ai persuadé Diana d'avorter uniquement parce que je ne voulais la partager avec personne d'autre. Tu as déjà entendu quelque chose d'aussi puéril ? De la pure et simple jalousie envers un enfant à naître. Je suppose que je n'ai pas reçu assez d'amour dans mon enfance, qu'en penses-tu ? Ç'a peut-être été la même chose pour toi, Clas ? Ou étais-tu mauvais dès la naissance ? »

Je ne crois pas que Greve comprenait les questions, car il me regardait fixement avec cette expression de stupeur qui révélait que son cerveau travaillait de nouveau à toute vitesse. Reconstituait, remontait les ramifications de l'arborescence décisionnelle vers le tronc, vers la vérité, vers l'endroit où tout avait commencé. Et le trouva. Une simple phrase à l'hôpital. Qu'il avait lui-même prononcée : « … avorter parce que l'enfant était trisomique. »

« Alors raconte, repris-je en voyant qu'il comprenait. As-tu aimé d'autres êtres que ton clebs ? »

Il leva le pistolet. Il ne restait plus que quelques secondes de la courte vie du nouveau Roger Brown. Les yeux bleu glace de Greve scintillèrent, et sa voix n'était plus qu'un chuchotis :

« J'avais pensé te tirer simplement dans la tête, par

respect pour la proie que tu as été, digne du chasseur. Mais je crois que je vais revenir malgré tout au plan d'origine. Te tirer dans le ventre. Je t'ai parlé des tirs dans le ventre ? La balle qui transperce la rate et les sucs gastriques qui coulent pour aller brûler le reste des viscères ? Puis j'attendrai pour te tuer que tu m'en supplies. Et tu le feras, Roger.

— Tu devrais écourter la parlote et tirer, Clas. Ne pas attendre aussi longtemps qu'à l'hôpital, peut-être. »

Greve rit de nouveau. « Oh, je ne crois pas que tu aies invité la police ici, Roger. Tu as tué une femme. Tu es un assassin, comme moi. Ça reste entre nous.

— Réfléchis, Clas. Pourquoi penses-tu que j'ai pris le risque d'aller à l'hôpital civil pour me faire remettre par la ruse le sachet de cheveux ? »

Greve haussa les épaules.

« C'est simple. Ce sont des preuves ADN. C'est vraisemblablement la seule chose qu'on pouvait utiliser contre toi. Ils croient quand même que celui qu'ils recherchent s'appelle Ove Kjikerud. À moins que tu ne veuilles récupérer ta chouette crinière. En faire une perruque, peut-être ? Diana m'a raconté que tu attachais beaucoup d'importance à tes cheveux. Que tu t'en servais pour compenser ta taille. Ou devrions-nous plutôt parler de petitesse ?

— C'est juste. Mais faux. Il arrive que le chasseur de têtes oublie que la tête qu'il chasse peut réfléchir. Je ne sais pas si elle pense mieux ou moins bien sans cheveux, mais en l'occurrence elle a attiré le chasseur dans un piège. »

Greve cligna lentement des yeux, et je vis son corps se tendre, il se doutait de quelque chose.

« Je ne vois pas de piège, Roger.

— Il est ici », déclarai-je en repoussant l'édredon à

côté de moi. Je vis les yeux de Greve tomber sur le cadavre d'Ove Kjikerud. Et sur le pistolet automatique Uzi posé sur sa poitrine.

Il réagit au millième de seconde, braqua le pistolet vers moi.

« Ne tente rien, Brown. »

J'approchai les mains du pistolet automatique.

« Non ! » cria Greve.

Je levai l'arme.

Greve fit feu. La détonation emplit la pièce.

Je tournai le canon vers Greve. Il s'était à moitié levé du fauteuil, et tira de nouveau. Je pressai la détente. Complètement. Un rugissement rauque de plomb déchira l'air, les murs d'Ove, le fauteuil, le pantalon noir de Clas Greve, la musculature parfaite de la cuisse en dessous, lacéra l'entrejambe et — espérons — le sexe qui avait pénétré Diana, les bosses d'abdominaux et les organes qu'ils étaient censés protéger.

Il retomba dans le fauteuil, et le pistolet claqua sur le sol. Le silence revint d'un coup, il n'y avait plus que le son d'une cartouche vide qui roulait sur le parquet. Je penchai la tête sur le côté et le regardai. Il me renvoya un regard fixe, noir de choc.

« Tu ne passeras pas l'examen médical chez Pathfinder, Greve. Désolé. Tu ne pourras jamais leur dérober cette technologie. Quel que soit le mal que tu te donnes. Au fond, c'est cette putain de conscience professionnelle qui t'a piégé. »

Greve gémit quelques mots à peine perceptibles et en néerlandais.

« C'est la conscience professionnelle qui t'a attiré ici. Pour le dernier entretien. Parce que tu sais quoi ? Tu es l'homme que j'ai recherché pour ce boulot. Un boulot pour lequel je ne fais pas que croire que tu es parfait : je le sais. Et ça veut dire que le job est parfait pour toi. Croyez-moi, monsieur Greve. »

Greve ne répondit pas, il avait les yeux baissés sur lui. Le sang avait rendu son pull-over noir encore plus noir. Je continuai :

« Vous êtes engagé comme bouc émissaire, monsieur Greve. Comme celui qui a tué Ove Kjikerud, donc celui qui est étendu à côté de moi. »

Je tapotai le ventre d'Ove.

Greve gémit et leva la tête.

« De quoi tu parles, bon Dieu ? » Sa voix était désespérée en même temps que voilée, endormie. « Appelle une ambulance avant d'être devenu un meurtrier pour la seconde fois, Brown. Réfléchis, tu es un amateur, tu n'échapperas jamais à la police. Appelle, et je t'épargnerai, moi aussi. »

Je regardai Ove. Il avait l'air paisible.

« Mais ce n'est pas moi qui te tue, Greve. C'est Kjikerud, ici présent, tu n'as pas compris ?

— Non. Mais, nom de Dieu, appelle cette putain d'ambulance, tu ne vois pas que je me vide de mon sang ?

— Désolé, c'est trop tard.

— Trop tard ? Tu prévois de me laisser mourir ? »

Une autre chose s'était immiscée dans sa voix ; pouvait-ce être des pleurs ?

« S'il te plaît, Brown. Pas ici, pas comme ça ! Je t'en prie, je t'en supplie. »

Oh oui, c'étaient des pleurs. Les larmes coulaient sur ses joues. Pas étonnant, peut-être, si ce qu'il avait dit à propos des coups de feu dans le ventre était vrai. Je voyais le sang couler de l'intérieur de sa jambe de pantalon sur ses chaussures Prada bien cirées. Il avait supplié. Il n'avait pas pu conserver sa dignité dans la mort, Greve[1] ou non. J'ai entendu dire que personne ne le peut, que ceux qui en donnent l'impression ne sont que rendus apathiques par le choc. Le plus avilissant pour Greve, c'était évidemment qu'il y avait une foule de témoins à son effondrement. Et qu'il y en aurait encore d'autres.

Quinze secondes après mon entrée chez Kjikerud, quand j'étais parti dans le salon sans taper « Natacha » sur le boîtier d'alarme, les caméras de vidéosurveillance s'étaient mises en marche en même temps que l'alerte était donnée chez Tripolis. J'imaginai qu'ils s'étaient agglutinés autour des moniteurs, pour regarder avec incrédulité le film muet dont Greve était l'unique protagoniste visible, le voir ouvrir la bouche, mais sans entendre ce qu'il disait. Le voir tirer, le voir être touché, et ils avaient maudit Ove pour ne pas avoir installé de caméra montrant qui était sur le lit.

Je regardai l'heure. Quatre minutes s'étaient écoulées depuis que l'alarme s'était déclenchée, et vraisemblablement trois depuis qu'ils avaient appelé la police. Qui avait à son tour appelé le groupe Delta, ceux que l'on mobilisait pour les actions armées. Et qu'il fallait un certain temps pour rassembler. Par ailleurs, Tonsenhagen était à quelque distance du centre-ville. Des suppositions, évidemment, mais les premières voitures de police avaient peu de chances d'être là avant un quart d'heure au minimum. D'un autre côté : il n'y avait aucune raison de faire traîner les choses. Greve avait tiré deux coups sur un chargeur qui en comprenait en tout dix-sept.

« Allons-y, Clas. » J'ouvris la fenêtre juste derrière la tête de lit. « Tu vas avoir une dernière chance.

1. Voir la note, p. 51.

Ramasse le pistolet. Si tu parviens à me tuer, tu parviendras sûrement aussi à appeler une ambulance par tes propres moyens. »

Il posa sur moi un regard vide. Un vent glacial entra dans la pièce. Plus de doute, l'hiver était arrivé.

« Allez, insistai-je. Qu'est-ce que tu as à perdre ? »

La logique du propos parut faire son chemin dans son cerveau en état de choc. Et d'un mouvement rapide, bien plus rapide que je l'aurais cru possible avec ses blessures, il s'était jeté de côté sur le sol et avait attrapé le pistolet. Les balles du pistolet automatique, le plomb, ce métal tendre, lourd et empoisonné, creusèrent des copeaux dans le parquet entre ses jambes. Mais avant que la giclée de balles l'atteigne de nouveau, avant de balayer sa poitrine, de passer au travers du cœur et de perforer les deux poumons qui moururent dans un chuintement, il eut le temps de tirer. Une seule fois. Le son se répercuta entre les murs. Puis le silence revint. Un silence de mort. Rien que le vent qui chantait faiblement. Le film muet s'était changé en nature morte, figée dans les degrés négatifs qui entraient dans la pièce.

C'était achevé.

CINQUIÈME PARTIE

UN MOIS PLUS TARD, DERNIER ENTRETIEN

CHAPITRE 23

Kveldsredaksjonen

La célèbre mélodie de l'émission d'information *Kveldsredaksjonen* était un simple riff de guitare évoquant la bossa-nova, les hanches en mouvement et les cocktails colorés ; pas des faits bruts, de la politique et de la triste réalité sociale. Ou, comme ce soir : la criminalité. La mélodie était courte pour signaler que *Kveldsredaksjonen* était une émission dépourvue de bêtises superflues, où il était question de contenu et d'en venir à l'essentiel.

C'était probablement pour cela que le programme démarrait par une vue de la caméra montée sur grue dans le Studio 3 ; elle montrait les participants à l'émission pris de dessus, puis descendait dans un large mouvement qui se terminait sur la tête de l'animateur Odd G. Dybwad. Comme d'habitude, à cet instant, il levait les yeux de ses papiers et ôtait ses lunettes. C'était peut-être l'idée du producteur, il ou elle pensait peut-être que cela donnait l'impression que le sujet d'actualité dont ils allaient parler était tout frais, qu'Odd G. Dybwad lui-même avait à peine eu le temps d'en prendre connaissance.

Odd G. Dybwad avait de denses cheveux courts, gris aux tempes, et un de ces visages qui ont quarante ans. Il avait fait cet âge dès ses trente ans, et le faisait toujours maintenant qu'il en avait cinquante. Odd G. Dybwad avait étudié les sciences sociales, il analysait, était intelligent sur le plan verbal et avait un penchant sincère pour les tabloïds. Là n'était manifestement pas la raison pour laquelle la direction de la chaîne lui avait confié son propre débat, mais pour le travail réalisé par Odd G. Dybwad en tant que glaneur de nouvelles pendant une demi-génération. Le boulot consistait surtout en la lecture de textes écrits avec la bonne intonation et la bonne expression, en portant le bon costume et la bonne cravate. Mais, dans le cas d'Odd G. Dybwad, l'intonation, l'expression et la cravate avaient été si bonnes que cela lui avait donné une crédibilité supérieure à n'importe qui d'autre en Norvège. Et c'était de la crédibilité qu'il fallait pour porter une émission comme *Kveldsredaksjonen*. Curieusement, l'irréprochabilité d'Odd G. Dybwad n'avait paru que renforcée après les quelques fois où il avait exprimé son adoration pour les chiffres de l'audimat et que, pendant les réunions de rédaction, c'était lui, et pas la direction de la chaîne, qui poussait à ce que le choix porte sur les sujets les plus commerciaux. Odd G. Dybwad voulait une approche qui laissât la place à la température et aux sentiments, pas au doute, à l'ambiguïté et aux raisonnements ; ces choses-là se prêtaient mieux à des chroniques dans les journaux. « Pourquoi abandonner les débats sur la famille royale, les parents adoptifs homosexuels et les abus aux assurances sociales à des amateurs quand on peut s'en occuper à *Kveldsredaksjonen* ? » Tel était son refrain quand les médias lui posaient des questions sur le sujet.

Kveldsredaksjonen était un succès incontesté, et

Odd G. Dybwad une star. À tel point qu'après un divorce déchirant et des plus publics il avait pu se remarier avec l'une des jeunes stars féminines de la chaîne.

« Ce soir, nous verrons deux affaires », commença-t-il d'une voix qui tremblait déjà d'implication dominée et en perçant du regard l'écran de la télé. « Dans la première, nous reviendrons sur l'un des meurtres les plus dramatiques de toute l'histoire de la Norvège. Au bout d'un mois d'intense enquête, la police pense avoir enfin assez d'éléments dans l'affaire Greve. Elle touche en tout huit meurtres. Un homme étranglé dans sa ferme non loin d'Elverum. Quatre policiers tués par un camion volé. Une femme abattue chez elle, à Oslo. Avant, donc, que les deux protagonistes ne s'entre-tuent dans une maison de Tonsenhagen, ici, dans cette ville. Comme on le sait, le dernier drame a été enregistré puisque la maison était sous vidéo-surveillance reliée à l'alarme, et des copies de ces enregistrements circulent déjà sur Internet depuis quelques semaines. »

Odd G. Dybwad augmenta la dose de pathos :

« Et comme si cela ne suffisait pas : au centre de cette affaire bizarre, on trouve un tableau mondialement connu. *La chasse au sanglier de Calydon*, de Peter Paul Rubens, avait disparu et on le pensait perdu depuis la Seconde Guerre mondiale. Puis, il y a quatre semaines, on l'a retrouvé dans… » L'enthousiasme de G. Dybwad atteignit un tel degré qu'il bafouilla légèrement. « … des toilettes extérieures norvégiennes ! »

Après cette entrée en matière, Odd G. Dybwad dut procéder à une petite escale avant de pouvoir redécoller.

« Nous avons un invité qui va nous aider à revenir sur l'affaire Greve. Brede Sperre… »

Il marqua une infime pause, puisque c'était le signal adressé au producteur, à la régie, pour qu'il passe sur la caméra numéro 2. Le réalisateur choisit un plan moyen de l'unique invité du studio, un grand et beau type blond. Coûteux costume pour un fonctionnaire, chemise ouverte, boutons de nacre, vraisemblablement composé par la styliste Elle qu'il sautait dans le plus grand — ou assez grand — secret. Aucune téléspectatrice ne zapperait tout de suite.

« Vous avez dirigé l'enquête de Kripos dans cette affaire. Vous avez une expérience de presque quinze ans dans la police. Avez-vous déjà rencontré ce genre de choses ?

— Toutes les affaires sont différentes », répondit Brede Sperre. Décontracté dans son assurance. Pas besoin d'être extralucide pour savoir que son téléphone mobile serait bourré de SMS. Une femme qui se demandait s'il était célibataire et avait envie de boire un café avec quelqu'un d'intéressant, une mère célibataire, habitant près d'Oslo, disposant de son propre véhicule et très, très libre la semaine à venir. Un jeune homme qui appréciait les hommes plus âgés et résolus. Certains passaient même l'étape des escarmouches et envoyaient carrément une photo. Dont ils étaient satisfaits : joli sourire, passage tout récent chez le coiffeur, beaux vêtements, décolleté approprié. Ou sans visage. Ou sans vêtements.

« Mais bien sûr, huit personnes assassinées, ce n'est pas courant », poursuivit Sperre. Avant d'ajouter, en s'apercevant que son sous-entendu était à la limite du nonchalant : « Ni ici ni dans d'autres pays avec lesquels la comparaison puisse être naturelle.

— Brede Sperre, commença G. Dybwad en veillant comme toujours au début des émissions à répéter le nom des invités pour qu'il s'imprime dans la mémoire des téléspectateurs, c'est une affaire qui a attiré l'attention sur le plan international. Et bien que huit personnes soient mortes, cette attention doit être en premier lieu due au rôle clé joué par un tableau mondialement connu ?

— Oui, bon, c'est un tableau connu des amateurs d'art, en tout cas.

— Je crois que nous pouvons affirmer sans risque qu'il est mondialement connu ! » s'écria Odd G. Dybwad en essayant de capter le regard de Sperre, peut-être pour lui rappeler ce dont ils avaient parlé avant l'émission. Prétendre que le tableau n'était pas si connu, c'était rendre l'histoire moins fantastique.

« Quoi qu'il en soit, le tableau de Rubens a dû être au premier plan quand il a fallu que Kripos reconstitue ce puzzle, sans survivant ou autre témoin, n'est-ce pas exact, Sperre ?

— C'est exact.

— Vous présentez le rapport d'enquête définitif demain, mais pouvez-vous exposer d'ores et déjà, pour nos auditeurs, ce qui s'est passé dans l'affaire Greve, tout le cours des événements du début à la fin ? »

Brede Sperre hocha la tête. Mais, au lieu de se mettre à parler, il leva son verre et en but une petite gorgée. G. Dybwad fit un large sourire sur la droite de l'écran. Ils étaient peut-être d'accord pour ce petit arrêt théâtral, cette pause qui ferait avancer encore un peu le téléspectateur au bord de son canapé, les yeux exorbités et les oreilles béantes. Ou bien Sperre avait pris le contrôle des événements. Le policier reposa son verre et inspira.

« Avant d'entrer chez Kripos, j'étais comme vous le savez à l'OCRB, et j'avais pa-ticulièrement enquêté sur les nombreux vols d'œuvres d'art à Oslo, ces deux dernières années. Les points communs indiquaient que c'était une association qui se cachait derrière ces affaires. À l'époque, déjà, nous nous intéressions à la société de gardiennage Tripolis, puisque la plupart des maisons dans lesquelles les vols avaient lieu étaient protégées par des alarmes de chez eux. Et aujourd'hui, nous savons que l'unique personne responsable des vols travaillait chez Tripolis, justement. Ove Kjikerud avait accès aux clés Tripolis des domiciles concernés, et pouvait aussi désactiver leurs alarmes. Apparemment, Kjikerud a aussi trouvé un moyen d'effacer les rapports d'interruption dans les relevés des installations. Nous supposons que c'est Kjikerud lui-même qui a commis la plupa- des vols. Mais il avait besoin d'un complice dans le milieu artistique, qui discute avec d'autres amateurs d'art à Oslo et puisse lui donner une idée des endroits où était accroché tel ou tel tableau.

— C'est ici que Clas Greve intervient ?

— Oui. Lui-même possédait une jolie collection dans son appartement d'Oscars gate, et il fréquentait les amateurs d'art, surtout le milieu de la *galleri E*, où il a été souvent vu. Il a pu y rencontrer des personnes qui possédaient des tableaux de prix, ou qui lui ont donné d'autres noms. C'étaient des ren-eignements que Greve transmettait à son tour à Kjikerud.

— Que faisait Kjikerud des tableaux après les avoir volés ?

— Nous avons reçu une information qui nous a permis de retrouver un receleur à Göteborg, une vieille connaissance de la police qui a déjà avoué ses contacts avec Kjikerud. Interrogé, ce receleur a dit à nos confrères de la police suédoise que la dernière fois qu'il avait eu Kjikerud, celui-ci lui annonçait qu'il arrivait avec le tableau de Rubens. Le receleur avait eu du mal à croire que ce soit vrai, a-t-il dit. D'ailleurs, ni Kjikerud ni le tableau ne sont arrivés à Göteborg…

— Non, gronda G. Dybwad en en rajoutant sur le tragique. Parce qu'il s'est passé quelque chose ? »

Sperre fit un sourire en coin avant de continuer, comme s'il trouvait le présentateur un peu comique dans le registre mélodramatique.

« On dirait que Kjikerud et Greve ont décidé de laisser tomber le receleur. De vendre le tableau eux-mêmes, peut-être. N'oubliez pas que le receleur empoche cinquante pour cent du montant de la vente, et cette fois il s'agissait de montants très différents des autres tableaux. En tant que directeur d'une entreprise néerlandaise qui vendait sa technologie aussi bien à la Russie qu'à d'autres anciens pays de l'Est, Greve avait énormément de con-acts, pas forcément tous très légaux. C'était pour Greve et Kjikerud la chance de vivre à l'abri du besoin jusqu'à la fin de leurs jours.

— Mais Greve pouvait passer pour quelqu'un qui avait assez d'argent.

— L'entreprise dont il était copropriétaire connaissait une phase difficile économiquement, et il venait d'y perdre sa position de directeur. De toute évidence, son style de vie réclamait des moyens. Nous savons entre autres qu'il venait de postuler pour un emploi dans une entreprise norvégienne basée à Horten.

— Donc, Kjikerud ne s'est pas présenté chez le receleur comme convenu car lui et Greve ont voulu vendre le tableau. Que s'est-il passé ensuite ?

— Jusqu'à ce qu'ils trouvent un acheteur, ils devaient cacher la toile dans un endroit sûr. Ils sont donc allés dans un chalet que Kjikerud louait à Sindre Aa depuis plusieurs années.

— Près d'Elverum.

— Oui. Les voisins disent que le chalet servait peu, mais que de temps à autre deux hommes y venaient sans qu'aucun leur ait jamais adressé la parole, qu'ils avaient presque l'air de se cacher.

— Et vous pensez qu'il s'agissait de Greve et Kjikerud ?

— Ils ont été incroyablement professionnels et extrêmement pru-ents dans leurs rapports, ils ne voulaient pas laisser de trace. Nous n'avons aucun témoin qui les ait vus ensemble, et aucun relevé téléphonique prouvant qu'ils se soient appelés.

— Mais il y a eu un imprévu ?

— Oui. Nous ne savons pas quoi exactement. Ils sont allés là-bas ensemble pour cacher le tableau. Pas étonnant, quand les sommes atteignent un certain niveau, les soupçons envers les partenaires sur qui on comptait jusque-là ont tendance à apparaître... Ils se sont peut-être disputés. Et ils étaient probablement sous l'emprise d'un stupéfiant, nous en avons trouvé des traces dans leurs analyses sanguines à tous les deux.

— De la drogue ?

— Un mélange de Ketalar et de Dormicum. Des choses corsées, très inhabituelles chez les toxicomanes d'Oslo. Nous parions que c'est quelque chose que Greve avait rapporté d'Amsterdam. Le mélange les a peut-être rendus imprudents, et ils ont fini par perdre complètement les pédales. Avec pour conclusion, donc, l'élimination de Sindre Aa. Ensuite...

— Un instant, l'interrompit G. Dybwad. Pouvez-vous expliquer aux téléspectateurs ce qui s'est passé exactement dans le cadre de ce premier meurtre ? »

Sperre haussa un sourcil, comme pour exprimer un

certain mécontentement devant la soif de sang apparente du présentateur. Et renonça :

« Non, nous ne pouvons que deviner. Kjikerud et Greve sont peut-être descendus faire la fête chez Sindre Aa, et ils ont frimé avec le tableau célèbre qu'ils avaient dérobé. Aa a réagi en essayant ou en mena-ant d'appeler la police. Clas Greve l'a tué à l'aide d'un garrot.

— Et un garrot, c'est… ?

— Un fin fil de métal ou de nylon que l'on serre autour du cou de la victime. L'alimentation du cerveau en oxygène est alors interrompue.

— Et elle meurt ?

— Euh… oui. »

On appuya sur un bouton dans la salle de contrôle, et à la sortie — l'écran qui montrait ce qui partait vers les mille fenêtres télé — Odd G. Dybwad hocha lentement la tête en observant Sperre avec un cocktail savamment étudié de répugnance et de gravité. Laissant l'information faire son chemin. Une, deux, trois secondes. Trois années de télé. Le producteur devait transpirer, maintenant. Puis Odd G. Dybwab rompit le silence :

« Comment savez-vous que c'est Greve qui a tué ?

— Indices techniques. Nous avons retrouvé le garrot dans sa poche de blouson. Dessus, nous avons découvert du sang de Sindre Aa et des fragments de peau de Greve.

— Et vous savez donc que Greve et Kjikerud se trouvaient dans le salon d'Aa à peu près au moment du meurtre ?

— Oui.

— Comment le savez-vous ? Encore des indices techniques ? »

Sperre s'agita. « Oui.

— Lesquels ? »

Brede Sperre toussota et lança un coup d'œil rapide à G. Dybwad. Peut-être avaient-ils débattu ce point. Sperre avait peut-être proposé qu'ils ne s'attardent pas sur certains détails, mais G. Dybwad avait insisté : ils étaient importants pour la « consistance » de l'histoire.

Sperre se lança.

« Nous avons trouvé des traces sur et autour du cadavre de Sindre Aa. Des traces d'excréments.

— Des excréments ? s'exclama G. Dybwad. Humains ?

— Oui. Ils sont partis pour des analyses ADN. Ils correspondaient pour l'essentiel au profil ADN d'Ove Kjikerud. Mais certains venaient aussi de Clas Greve. »

Odd G. Dybwad fit un large geste des bras.

« Mais que s'est-il passé, enfin, Sperre ?

— Naturellement, ce n'est pas facile de le savoir dans le détail, mais on peut avoir l'impression que Greve et Kjikerud ont… » Nouvelle prise d'élan. « … se sont badigeonnés de leurs propres excréments. Certaines personnes le font.

— En d'autres termes, nous parlons de personnes très malades, ici ?

— Je vous l'ai dit, ils avaient consommé des stupéfiants. Mais, oui, ils sont incontestablement… déviants.

— Oui, parce que les choses ne s'arrêtent pas là ?

— Non. »

Sperre s'interrompit quand G. Dybwad leva un index, le signal convenu informant que Sperre devait marquer un tout petit temps d'arrêt. Juste assez pour que les téléspectateurs aient le temps de digérer l'information et se préparer à ce qui arrivait. L'enquêteur poursuivit :

« Dans cet état second dû aux stupéfiants, Ove Kjikerud a eu l'idée d'un jeu sadique avec le chien de Greve. Il l'empale sur les dents d'une herse. Mais c'est un chien de combat et, au cours de la lutte, Kjikerud est sérieusement blessé à la nuque. Puis Kjikerud part avec le tracteur, le chien toujours empalé sur la herse. Il est manifestement si peu en état de conduire qu'il parvient à peine à tenir le tracteur sur la route avant d'être arrêté par un automobiliste. Celui-ci n'a aucune idée de ce dans quoi il tombe, et accomplit son devoir de citoyen consciencieux — il fait monter Kjikerud blessé dans son véhicule et le conduit à l'hôpital.

— Quel contraste de… qualité humaine ! s'écria G. Dybwad.

— Vous pouvez le dire. C'est cet automobiliste qui a pu nous raconter que Kjikerud était badigeonné de ses propres excréments quand il l'a trouvé. Il a pensé que Kjikerud était tombé dans la fosse à purin, mais le personnel de l'hôpital qui a lavé Kjikerud nous a dit que c'était des e-créments humains, pas animaux. Ils ont une certaine habitude de… de…

— Qu'a-t-on fait de Kjikerud à l'hôpital ?

— Il était à moitié inconscient, mais ils l'ont douché, ils ont soigné la plaie et l'ont couché.

— Et c'est à l'hôpital qu'ils ont trouvé des traces de stupéfiants dans son sang ?

— Non. Ils ont fait une prise de sang, mais elle avait déjà été détruite, comme il se doit, quand l'enquête en est arrivée à ce point. Nous avons trouvé les traces de stupéfiants dans le sang au moment de l'autopsie.

— Bien, mais revenons en arrière. Nous sommes

donc dans une situation où Kjikerud est à l'hôpital, et Greve toujours à la ferme. Que se passe-t-il ?

— Évidemment, Clas Greve se doute de quelque chose quand il ne voit pas revenir Kjikerud. Il découvre que le tracteur a disparu, il va chercher sa voiture et commence à tourner dans le secteur à la recherche de son partenaire. Nous supposons qu'il avait une radio dans sa voiture, et que c'est grâce à elle qu'il apprend que la police a trouvé le tracteur et — le matin — le cadavre de Sindre Aa.

— D'accord, Greve est donc dans une position délicate. Il ne sait pas où est son copain, la police a découvert le cadavre d'Aa, la ferme est sécurisée et, en cherchant l'arme du crime, il y a naturellement un risque que la police retrouve le Rubens. Que pense Greve ? »

Sperre hésita. Pourquoi ? Dans les rapports de police, on évite toujours de décrire les pensées que l'on attribue aux gens. On s'en tient à ce que les protagonistes ont fait ou dit et qui soit corroboré par les preuves matérielles. On peut à la rigueur faire référence à ce qu'ils ont dit avoir pensé. Mais dans cette affaire, personne n'avait rien dit du tout. D'un autre côté, Sperre savait qu'il devait apporter quelque chose, aider à rendre l'histoire vivante, pour que… pour que… Il ne s'était peut-être jamais autorisé à poursuivre cette idée jusqu'au bout, car il se doutait de ce qu'il trouverait. Qu'il aimait bien être celui que les médias appelaient, celui dont on demandait l'avis quand il fallait commenter ou expliquer, les signes de tête reconnaissants dans la rue, les photos en MMS sur son téléphone mobile. Mais s'il cessait de donner, les médias cesseraient d'appeler. Alors à quoi ça se résumait ? Une question d'intégrité contre de l'attention, de respect de la part des collègues contre la popularité dans le public ?

« Greve se dit…, commença Brede Sperre, que la situation est difficile. Il tourne en voiture, c'est le matin. Il entend alors à la radio qu'Ove Kjikerud va être arrêté, la police va venir le chercher à l'hôpital pour l'interroger. Greve sait alors que la situation est passée de difficile à désespérée. Il sait que Kjikerud n'est pas un dur à cuire, que la police ne va pas le ménager, que Kjikerud va peut-être négocier une remise de peine s'il dénonce son partenaire, que Kjikerud n'endossera évidemment pas le meurtre de Sindre Aa.

— Logique, acquiesça G. Dybwad, penché en avant, exalté.

— Greve comprend alors que la seule solution, c'est de libérer Kjikerud des mains de la police avant le début de l'interrogatoire. Ou bien… »

Sperre n'eut pas besoin de l'index discret de G. Dybwad pour savoir que le moment était adéquat pour faire encore une toute petite pause.

« Ou bien de le tuer dans sa tentative de libération. »

Ce fut comme si les signaux TV crépitaient dans l'air du studio, si desséché par les projecteurs qu'il pouvait s'enflammer à tout moment. Sperre poursuivit :

« Greve commence à chercher une voiture à emprunter. Et sur un parking, il tombe sur un camion abandonné. Comme il est passé par une unité d'élite néerlandaise, il sait comment on fait démarrer un moteur. Il a toujours la radio, et a sûrement assez bien étudié la carte pour savoir par où va passer la voiture dans laquelle se trouve Kjikerud, entre l'hôpital et Elverum. Il les attend dans le camion sur une petite route… »

G. Dybwad se jeta en avant, un index théâtral pointé.

« Et c'est là que survient la plus grande tragédie de cette affaire.

— Oui, reconnut Sperre en baissant les yeux.

— Je sais que ça, c'est une partie douloureuse, Brede. »

Brede. Prénom. Le mot-clé.

« Serré sur Sperre, maintenant », commanda le réalisateur dans l'oreillette de la caméra numéro deux.

Sperre inspira à fond.

« Quatre bons policiers ont été tués dans l'accident qui a suivi, dont un collègue proche de Kripos, Joar Sunded. »

Ils avaient zoomé si prudemment que le spectateur moyen n'avait pas remarqué que le visage de Sperre emplissait une partie un peu plus importante de l'écran. Il l'enregistrait seulement comme une ambiance plus lourde, de l'intimité, la sensation d'entrer dans la peau de ce policier solide mais ébranlé.

« La voiture de police est projetée par-dessus une glissière de sécurité et disparaît sous les arbres tout près de la rivière, narra Dybwad en prenant les commandes. Mais miraculeusement Kjikerud survit.

— Oui. » Sperre est de nouveau prêt. « Il s'extrait de l'épave, ou bien seul ou bien avec l'aide de Greve. Ils rentrent à Oslo dans la voiture de Greve après avoir abandonné le camion. Plus tard, quand la police découvre la voiture de police et constate qu'il manque un cadavre, ils pensent qu'il a atterri dans la rivière. Par ailleurs, Kjikerud a habillé l'un des cadavres avec ses vêtements, et ça crée un moment de doute sur la personne qui a réellement disparu.

— Mais même si Greve et Kjikerud sont provisoirement en sécurité, la paranoïa s'est propagée entre eux ?

— Oui. Kjikerud sait bien que, quand Greve a envoyé son camion contre la voiture, il se moquait fatalement de savoir si Kjikerud survivrait ou non. Kjikerud s'est rendu compte qu'il était en danger de mort, que Greve a au moins deux bonnes raisons de se débarrasser de lui. Premièrement parce qu'il a été témoin du meurtre de Sindre Aa, deuxièmement parce que Greve éviterait ainsi de devoir partager le butin du Rubens. Il sait que Greve frappera à la première occasion. »

G. Dybwad se pencha en avant, enthousiaste.

« Nous entrons alors dans le dernier acte de ce drame. Ils sont arrivés à Oslo, Kjikerud est rentré chez lui. Mais pas pour se reposer. Il sait qu'il doit agir le premier, manger ou être mangé. Alors dans son riche arsenal, il choisit un petit pistolet noir, un… un…

— Rohrbaugh R9, compléta Sperre. Neuf millimètres, semi-automatique, six balles dans le charg…

— Et il l'emporte là où il pense que Clas Greve se trouve, l'interrompit G. Dybwad. Chez sa maîtresse, c'est bien ça ?

— Nous ne sommes pas tout à fait certains de la relation qu'entretient Greve avec cette femme. Mais nous savons qu'ils se sont vus régulièrement, et on a retrouvé entre autres des empreintes digitales de Greve dans sa chambre.

— Donc, Kjikerud se rend chez la maîtresse et tient son arme prête au moment où elle ouvre. Elle le laisse entrer, et Kjikerud tire. Il cherche ensuite Clas Greve dans l'appartement, mais il n'y est pas. Kjikerud dépose le cadavre de la femme dans le lit et rentre chez lui. Il veille à avoir une arme à portée de main, où qu'il soit, même dans son lit. Puis Clas Greve arrive…

— Oui. Nous ne savons pas comment il entre, il

crochète peut-être la serrure. En tout cas, il n'a pas conscience de déclencher l'alarme silencieuse à ce moment. Mais ça actionne les caméras de vidéosurveillance dans la maison.

— Ce qui signifie que la police a les images de ce qui se passe ensuite, le dernier règlement de comptes entre ces deux criminels. Et pour ceux qui n'ont pas eu les tripes d'aller voir sur Internet, pouvez-vous nous raconter ce qui se passe ?

— Ils commencent à se tirer dessus. Greve fait d'abord feu deux fois avec son Glock 17. C'est incroyable, mais aucun coup ne fait mouche.

— Incroyable ?

— De si près, oui. Greve était un soldat de commando bien entraîné.

— Alors il tire dans le mur ?

— Non.

— Non ?

— Non, il n'y avait pas de balle dans le mur près de la tête du lit. Il atteint la fenê-re. C'est-à-dire, il n'atteint pas la fenêtre non plus, car elle est grande ouverte. Il tire dehors.

— Dehors. Comment le savez-vous ?

— Parce qu'on a trouvé des projectiles du pistolet, dehors.

— Ah ?

— Dans la forêt derrière la maison. Dans une cabane pour les hiboux suspendue à un tronc. » Sperre fit le genre de sourire en coin que font les hommes qui pensent sous-jouer une histoire à succès.

« Je vois. Et puis ?

— Kjikerud riposte avec un pistolet automatique Uzi qu'il garde dans son lit. Comme on le voit sur le film, les balles atteignent Greve à l'entrejambe et au ventre. Il perd son pistolet, mais le reprend et a le temps de tirer un troisième et dernier coup. Le projectile touche Kjikerud pile dans le front, au-dessus de l'œil droit. La balle occasionne des dégâts considérables dans le cerveau. Mais ce n'est pas vrai, ce que l'on voit dans les films — qu'une balle dans la tête implique une mort instantanée. Car Kjikerud a le temps de tirer une dernière salve avant de mourir. C'est celle-là qui tue Clas Greve. »

Un long silence suivit. Le responsable de l'enregistrement montrait sûrement un doigt à Odd G. Dybwad, signe qu'il restait une minute d'antenne, et qu'il était temps de résumer et de conclure.

Odd G. Dybwad se renversa dans son fauteuil, plus détendu, à présent.

« Alors Kripos n'a jamais douté que ce soit de cette façon que tout s'est déroulé ?

— Non », répondit Sperre en plantant son regard dans celui de G. Dybwad. Avant de faire un large geste avec les bras. « Mais ce qui est clair, c'est qu'il y aura toujours des doutes quant aux détails. Et un peu de confusion. Pour donner un exemple, le légiste qui est venu sur les lieux estimait que la température du corps de Kjikerud avait chuté étonnamment vite, que d'après les tables habituelles il aurait daté le décès à presque vingt-quatre heures. Les policiers ont cependant fait remarquer que la fenêtre derrière le lit avait été ouverte à leur arrivée. Et c'était le premier jour de gel à Oslo. Nous rencontrons ce genre de petits flous tout le temps, c'est dans la nature de notre travail.

— Oui, parce que même si l'on ne peut pas voir Kjikerud sur les enregistrements, il a quand même une balle dans la tête…

— Tirée par le pistolet dont Greve s'est servi, oui. »

Sperre sourit de nouveau. « Les preuves techniques sont “flagrantes”, comme vous les qualifiez volontiers dans la presse. »

G. Dybwad fit un large sourire tout en rassemblant ses papiers devant lui, signal de conclusion. Il allait maintenant remercier Sperre, regarder bien en face l’objectif de la caméra numéro un et émoustiller les téléspectateurs pour l’affaire suivante : un nouveau round sur les subventions agricoles. Mais il s’arrêta, bouche entrouverte, et son regard se perdit. Un message dans son oreillette ? Une omission ?

« Une toute dernière chose, Sperre, commença calmement G. Dybwad, adroitement, en habitué. Que savez-vous exactement de la femme qui a été assassinée ? »

Sperre haussa les épaules.

« Pas grand-chose. Comme je vous l’ai dit, nous pensons qu’elle a été la maîtresse de Greve. Un voisin dit avoir vu Greve arriver et repartir de chez elle. Elle n’a pas de casier, mais Interpol nous a fait savoir qu’elle a été impliquée dans une affaire de stupéfiants, il y a très longtemps, quand elle et ses pa-ents vivaient au Surinam. C’était la copine d’un des barons locaux, mais quand il a été tué par les troupes spéciales néerlandaises, elle les a aidés à trouver les autres membres du groupe.

— Et elle n’a pas été condamnée, donc ?

— Elle n’était pas majeure pénalement. Mais elle était enceinte. Les pouvoirs publics ont renvoyé la famille dans son pays natal.

— À savoir…

— Oui, le Danemark. Elle y a vécu depuis, une vie paisible, à ce qu’on a appris. Jusqu’à son arrivée à Oslo, il y a trois mois. Et une fin dramatique.

— À propos de fin, il est temps pour nous de vous remercier, Brede Sperre. » Plus de lunettes, regard face à la caméra numéro un. « La Norvège doit-elle cultiver ses tomates à n'importe quel prix ? Dans *Kveldsredaksjonen*, nous allons maintenant retrouver… »

L'image télévisée implosa quand j'appuyai du pouce gauche sur le bouton off de la télécommande. Je l'aurais plutôt fait avec le droit, mais mon bras droit était occupé. Et même s'il était en train de s'endormir à cause d'un afflux de sang réduit, je ne l'aurais retiré pour rien au monde. Il soutenait la plus belle tête que je connaisse. Cette tête se tourna vers moi, et une main repoussa l'édredon pour qu'elle puisse bien me regarder :

« Tu as vraiment dormi dans son lit après l'avoir descendue cette nuit-là ? À côté d'elle ? Tu as dit qu'il faisait quelle largeur ?

— Cent un centimètres. D'après le catalogue IKEA. »

Les grands yeux bleus de Diana me regardaient fixement, horrifiés. Mais — si je ne me trompais pas — j'y voyais aussi une certaine admiration. Elle portait un négligé ultrafin, un truc Yves Saint Laurent, frais quand il effleurait ma peau comme maintenant, mais brûlant quand mon corps appuyait contre le sien.

Elle se hissa sur les bras.

« Comment l'as-tu tuée ? »

Je fermai les yeux et gémis. « Diana ! Nous étions d'accord pour ne pas en parler.

— Oui, mais je suis prête, maintenant, Roger. C'est promis.

— Écoute, chérie…

— Non ! Le rapport de police sort demain, et je

connaîtrai les détails de toute façon. Je préfère l'entendre de ta bouche.

— Sûre ? soupirai-je.

— Certaine.

— Dans l'œil.

— Lequel ?

— Celui-là. » Je posai le doigt sur son sourcil gauche joliment dessiné.

Elle ferma les yeux et respira lentement, profondément. Inspira, expira.

« Avec quoi l'as-tu tuée ?

— Un petit pistolet noir.

— Où…

— Je l'ai trouvé chez Ove. » Mon doigt parcourut le sourcil jusqu'au bord du visage, puis descendit le long de la haute pommette. « Et c'est là qu'il est resté. Sans mes empreintes digitales, bien entendu.

— Où étiez-vous quand tu l'as tuée ?

— Dans l'entrée. »

La respiration de Diana s'était déjà notablement accélérée.

« A-t-elle dit quelque chose ? Elle avait peur ? A-t-elle compris ce qui se passait ?

— Je ne sais pas. J'ai tiré dès que je suis entré.

— Qu'as-tu ressenti ?

— Du chagrin. »

Elle fit un petit sourire. « Du chagrin ? Vraiment ?

— Oui.

— Même si elle essayait de te faire tomber dans le piège de Clas ? »

Mon doigt s'arrêta. Même maintenant, un mois après la fin des événements, je n'appréciais pas qu'elle l'appelle par son prénom. Mais elle avait raison, naturellement. La mission de Lotte avait été de devenir ma maîtresse, c'était elle qui devait me présenter à Clas Greve et me convaincre de le convoquer à un entretien d'embauche chez Pathfinder pour contrôler ensuite que je le proposais comme convenu. Combien de temps lui avait-il fallu pour me faire mordre à l'hameçon ? Trois secondes ? Et je m'étais débattu sans rien pouvoir faire pendant qu'elle me faisait signe d'entrer. Mais il s'était passé quelque chose de surprenant. Je l'avais laissée tomber. Un homme avait aimé à tel point sa femme qu'il avait volontairement renoncé à une maîtresse aussi dévouée et modeste. Très étonnant. Et ils avaient dû changer leurs projets.

« Je devais la plaindre, poursuivis-je. Je crois que j'ai simplement été le dernier d'une longue liste d'hommes qui ont trahi Lotte tout au long de sa vie. »

Je sentis Diana se raidir quand je prononçai le nom. Bien.

« On parle d'autre chose ? proposai-je.

— Non, je veux parler de ça, maintenant.

— OK. Parlons de la façon dont Greve t'a séduite et persuadée de reprendre le rôle de celle qui devait me manipuler.

— Pas de problème, répondit-elle avec un petit rire.

— Tu l'aimais ? »

Elle tourna la tête vers moi et me regarda longuement.

Je répétai ma question.

Elle poussa un soupir et vint tout contre moi. « J'étais amoureuse.

— Amoureuse ?

— Il voulait me faire un enfant. Alors je suis tombée amoureuse.

— C'est aussi simple ?

— Oui. Mais pas autant que ça, Roger. »

Elle avait raison, évidemment. Ce n'est pas aussi simple.

« Et tu étais prête à tout sacrifier pour avoir cet enfant ? Même moi.

— Oui. Même toi.

— Même si cela signifiait que je devais le payer de ma vie ? »

Elle cogna légèrement sa tempe contre mon épaule.

« Non, pas ça. Tu sais bien que je croyais seulement qu'il devait te persuader de rédiger cette proposition.

— Tu y croyais véritablement, Diana ? »

Elle ne répondit pas.

« Vraiment, Diana ?

— Oui. Je crois, en tout cas. Tu dois bien comprendre que je voulais le croire.

— Assez pour accepter de déposer la poire de Dormicum sur le siège de la voiture ?

— Oui.

— Et quand tu es descendue au garage, c'était pour me conduire à l'endroit où il devait me convaincre, c'est ça ?

— On a déjà parlé de tout ça, Roger. Il a dit que c'était la façon la moins risquée pour tout le monde. Bien sûr, j'aurais dû comprendre que c'était de la folie. C'est peut-être ce que j'ai fait. Je ne sais pas ce que je peux te raconter de plus. »

Nous nous perdîmes dans nos pensées en écoutant le silence. En été, nous entendions la pluie et le vent dans les feuilles des arbres du jardin, mais pas maintenant. À présent, tout était dépouillé. Et silencieux. Le seul réconfort, c'était que le printemps reviendrait. Peut-être.

« Combien de temps es-tu restée amoureuse ? demandai-je.

— Jusqu'à ce que je comprenne ce que je faisais. La nuit où tu n'es pas rentré…

— Oui ?

— Je n'avais qu'une envie, c'était de mourir.

— Je ne parlais pas de lui. Mais de moi. »

Elle partit d'un petit rire grave.

« Ça, je ne peux pas le savoir avant de ne plus l'être. »

Diana ne mentait presque jamais. Pas parce qu'elle ne savait pas, Diana était une menteuse hors pair, mais parce qu'elle ne s'en donnait pas la peine. Les gens qui sont beaux n'ont pas besoin de carapace, d'apprendre tous les mécanismes de défense que nous autres développons pour nous protéger contre les rejets et les déceptions. Mais à partir du moment où des femmes comme Diana décident de mentir, c'est massif, efficace. Non parce qu'elles sont moins morales que les hommes, mais parce qu'elles maîtrisent mieux cette partie de la traîtrise. Et c'était justement pour cela que j'étais allé voir Diana, ce soir-là. Parce que je savais qu'elle était la candidate parfaite pour ce boulot.

Après être entré et avoir écouté quelques instants, immobile, ses pas sur le parquet, j'étais monté vers le salon. J'avais entendu ses pas s'arrêter, le téléphone qui tombait sur la table basse, le « Roger… » étranglé par les larmes, vu les larmes jaillir dans ses yeux. Et je n'avais rien fait pour l'arrêter quand elle s'était jetée à mon cou. « Dieu merci, tu es vivant ! J'ai essayé de t'appeler toute la journée d'hier, et aujourd'hui… Où étais-tu ? »

Et Diana ne mentait pas. Elle pleurait parce qu'elle pensait m'avoir perdu. Parce qu'elle m'avait fait sortir de sa vie, moi et mon amour, comme un chien qu'on envoie chez le vétérinaire pour l'euthanasie. Non, elle ne mentait pas. Me disaient mes tripes. Mais encore une fois, je ne suis pas très psychologue, et Diana est une menteuse hors pair. Alors quand elle était partie sécher ses larmes dans la salle de bains, j'avais ramassé son téléphone mobile pour vérifier qu'effectivement c'était bien mon numéro qu'elle avait essayé d'appeler. Histoire d'être sûr.

À son retour, je lui avais tout raconté. Absolument tout. Où j'étais allé, qui j'avais été, ce qui s'était passé. Les vols de tableaux, son téléphone sous le lit de Clas Greve, Lotte la Danoise qui m'avait ferré. La conversation avec Greve à l'hôpital. Celle qui m'avait permis de comprendre qu'il connaissait Lotte, que c'était elle sa plus proche alliée, que celle qui m'avait tartiné les cheveux de gel aux émetteurs n'était pas Diana, mais la fille pâle aux yeux bruns et aux doigts magiques, la traductrice qui parlait espagnol et préférait les histoires des autres aux siennes. Que j'avais déjà eu de la gelée dans les cheveux avant le soir où j'avais retrouvé Kjikerud dans la voiture. Diana me regardait fixement, les yeux exorbités, mais silencieuse tandis que je racontais.

« À l'hôpital, Greve m'a dit que je t'avais persuadée d'avorter parce que l'enfant était trisomique.

— Trisomique ? » C'était le premier mot que Diana prononçait depuis plusieurs minutes. « D'où tenait-il cela ? Je n'ai pas dit…

— Je sais. C'est ce que j'ai trouvé quand j'ai parlé de l'avortement à Lotte. Elle m'a dit que ses parents l'avaient contrainte d'avorter quand elle était adolescente. Alors j'ai inventé cette histoire de trisomie parce que je me suis dit que ça me présenterait sous un meilleur jour.

— Alors elle… Elle…

— Oui. C'est la seule personne qui ait pu raconter ça à Clas Greve. »

J'avais attendu. En laissant l'information faire son chemin.

Avant de dire à Diana ce qui allait se passer maintenant.

« Je ne peux pas faire ça, Roger ! avait-elle crié en braquant sur moi deux yeux terrorisés.

— Oh si. Tu peux et tu vas le faire, chérie. » Avait tranché le nouveau Roger Brown.

« Mais… mais…

— Il t'a menti, Diana. Il ne peut pas te faire d'enfant. Il est stérile.

— Stérile ?

— Je vais te faire cet enfant. Je te le promets. À condition que tu fasses ça pour moi. »

Elle avait refusé. Pleuré. Supplié. Avant de promettre.

Quand j'étais descendu chez Lotte pour devenir meurtrier plus tard ce soir-là, Diana avait mes instructions et je savais qu'elle accomplirait sa tâche. J'imaginais la façon dont elle avait accueilli Greve ce soir-là, le sourire aveuglant et mensonger, le cognac déjà dans le verre qu'elle lui tendait, pour trinquer à la victoire, à l'avenir, à l'enfant non encore conçu. Et elle allait insister pour qu'il le soit dans les plus brefs délais, cette nuit, maintenant !

Je me raidis quand Diana me pinça un mamelon. « À quoi penses-tu comme ça ? »

Je remontai l'édredon.

« À cette nuit. Greve est venu. Il a couché avec toi, à l'endroit où je suis maintenant.

— Et alors ? Tu as couché avec un cadavre, cette nuit-là. »

J'avais évité de poser la question, mais je n'y résistai plus : « Vous avez fait l'amour ?

— Tu as tenu pas mal de temps, chéri, répondit-elle avec un rire grave.

— Alors ?

— Je vais le formuler comme ça : les gouttes de Dormicum qui restaient dans la poire et que j'ai pu verser dans son verre de bienvenue ont agi plus vite que je le pensais. Après m'être faite belle, quand je suis arrivée ici, il dormait déjà comme un bébé. Le lendemain matin, en revanche…

— Je retire ma question », l'interrompis-je rapidement.

Diana me passa une main sur le ventre et rit de nouveau.

« Le lendemain matin, il était on ne peut plus réveillé. Pas à cause de moi, mais à cause d'un coup de fil qui l'avait réveillé.

— Mon avertissement.

— Oui. En tout cas, il s'est habillé et a fichu le camp.

— Où avait-il son pistolet ?

— Dans la poche de sa veste.

— Il a vérifié avant de partir ?

— Je ne sais pas. De toute façon, il n'aurait pas remarqué de différence, le poids était à peu près le même. Je n'ai changé que les trois cartouches du haut du chargeur.

— Oui, mais les cartouches à blanc que je t'ai données avaient un B rouge écrit au bout.

— S'il a contrôlé, il a dû penser que ça indiquait le sens d'introduction. »

Les rires de deux personnes emplirent la chambre.

Je jouis du son. Si tout allait bien et si les bandelettes de papier tournesol indiquaient les bons résultats, la pièce s'emplirait dans pas longtemps des rires de trois personnes. Qui repousseraient l'autre son, l'écho qui pouvait encore me réveiller en pleine nuit. Les détonations quand Greve avait tiré, le feu dans le canon du pistolet, la fraction de seconde qui m'avait suffi pour penser que Diana n'avait pas changé les cartouches, malgré tout, qu'elle avait de nouveau retourné sa veste. Puis : l'écho, le bruit des cartouches vides atterrissant sur le parquet déjà jonché de douilles, de balles réelles et de balles à blanc, anciennes et nouvelles, en si grand nombre que la police ne les distinguerait pas même s'ils soupçonnaient que l'enregistrement montrait une histoire mensongère.

« Tu as eu peur ? demanda-t-elle.

— Peur ?

— Oui, tu ne m'as jamais dit quelle impression ça faisait. Et on ne te voit pas sur les images…

— Les im… » Je reculai un peu, de façon à voir son visage. « Tu veux dire que tu es allée voir sur le Net ? »

Elle ne répondit pas. Et je songeai qu'il y avait encore beaucoup de choses que je ne savais pas sur cette femme. Qu'il y avait peut-être là assez de mystères pour une vie entière.

« Oui. J'ai eu peur.

— De quoi ? Tu savais que son pistolet n'était…

— Ce n'étaient que les trois cartouches du haut qui ne contenaient pas de balle. Je devais veiller à ce qu'il les tire toutes les trois de sorte que la police ne découvre pas de cartouche à blanc dans le magasin et comprenne la mise en scène, tu vois ? Mais il aurait pu avoir le temps de tirer une des cartouches à balles réelles.

Et il aurait pu changer le magasin avant d'arriver. Et il aurait aussi pu avoir un complice que je ne connaisse pas. »

Nous nous tûmes. Puis elle demanda à voix basse : « Alors tu n'avais peur de rien d'autre ? »

Je sus qu'elle pensait à la même chose que moi.

« Si, répondis-je en me tournant vers elle. Je craignais encore une chose. »

Sa respiration était chaude et rapide contre mon visage.

« Qu'il ait pu te tuer dans le courant de la nuit. Greve ne prévoyait pas de fonder une famille avec toi, et tu étais un témoin dangereux. Je savais que je te mettais en danger de mort quand je t'ai demandé si tu voulais jouer les appâts, cette nuit-là.

— J'ai toujours su que j'étais en danger, mon amour, chuchota-t-elle. C'est pour ça que je lui ai proposé un verre de bienvenue dès qu'il a eu franchi la porte. Et que je ne l'ai pas réveillé avant que tu appelles sur son téléphone. Je savais qu'il aurait pas mal à faire après avoir entendu la voix du fantôme. En plus, j'avais changé les trois premières balles du pistolet, non ?

— Si. » Comme je l'ai mentionné, Diana est une femme à l'aise vis-à-vis des chiffres et de la logique.

Elle me passa une main sur le ventre.

« En plus, j'apprécie que tu m'aies mise en danger consciemment…

— Ah ? »

Elle descendit la main vers mes organes génitaux. La posa sur mes boules. Les soupesa, serra doucement les deux sacs de semence. « L'équilibre, c'est tout à fait essentiel. Ça concerne toutes les bonnes relations harmonieuses. Équilibre de culpabilité, de honte et de mauvaise conscience. »

Je ruminai ça, essayai d'avaler, de laisser le cerveau assimiler ce casse-croûte intellectuel pas si minime.

« Tu veux dire… », commençai-je, mais renonçai et recommençai. « Tu veux dire que tu t'es mise en danger pour moi… que ça…

— Que c'était le juste prix à payer pour ce que je t'avais fait, oui. Comme la *Galleri E* a été le juste prix à payer pour l'avortement.

— Ça fait longtemps que tu as ce point de vue ?

— Bien sûr. Et toi aussi.

— C'est ça. Pénitence…

— Une pénitence, oui. C'est une façon très sous-estimée de trouver la tranquillité de l'esprit. »

Elle serra un peu plus mes testicules, et j'essayai de me détendre, de profiter de la douleur. J'inspirai son odeur. Elle était exquise, mais allais-je un jour sentir quelque chose qui masque la puanteur d'excréments humains ? Allais-je un jour entendre quelque chose qui assourdisse le son des poumons perforés de Greve ? J'avais eu l'impression qu'il gardait sur moi un regard voilé, lésé, tandis que je refermais les doigts froids d'Ove sur la crosse et la détente de l'Uzi comme du petit pistolet Rohrbaugh avec lequel j'avais descendu Lotte. Allais-je un jour manger quelque chose qui efface le goût de la chair morte d'Ove ? Je m'étais penché sur lui dans le lit pour enfoncer mes canines dans son cou. En serrant les mâchoires jusqu'à ce que la peau perce et que je sente le goût du cadavre m'emplir la bouche. Il n'y avait presque pas eu de sang et, au moment d'étouffer la nausée et d'essuyer la salive, j'avais contemplé le résultat. Cela ferait certainement figure de morsure de chien pour un enquêteur qui cherchait justement ce genre de chose. J'étais ensuite sorti à quatre pattes par la fenêtre derrière la tête de lit pour ne pas apparaître sur le film. Je m'étais rapidement enfoncé dans la forêt, où j'avais trouvé les chemins, les routes. Salué poliment les promeneurs. L'air qui se refroidissait à mesure que je montais m'avait tenu au frais jusqu'à Grefsentoppen. Et là, je m'étais assis pour contempler les couleurs automnales que l'hiver avait déjà commencé à aspirer de la forêt en contrebas, la ville, le fjord et la lumière. La lumière qui annonçait toujours les ténèbres à venir.

Je sentis le sang affluer dans ma bite, battre dans mon manche.

« Viens », me chuchota-t-elle au creux de l'oreille.

Je la pris. Systématiquement, consciencieusement, comme un homme qui a un travail à faire. Qui aime son boulot, mais ça n'en a pas moins l'air d'un boulot. Et il travaille jusqu'à ce que la sirène parte. La sirène hurle, elle pose doucement ses mains autour de ses oreilles, en un geste protecteur ; il se libère et la remplit de semence chaude et porteuse de vie même si la place est déjà prise. Puis elle dort, et il écoute son souffle avec la satisfaction d'un travail bien accompli. Il sait que les choses ne seront plus jamais ce qu'elles ont été. Mais que ça peut ressembler. Que ça peut devenir une vie. Qu'il peut prendre soin d'elle. Prendre soin d'eux. Qu'il peut aimer quelqu'un. Et comme si ce n'était pas assez énorme, il trouve même un sens à l'amour, un pourquoi, l'écho d'une justification lors d'un match de football dans le brouillard londonien : « Parce qu'ils ont besoin de moi. »

Épilogue

La première neige était arrivée, puis repartie.

Sur Internet, j'avais lu qu'une option d'achat et le droit d'exposer *Le sanglier de Calydon* avaient été vendus aux enchères à Paris. L'acquéreur était la galerie Getty, à Los Angeles, elle pouvait donc maintenant exposer le tableau — à moins que, durant la période d'option de deux ans, un propriétaire encore inconnu n'exige de récupérer le tableau — et se servir de l'option pour avoir le tableau en permanence. Quelques courtes phrases précisaient la provenance de l'œuvre, que l'on s'était battu pendant bien des années pour savoir si la toile était une copie ou un original d'un autre peintre puisque aucune source n'attestait que Rubens ait jamais peint le moindre sanglier de Calydon. Mais les experts s'accordaient pour dire que Rubens était bien l'auteur de ce tableau. Il n'y avait rien sur l'endroit d'où il venait, que c'était l'État norvégien qui vendait, rien sur le prix.

Diana avait reconnu que ce serait difficile de faire tourner la galerie seule maintenant qu'elle allait être mère et, après en avoir conféré avec moi, elle avait décidé de trouver un partenaire pour s'occuper des aspects plus pratiques — genre gestion économique —

afin qu'elle puisse se concentrer davantage sur l'art et les artistes. Par ailleurs, notre demeure était à vendre. Nous étions convenus qu'une maison mitoyenne plus petite dans un cadre plus champêtre serait un meilleur endroit pour un enfant. Et j'avais déjà une proposition en or. Elle émanait d'une personne qui avait appelé aussitôt après avoir vu l'annonce dans le journal, en demandant une visite privée le soir même. Je l'avais reconnu à l'instant où j'avais ouvert la porte. Costume Corneliani et lunettes rondes stupides.

« Pas le tout meilleur d'Ove Bang, peut-être, commenta-t-il après avoir écumé les pièces, avec moi sur les talons. Mais je la prends. Combien ? »

J'évoquai le prix mentionné dans l'annonce.

« Plus un million, répondit-il. Dans deux jours. »

Je décidai que nous étudierions la chose, et le raccompagnai à la porte. Il me tendit sa carte de visite. Pas de titre, rien que le nom et un numéro de mobile. Le nom de la société de recrutement était inscrit en caractères si petits qu'ils étaient pratiquement illisibles.

« Dites-moi, commença-t-il en arrivant sur le seuil. Vous n'étiez pas le meilleur ? » Et, avant que j'aie eu le temps de répondre : « Nous hésitons à élargir. Nous vous appellerons peut-être. »

Nous. Petites lettres.

Je laissai le délai passer sans en parler ni à Diana ni à l'agent immobilier. Je n'eus pas de nouvelles non plus de nous.

Puisque j'ai pour principe de ne jamais commencer à travailler avant qu'il fasse clair, ce jour-là — comme presque tous les autres — j'étais le dernier arrivé sur le parking de chez Alfa. « Les derniers seront les premiers. » C'est un privilège que j'ai moi-même énoncé et mis à l'épreuve, un privilège acceptable par le meilleur chasseur de têtes de la compagnie. La position implique aussi que personne n'essaie de se garer à votre place même si, sur le papier, elle est soumise à la même règle du premier arrivé que tous les emplacements sur les autres parkings.

Mais ce jour-là il y avait une voiture. Une Passat inconnue, sûrement l'un de nos clients qui pensait qu'on pouvait se garer là rien qu'en vertu du panonceau Alfa suspendu à la chaîne, un taré moyen qui n'avait pas su lire le panneau de l'entrée marqué PARKING CLIENTS.

Malgré tout, je sentais une légère incertitude. Pouvait-il s'agir de quelqu'un d'Alfa qui était aussi arrivé à la conclusion que je n'étais plus… je n'allai pas jusqu'au bout de mon raisonnement.

Pendant que je cherchais du regard une autre place, en proie à la mauvaise humeur, un type sortit à toute vitesse de l'immeuble de bureaux et mit un cap approximatif sur la Passat. La démarche ressemblait à celle d'un propriétaire de Passat, décrétai-je, et je poussai un soupir de soulagement. Car il ne faisait pas un pli que ce n'était pas un concurrent à mon poste, mais un client.

J'arrêtai ostensiblement ma voiture devant la Passat, et attendis en espérant. Ça pourrait peut-être devenir un bon début de journée, en fin de compte. J'allais peut-être pouvoir engueuler un crétin. Et effectivement : l'homme tapa à mon carreau, et je tournai la tête vers un ventre en manteau.

J'attendis un peu avant d'appuyer sur la commande de la vitre, et la fenêtre s'ouvrit lentement — mais pourtant un peu plus vite que je l'aurais souhaité dans l'idéal.

« Écoutez… », commença-t-il avant d'être interrompu par mon « Alooors, comment puis-je vous aider, aujourd'hui, monsieur ? » à la lenteur savamment étudiée. Sans lui accorder ne serait-ce qu'un coup d'œil et en me préparant à un rafraîchissant laïus : « Lisez les panneaux. »

« Si vous pouviez déplacer votre véhicule, vous blo-ez le mien.

— Ce serait plutôt vous qui me bloquez l'accès, mons… »

Les turbulences stratosphériques atteignirent enfin mon cerveau. Je tournai la tête et levai les yeux. Mon cœur s'arrêta presque.

« Bien sûr. Un instant. » Je cherchai fébrilement le bouton qui ferait remonter la vitre. Mais ma motricité fine était comme évaporée.

« Attendez, me pria Brede Sperre. Ne nous sommes-nous pas déjà rencontrés ?

— J'en doute, répondis-je en essayant de donner à ma voix une basse calme et détendue.

— Vous êtes sûr ? J'ai bien l'impression que nous nous sommes déjà rencontrés. »

Merde, comment pouvait-il reconnaître le prétendu cousin au troisième degré des frères Monsen qu'il avait vu à l'institut médico-légal ? Cette édition avait été rasée et fringuée comme un loulou. Celle-ci avait des cheveux épais, un costume Ermenegildo Zegna et une chemise bien repassée de chez Borelli. Je savais que je ne devais pas nier avec trop d'énergie, mettre Sperre sur la défensive, exciter assez ses méninges pour qu'il se rappelle. J'inspirai profondément. J'étais fatigué, plus que de raison ce jour-là. C'était un jour où je devais apporter mon dû. Montrer que je valais ma réputation de naguère.

« Qui sait ? C'est vrai que vous avez aussi quelque chose de connu… »

Il eut d'abord l'air perplexe devant cette contre-offensive. Il afficha alors son sourire charmeur de gamin, celui qu'il destinait aussi bien à la presse écrite :

« Vous avez dû me voir à la télé. J'entends ça sans arrêt…

— C'est ça, et c'est là que vous avez dû me voir aussi !

— Ah ? Quelle émission ? » voulut-il savoir, curieux.

« Ça a dû être la vôtre. Puisque vous pensez que nous nous sommes rencontrés. Parce que la fenêtre de la télé n'en est pas vraiment une, n'est-ce pas, qui permet de se voir l'un l'autre, si ? De votre côté de la caméra, c'est plutôt… un miroir, peut-être ? »

Sperre eut l'air un poil perdu.

« Je plaisante. Je vais bouger. Bonne journée. »

Je fis remonter mon carreau et reculai. Des rumeurs prétendaient que Sperre sautait la nouvelle femme d'Odd G. Dybwad. D'autres qu'il avait aussi sauté l'ancienne. Et — dans une certaine mesure — sauté Dybwad lui-même.

En quittant sa place, Sperre s'arrêta avant de tourner, et l'espace de deux secondes nous nous retrouvâmes face à face, chacun dans sa voiture. Je voyais ses yeux. Il me regardait comme quelqu'un qui s'est fait rouler dans la farine et qui vient de le comprendre. Je lui fis un aimable signe de tête. Puis il accéléra et disparut. « Salut, Roger », murmurai-je en regardant dans mon rétroviseur.

J'entrai chez Alfa et criai un assourdissant « Bonjour, Oda ! » ; Ferdinand arrivait comme une fusée vers moi.

« Alors ? Ils sont venus ?

— Oui, ils sont prêts, répondit Ferdinand en me suivant à petits pas dans le couloir. D'ailleurs, un policier est passé. Grand, blond et assez… euh, chouette.

— Que voulait-il ?

— Savoir ce que Clas Greve avait raconté sur lui au cours des entretiens passés ici.

— Mais il est mort depuis longtemps ! Ils enquêtent toujours sur cette affaire ?

— Pas le meurtre. Il s'agit du tableau de Rubens. Ils n'arrivent pas à savoir à qui il a été dérobé, personne ne s'est fait connaître. Maintenant, ils essaient de savoir avec qui il a été en contact.

— Tu n'as pas lu les journaux, ce matin ? On recommence à douter que ce soit un Rubens original. Il ne l'a peut-être pas volé, mais en a peut-être hérité.

— Bizarre.

— Qu'as-tu dit au policier ?

— Je lui ai donné notre rapport d'entretien, évidemment. Il n'a pas eu l'air d'y trouver grand-chose d'intéressant. Il a dit qu'il rappellerait s'il y avait lieu.

— Et tu espères peut-être qu'il le fera ? »

Ferdinand partit de son rire hennissant.

« Quoi qu'il en soit, tu t'en occupes, Ferdy. Je compte sur toi. »

Je le vis monter et descendre, et remarquai combien cette responsabilité le grandissait et ce diminutif le diminuait. L'équilibre, c'est tout.

Nous étions arrivés au bout du couloir. Je m'arrêtai devant la porte et contrôlai mon nœud de cravate. Ils étaient installés à l'intérieur, prêts pour le dernier entretien. Adoption d'une décision sans discussion. Car la proposition était déjà rédigée pour ce candidat, il était déjà embauché. Seul le client n'en était pas encore tout à fait conscient et pensait avoir encore quelque chose à dire.

« Tu m'envoies le candidat dans deux minutes, exactement, commandai-je. Cent vingt secondes. »

Ferdinand hocha la tête et regarda sa montre.

« Juste une petite chose, répondit-il. Elle s'appelle Ida. »

J'ouvris la porte et entrai.

Des pieds de chaise raclèrent le sol quand ils se levèrent.

« Navré pour ce retard, messieurs », commençai-je en serrant les trois mains qui se tendaient vers moi. Mais on m'avait pris ma place de parking.

— Ce n'est pas gonflant, ce genre de choses ? » réagit le directeur exécutif de Pathfinder en se tournant vers son responsable de l'information, qui acquiesça avec enthousiasme. Le représentant des employés était là aussi, un type en pull rouge à col en V sur une chemise blanche bon marché, indubitablement un ingénieur de l'espèce la plus triste qui soit.

« Le candidat a une réunion exécutive à midi, alors nous allons peut-être commencer ? » proposai-je en m'asseyant au bout de la table. L'autre attendait déjà l'homme qui, dans une heure et demie, aurait mis tout le monde d'accord : ce devait être le nouveau directeur de Pathfinder. La lumière était pensée pour le mettre sous son meilleur jour, son fauteuil était du même type que les nôtres, mais ses pieds étaient un peu plus longs, et j'avais posé le dossier de cuir acheté pour lui, frappé de ses initiales et agrémenté d'un Montblanc en or.

« Bien sûr, répondit le directeur exécutif. D'ailleurs, j'ai un aveu à vous faire. Comme vous le savez, nous appréciions beaucoup Clas Greve après cet entretien.

— Oui, approuva le responsable de l'information.

Nous pensions que vous aviez trouvé le candidat parfait.

— D'accord, il était étranger, reprit le directeur exécutif tandis que son cou se tordait comme celui d'un serpent. Mais cet homme parlait le norvégien comme s'il était né ici. Et nous nous le sommes dit pendant que vous le raccompagniez dehors, qu'en fin de compte les Néerlandais ont toujours mieux maîtrisé les marchés de l'export que nous, ici.

— Et que nous pouvions peut-être apprendre de quelqu'un qui avait un style de direction un peu plus international, compléta le responsable de l'information.

— Et puis vous êtes revenu en disant que vous n'étiez pas sûr que ce soit la bonne personne, malgré tout. Oui, nous avons été très surpris, Roger.

— Ah oui ?

— Oui, nous pensions tout simplement que vous aviez manqué de faculté appréciatrice. Je ne l'ai encore jamais dit, mais nous avons envisagé de vous retirer la mission et de prendre directement contact avec Greve.

— Et vous l'avez fait ? demandai-je avec un sourire en coin.

— Ce que nous nous demandons, répondit le responsable de l'information en échangeant un regard amusé avec le directeur exécutif, c'est comment vous avez remarqué que quelque chose clochait.

— Comment avez-vous su instinctivement ce que nous ne voyions pas du tout ? reformula le directeur exécutif en toussotant bruyamment. Comment peut-on être aussi psychologue ? »

Je hochai lentement la tête. Avançai de cinq centimètres mes papiers sur la table. Et me renversai dans le fauteuil à haut dossier. Il bascula — pas trop, juste un peu — vers l'arrière. Je regardai par la fenêtre. La lumière. L'obscurité qui allait arriver. Cent secondes. Le silence était complet dans la pièce.

« C'est mon travail, rien de plus. »

Du coin de l'œil, je les vis s'échanger des hochements de tête éloquents. J'ajoutai : « En plus, j'avais déjà commencé à songer à un candidat qui était encore meilleur. »

Ils se tournèrent vers moi. Et j'étais prêt. J'imagine que ça doit faire cette impression quand on est chef d'orchestre, durant les secondes qui précèdent le début du concert, de sentir les regards de tous les musiciens d'un orchestre symphonique rivés à votre baguette, d'entendre décroître les murmures d'un public tout ouïe.

« Voilà pourquoi je vous ai conviés ici aujourd'hui, poursuivis-je. L'homme que vous allez rencontrer est la nouvelle étoile filante du ciel dirigeant non seulement norvégien, mais international. Au dernier tour, je considérais comme totalement irréaliste de lui faire quitter le poste qu'il occupe en ce moment, il est quand même le Jésus, Dieu et Saint-Esprit de la compagnie. »

Je passai les visages en revue.

« Mais sans vouloir trop promettre, je crois pouvoir dire que je l'ai décoincé. Et si nous devons l'avoir… » Je levai les yeux au ciel pour indiquer un rêve fou, une utopie, mais pourtant… Comme on pouvait s'y attendre, le directeur exécutif et le responsable de l'information s'étaient instinctivement rapprochés. Même le responsable du personnel, qui avait gardé les bras croisés, avait posé les mains sur la table et s'était penché en avant.

« Qui ? Qui ? » chuchota le responsable de l'information.

Cent vingt.

La porte s'ouvrit. Et il entra. Un homme de trente-neuf ans vêtu d'un costume de chez Kamikaze, dans Bogstadveien, où Alfa a quinze pour cent de remise. Juste avant de le faire entrer, Ferdinand lui avait plongé la main dans du talc couleur chair, car nous savions qu'il souffre de transpiration de la paume des mains. Mais le candidat savait ce qu'il devait faire, car je lui avais donné des instructions, j'avais programmé la représentation jusque dans ses moindres détails. Il s'était teint presque imperceptiblement les cheveux des tempes en gris, et avait un jour possédé une lithographie d'Edvard Munch intitulée *La broche*.

« Je vous présente Jeremias Lander. »

Je suis chasseur de têtes. Ce n'est pas très difficile. Mais je suis le meilleur.

Découvrez les enquêtes de l'inspecteur **Harry Hole**, dans la collection **Folio Policier**

Envoyé en Australie pour enquêter sur le meurtre d'une jeune Norvégienne, Harry Hole, en proie à ses propres démons, va plonger au cœur de ce pays de démesure, véritable nation en devenir où les contradictions engendrent le fantastique comme l'indicible, jusqu'au chaos final.

L'homme chauve-souris.

Prix du meilleur roman policier nordique 1998

Un somptueux couteau thaïlandais est retrouvé planté dans le dos d'un ambassadeur scandinave. À peine revenu d'Australie, Harry Hole repart pour l'Asie, ses usages millénaires, ses secrets et sa criminalité dont il ignore tout. Il ira jusqu'au bout, au plus profond du cœur d'un homme, jusqu'à l'invraisemblable…

Les cafards

Harry Hole, à la suite d'une grave bévue, est muté à la surveillance des milieux néonazis de Norvège. Le passé, prompt à rattraper le présent, refait surface avec une question lancinante : Que s'est-il réellement passé cinquante ans plus tôt dans les tranchées de Leningrad ?

Rouge-Gorge

Rue Sans-Souci… Drôle d'adresse, lorsqu'on est flic, pour y trouver dans un appartement le cadavre d'une femme avec laquelle on vient de passer la nuit. Surtout lorsqu'on ne se rappelle rien… Harry Hole n'est pas au bout de ses peines.

Rue Sans-Souci

Le *modus operandi* est toujours le même : l'ablation de l'un des doigts des victimes et la présence d'un diamant en forme de pentagramme, symbole occulte plus connu sous le nom d'« étoile du diable ». La police doit se rendre à l'évidence : un tueur en série opère dans les rues de la capitale norvégienne… Intuitif, acharné, rongé par le désespoir, Harry Hole s'empare de l'enquête.

L'étoile du diable

Afin de récolter des fonds, les membres de l'Armée du Salut ont décidé d'organiser un concert public. Le soir du spectacle, un homme tue un membre de l'association avant de s'enfuir. Harry Hole se lance à sa poursuite dans les rues verglacées d'Oslo. Le jeu sanglant du chat et de la souris ne fait que commencer…

Le sauveur

Des mères de famille disparaissent. Dans leur jardin, un bonhomme de neige fait irruption, comme sorti de nulle part. D'une sobriété étonnante, Harry Hole va se retrouver confronté, pour la première fois de sa carrière, à un tueur en série agissant sur le territoire norvégien et qui le conduira jusqu'au gouffre de sa folie…

Le bonhomme de neige

DU MÊME AUTEUR

Chez Gaïa Éditions

RUE SANS-SOUCI, 2005, Folio Policier, n° 480.

ROUGE-GORGE, 2004, Folio Policier, n° 450.

LES CAFARDS, 2003, Folio Policier, n° 418.

L'HOMME CHAUVE-SOURIS, 2003, Folio Policier, n° 366.

Aux Éditions Gallimard

Dans la Série Noire

LE LÉOPARD, 2011, Folio Policier, n° 659.

CHASSEURS DE TÊTES, 2009, Folio Policier, n° 608.

LE BONHOMME DE NEIGE, 2008, Folio Policier, n° 575.

LE SAUVEUR, 2007, Folio Policier, n° 552.

L'ÉTOILE DU DIABLE, 2006, Folio Policier, n° 527.

Aux Éditions Bayard Jeunesse

LA POUDRE À PROUT DU PROFESSEUR SÉRAPHIN, vol. I, 2009.

Composition Nord Compo
Impression Novoprint
le 28 avril 2012
Dépôt légal : avril 2012
1er dépôt légal dans la même collection : mars 2012

ISBN 978-2-07-044770-1/Imprimé en Espagne.

245634